ΠΙΣΩ ΣΤΑ ΒΑΣΙΚΑ ΚΑΙ ΑΛΛΕΣ ΙΣΤΟΡΙΕΣ

GILES EKINS

Μετάφραση
NIKOLETTA SAMOILI

ΣΗΜΕΊΩΣΗ ΤΟΥ ΣΥΓΓΡΑΦΈΑ

Ορισμένες από αυτές τις ιστορίες έχουν εμφανιστεί σε περιοδικά, ανθολογίες ή σε μεγαλύτερα έργα, αλλά προσαρμόζονται εδώ για τη μορφή διηγήματος. Μερικές γράφτηκαν πριν από πολλά χρόνια, και αυτό φαίνεται.

ΠΕΡΙΕΧΟΜΕΝΑ

*Για την Πατρίτσια, που εδώ και πολλά χρόνια μου λέει
να δημοσιεύσω τις ιστορίες μου σε ένα βιβλίο.*

Ορίστε, λοιπόν, η δεύτερη έκδοση

ΠΙΣΩ ΣΤΑ ΒΑΣΙΚΑ

Το φορτηγάκι ήταν σταθμευμένο εκεί όλη τη νύχτα.

Περίπου το μεσημέρι, οι πίσω πόρτες άνοιξαν, μια ράμπα κατέβηκε και ένα ζευγάρι ελεφάντων βγήκε έξω και κατευθύνθηκε αργά στο δρόμο προς την High Street.

Κάποια στιγμή αργότερα, οι πόρτες άνοιξαν ξανά και δύο λιοντάρια βγήκαν έξω, ένα αρσενικό και ένα θηλυκό. Το αρσενικό, ένα υπέροχο θηρίο με γεμάτη, σκούρα χαίτη, κοίταξε απέναντι στο δρόμο προς το πάρκο όπου περιφέρονταν μερικά σκυλιά, αλλά η λέαινα του κούνησε θυμωμένα την ουρά της και, απρόθυμα, το λιοντάρι την ακολούθησε προς τη στοά των καταστημάτων.

Μόνο όταν οι γορίλες βγήκαν και πήγαν δίπλα στην παμπ άρχισα να σκέφτομαι ότι ίσως όλα δεν ήταν τόσο φυσιολογικά όσο θα έπρεπε να είναι στο κέντρο των προαστίων.

Φόρεσα το μπουφάν μου και κατέβηκα κάτω για να το ερευνήσω.

Το φορτηγάκι ήταν ένα παλιό, λευκό βαμμένο φορτηγάκι μετακομίσεων Leyland και αυτές οι λέξεις ήταν ζωγραφισμένες με φωτεινά βασιλικά μωβ γράμματα στο πλάι του φορτηγού:

Νώε & Υιοί - Συντηρητές
Με ουράνιο διορισμό.

Δεν μπορούσα να δω κανέναν στην μπροστινή καμπίνα- στην πραγματικότητα, το φορτηγάκι φαινόταν εντελώς εγκαταλελειμμένο και παραμελημένο, καλυμμένο με ένα παχύ στρώμα από χώμα και βρωμιά του δρόμου. Αν δεν υπήρχε το γεγονός ότι ελέφαντες, λιοντάρια και γορίλες είχαν όλοι βγει από το φορτηγάκι, θα υπέθετε κανείς ότι το φορτηγάκι είχε εγκαταλειφθεί. Αλλά αν δεν είχα παραισθήσεις, κάποιος πρέπει να άνοιξε τις πόρτες για να βγουν τα ζώα.

Ακριβώς τότε, οι γορίλες βγήκαν από την παμπ και κατευθύνθηκαν προς το πίσω μέρος του φορτηγού. Θα μπορούσα να ορκιστώ ότι ένας από αυτούς σιγοτραγουδούσε μια μελωδία της Μαντόνα. Οι πόρτες άνοιξαν και οι γορίλες, όχι πολύ σταθερά, ανέβηκαν τη ράμπα. Έτρεξα προς τα πίσω και ανέβηκα τη ράμπα πίσω τους, αλλά δεν μπορούσα να δω τίποτα- οι γορίλες φαίνονταν να έχουν εξαφανιστεί εντελώς.

Περπάτησα λίγο πιο μέσα στο φορτηγάκι και συνάντησα έναν διαχωριστικό τοίχο μαύρουχρώματος που χώριζε το φορτηγάκι στα δύο. Πέρασα τα χέρια μου πάνω από το διαχωριστικό και έσπρωξα και σήκωσα, αλλά ο τοίχος ήταν συμπαγής, χωρίς καμία από τις ρωγμές που θα περίμενε κανείς γύρω από τις άκρες μιας πόρτας.

"Εμπρός;" φώναξα, χτυπώντας τον τοίχο. Έμπρός. Κύριε Νώε;

Ένα μακρόστενο φως εμφανίστηκε στον τοίχο και ένας ηλικιωμένος άνδρας πέρασε μέσα από αυτό, αν και καμία πόρτα δεν φαινόταν να ανοίγει. Ήταν ψηλός, με λευκά μαλλιά και γένια και φωτεινά, λαμπερά, πράσινα μάτια που έλαμπαν. Φορούσε μπλε φόρμα, όπως αυτές που μπορεί να αγοράσει κανείς σε καταστήματα με είδη σπιτιού.

Ναι; Μπορώ να σας βοηθήσω;" ρώτησε.

"Κύριε Νώε;

"Πράγματι.

"Λοιπόν, δεν ξέρω πώς να το πω αυτό χωρίς να ακουστώ σαν φρουτάκι και τρελός, αλλά μόλις είδα δύο γορίλες να βγαίνουν από την παμπ και να μπαίνουν εδώ μέσα".

"Θεέ μου, δεν ήταν ενοχλητικοί, έτσι δεν είναι; Ο τύπος μπορεί να ξεφύγει λίγο από τον έλεγχο, αν πιει βότκα. Του λέω να μείνει στο κόκκινο κρασί, αλλά τι μπορείς να κάνεις με έναν ξεροκέφαλο νεαρό γορίλα, ε;

"Όχι, όχι, δεν είναι αυτό, αλλά... έχω δει και ελέφαντες και λιοντάρια. Όλα βγαίνουν από εδώ.

"Ναι, είναι η μέρα τους έξω- αλλιώς θα γίνουν λίγο νευρικοί εδώ μέσα".

Είναι ασφαλές; Εννοώ, να τα αφήνετε έτσι έξω;

"Ναι, φυσικά. Όλοι γνωρίζουν τον κώδικα οδικής κυκλοφορίας - κοιτάξτε αριστερά, κοιτάξτε δεξιά, κοιτάξτε πάλι αριστερά πριν διασχίσετε το δρόμο και όλα αυτά.

"Δεν εννοώ γι' αυτούς. Εννοώ για τους ανθρώπους. Απλά δεν μπορείς να έχεις λιοντάρια να περιφέρονται, μπορεί να επιτεθούν σε κάποιον".

"Θα πρέπει να ξέρετε ότι τα λιοντάρια μου είναι κατάλληλα εκπαιδευμένα, έχουν μάθει να σέβονται τους ανθρώπους και την περιουσία, όχι σαν μερικούς από τους ανθρώπους που βλέπετε να περιφέρονται στους δρόμους αυτές τις μέρες".

Κούνησα το κεφάλι μου με απορία- η κατάσταση είχε αρχίσει να γίνεται υπερβολικά σουρεαλιστική για να την περιγράψω με λόγια.

"Τι είναι αυτό; Είσαι μέλος ενός τσίρκου;

"Θεέ μου, όχι, είμαστε σε... αποστολή συλλογής".

"Αποστολή συλλογής;

"Ναι, για το έργο Κιβωτός 2019. Η περιοδεία Πίσω στα Βασικά .'

'Κιβωτός; Όπως... στην... Κιβωτό του Νώε;'

"Ναι, απολύτως.

Δεν ήξερα ποιος ήταν ο πιο τρελός, αυτός ή εγώ. "Τι συλλέγεις; ρώτησα αργά.

"Περάστε, θα σας δείξω".

Και πολύ απρόθυμα τον άφησα να με πιάσει από το χέρι και να με οδηγήσει μέσα από τη μακρόστενη φωτεινή πόρτα. Στο εσωτερικό, οι τοίχοι ήταν επενδεδυμένοι, από το δάπεδο μέχρι την οροφή, με εκατοντάδες και εκατοντάδες και εκατοντάδες γυαλιστερά μεταλλικά συρτάρια, το καθένα περίπου δύο μέτρα πλάτος και τρεις ίντσες ύψος.

Για τους γορίλες δεν υπήρχε κανένα σημάδι.

Στη μία πλευρά, υπήρχε ένα τραπέζι με κάτι που θεώρησα ότι ήταν ένας υπολογιστής- αν και δεν έμοιαζε με κανέναν υπολογιστή που είχα δει ποτέ πριν, καθώς είχε σχήμα γιγάντιου σωρού βουβαλίσιας κοπριάς με μια φωτεινή οθόνη τοποθετημένη στη μέση. Το ενσωματωμένο πληκτρολόγιο είχε σχήμα μπανάνας αλλά χωρίς αξιοσημείωτα πλήκτρα.

Ο Νώε κάθισε και έπαιξε με τα δάχτυλά του πάνω στο "πληκτρολόγιο". Φώτα αναβόσβησαν στην οθόνη και μια εκτύπωση αναδύθηκε από το πλάι αυτού που ήταν.

"Ναι, ψάχνουμε για αλεπούδες, κόκκινους σκίουρους, αγελάδες των Highland, ασβούς, νυφίτσες και, αν τα δούμε, ένα ζευγάρι νυφίτσες, εντάξει, αλλά να μην καταβάλουμε ιδιαίτερη προσπάθεια κατά τα άλλα".

"Δεν υπάρχουν πολλά βοοειδή των Χάιλαντ εδώ γύρω", είπα.

"Όχι, κάναμε λάθος υπολογισμό- το σύστημα GPS δεν λειτουργεί πολύ καλά".

"Παγκόσμιο σύστημα εντοπισμού θέσης;

"Όχι, η υπηρεσία τοποθέτησης του Θεού!

Ακριβώς τότε άνοιξε μια άλλη μη πόρτα και μια μεσήλικη γυναίκα μπήκε μέσα. Ο Νώε σηκώθηκε όρθιος: "Η γυναίκα μου, η Τζόαν", είπε, βάζοντας το χέρι του γύρω από τον ώμο της.

"Α, τότε πρέπει να είσαι η Ιωάννα της Κιβωτού", απάντησα λαμπρά. Μου χάρισε ένα λυπημένο χαμόγελο, το είδος του χαμόγελου που χαρίζεις στους ηλίθιους και τα σκυλιά.

"Δεν μαζεύετε πραγματικά για μια κιβωτό, έτσι δεν είναι; Εννοώ για την περίπτωση που υπάρξει μεγάλος κατακλυσμός; Ρώτησα, νιώθοντας ανόητος ακόμα και όταν το είπα.

"Φυσικά! Ο Μεγάλος Τζι έχει βαρεθεί τη Γη. Θέλει να τα ξαναρχίσει όλα από την αρχή και ανέθεσε σε μένα και τα αγόρια μου να φτιάξουμε μια άλλη κιβωτό. Σχεδόν τελειώσαμε, στην πραγματικότητα.

"Αλλά πού είναι; Η Κιβωτός;

Ο Νώε μου έριξε ένα αστείο, σχεδόν πονηρό βλέμμα. "Αυτό είναι, στέκεσαι μέσα σε αυτό. Η Κιβωτός του 2008!'

"Αλλά τα ζώα... πού είναι τα ζώα;

"Αυτή τη φορά πήγαμε στην υψηλή τεχνολογία. Θέλω να πω, δεν φαντάζεστε το χάος την προηγούμενη φορά, εκατοντάδες και εκατοντάδες ζώα κλεισμένα σε κλουβιά για σαράντα ημέρες και νύχτες".

"Η μυρωδιά", παρενέβη η Τζόαν. Η μυρωδιά ήταν απλά ακαταμάχητη".

"Και όχι μόνο αυτό, δεν ξέρω πόσα είδη εξαφάνισαν οι τίγρεις όταν δραπέτευσαν από τα μαντριά τους και άρχισαν να τρώνε πράγματα".

"Και αυτή η τεράστια Κιβωτός ήταν τόσο δυσκολοεξυπηρετήσιμη.

"Ναι, προσπαθούσαμε να πάμε στη Φλόριντα. Θα στήναμε εκεί αυτό που θα λέγατε θεματικό πάρκο, αλλά καταλήξαμε στο όρος Αραράτ".

"Φλόριντα;

"Ναι. Βέβαια, τότε δεν την αποκαλούσαμε Φλόριντα, αλλά Μπαρζακκαλαχαχάρ".

Σκέφτηκα ότι ήταν σίγουρα τρελό.

Κοίταξα ξανά γύρω από την "Κιβωτό", ψάχνοντας για σημάδια ζώων, αλλά τίποτα - ούτε καν ένα ποντίκι δεν έπεσε.

"Μα... πού είναι τα ζώα;" ρώτησα ξανά.

"Όπως σας είπα, γίναμε hi-tech", απάντησε ο Νώε. "Κάθε ζώο που είναι στο πρόγραμμα περνάει από την οθόνη επεξεργασίας", και χτύπησε τον διαχωριστικό τοίχο. Είναι αυτό που λέμε οθόνη ΑΚΤΙΜΟΡΑΣΤΙΦΛΑΖ. Δεν θα μπορούσα να σας πω τι σημαίνει το ακρωνύμιο ΑΚΤΙΜΟΡΑΣΤΙΦΛΑΖ, αλλά στην ουσία ανάγει το αντικείμενο σε βασικά γονίδια DNA, τα οποία στη συνέχεια αποθηκεύονται σε ένα είδος δισκέτας", και ο Νόα άνοιξε κάτι που έμοιαζε με φούρνο μικροκυμάτων τοποθετημένο στο πλάι του γραφείου του και έβγαλε δύο γυαλιστερές μεταλλικές λωρίδες στο μέγεθος και το πάχος μιας πιστωτικής κάρτας. 'Αυτός είναι ο Γκάι και αυτή είναι η Τζεραλντίν, οι γορίλες'. Έτρεξε τα δάχτυλά του κατά μήκος των σειρών των συρταριών, άνοιξε ένα και έβαλε μέσα τις κάρτες. Μια μοβ λάμψη αναδυόταν από το συρτάρι.

"Μα πέρασα μέσα από την οθόνη", είπα. 'Γιατί δεν μου μειώθηκε η αξία της κάρτας Visa Platinum;'

"Α, τώρα, ορίστε. Οι άνθρωποι δεν είναι στο πρόγραμμα.

"Όχι στο πρόγραμμα; ρώτησα, με μια αίσθηση αυξανόμενης ανησυχίας.

Όχι, φοβάμαι πως όχι. Το Αφεντικό έχει βαρεθεί εντελώς τους ανθρώπους, το μεγαλύτερο λάθος που έκανε ποτέ, λέει. Με τους ατελείωτους πολέμους και την υπερθέρμανση του πλανήτη και την καταστροφή των τροπικών δασών, τη μόλυνση των θαλασσών, ο Μεγάλος Τζι έχει βαρεθεί. Εξ ου και η περιοδεία

"Επιστροφή στα βασικά". Οι άνθρωποι, φοβάμαι ότι θα εξαφανιστούν".

"Και όχι πολύ σύντομα", πρόσθεσε η Τζόαν.

"Άνθρωποι και μύγες!

"Και νυχτερίδες φρούτων, άσχημα βρώμικα πράγματα.

"Αλλά... αλλά τι γίνεται με εσάς τους δύο; Δεν είστε άνθρωποι; ρώτησα.

"Θεέ μου, όχι!

"Θεός φυλάξοι!

"Είμαστε Σολάμπνοσολάμπνιοι.

"Και περήφανοι γι' αυτό.

"ΣολάμπνοΣολάμπνιοι;

"Από τον πλανήτη Σολάμπνο, στον γαλαξία Μαλακνίντ, 179.000.000.000.000.000.000.000 και 2 έτη φωτός μακριά.

"Μας πήρε πάνω από μια εβδομάδα να φτάσουμε εδώ, αλλά η κίνηση ήταν τόσο μεγάλη γύρω από την Ανδρομέδα".

Ακριβώς τότε ένα φως άρχισε να αναβοσβήνει στον υπολογιστή κοπριάς.

"Νόα, έχεις γράμμα G", είπε η Τζόαν.

"G mail; ρώτησα,

"Ναι, όπως το ηλεκτρονικό ταχυδρομείο", απάντησε, "αλλά είναι Yehovah.com και όχι yahoo.com. Ένας πολύ πιο ισχυρός διακομιστής. Τι είναι, αγαπητή μου; ρώτησε η Τζόαν.

Ο Μεγάλος Τζι θέλει να τελειώνουμε αμέσως. Φαίνεται ότι το μέτωπο της καταιγίδας κινείται μάλλον πιο γρήγορα από ό,τι αναμενόταν, κάτι που έχει να κάνει με τους ηλιακούς ανέμους, προφανώς".

Ο Νώε ήρθε κοντά μου και μου έσφιξε το χέρι. "Χάρηκα πολύ για τη γνωριμία, παλιόφιλε, αλλά μάλλον αμφιβάλλω αν θα ξανασυναντηθούμε".

"Ναι, χαίρομαι που σε βλέπω", επανέλαβε η

Τζόαν, με την ανειλικρίνεια να στάζει από πάνω της όπως το νερό από μια πνιγμένη νυχτερίδα με φρούτα.

Ο Νώε με οδήγησε έξω.

Έβρεχε.

Βρέχει αρκετά έντονα!

Ο ΠΆΓΚΟΣ ΜΕ ΤΙΣ ΛΕΜΟΝΆΔΕΣ

Κάποια από αυτά που ακολουθούν συνέβησαν.
Meerut. Βόρεια Ινδία, 10 Μαΐου 1857

Ο ήλιος αργά το απόγευμα χτυπάει ανελέητα τις έντονα χρωματιστές τέντες του παζαριού της Meerut, χαράσσοντας βαθιές σκιές στις πόρτες και τα στριφογυριστά μυριάδες σοκάκια του παζαριού, καθώς αιχμηρά θραύσματα εκτυφλωτικού φωτός ξαφνικά ξεπηδούν από τους ασβεστωμένους τοίχους, μια εκθαμβωτική επίθεση από τις πιο σκοτεινές σκιές και τη διαπεραστική φωτεινότητα.

Ένα μακρινό μουρμουρητό, ένας θόρυβος σαν επερχόμενο τρένο που πλησιάζει στο σταθμό, ο θόρυβος κυματίζει και αυξάνεται και οργισμένες, εξοργισμένες κραυγές αρχίζουν να αντηχούν στους δρόμους και τα δρομάκια, μια διόγκωση μίσους, οργής και φοβερής δίψας για αίμα. Στο βάθος, μια πορτοκαλί λάμψη διαπερνά τον ουρανό, καθώς μια στροβιλιζόμενη στήλη καπνού τον μαυρίζει.

Τρομοκρατημένος, με το πρόσωπό του χλωμό από τον τρόμο, ένας νεαρός Βρετανός στρατιώτης τρέχει για τη ζωή του, καταδιωκόμενος από τον γεμάτο μίσος όχλο που φωνάζει το μίσος του καθώς κυνηγάει τον Δραγουμάνο μέσα στα στενά σοκάκια και τους δρόμους του παζαριού. Οι κραυγές μίσους πέφτουν στα αυτιά του και ο φόβος κυριεύει τη χτυπημένη καρδιά του καθώς τον καταδιώκουν. "Mat karo, Mat karo, Siphai jaï", φωνάζουν. Σκοτώστε! Σκοτώστε!

"Βοήθεια! Βοηθήστε με!' ουρλιάζει με τη σειρά του, οι κραυγές του πνίγονται από τον όχλο που τον πλησιάζει.

Τα στενά δρομάκια είναι γεμάτα τώρα με σεπάι εκτός υπηρεσίας και σοουάρ, πωλητές πάγκων που πουλάνε τα εμπορεύματά τους, σαρικοφορεμένες μπίμπιρες με μικρά γυμνά τσίκο γύρω από τις φούστες τους που φωνάζουν και ουρλιάζουν στον νεαρό Δραγουνοφρουρό καθώς αυτός τρέχει για τη ζωή του... τρέχει σαν να τον κυνηγούν όλες οι βάνες της κόλασης. Τα σπασμένα πνευμόνια του αγκομαχούν για αέρα στον καυτό, υγρό, γεμάτο σκόνη αέρα, στα βρωμερά, απάνεμα σοκάκια που μοσχοβολούν από τη δυσωδία των ούρων, των ανθρώπινων σκατά και της κοπριάς των βοοειδών, των πλούσιων μπαχαρικών και του καπνού από αμέτρητες μικρές ψησταριές.

Το σάκο του πετάγεται από το κεφάλι του για να το κλωτσήσει στην άκρη ο τραγουδιστικός, ταραχώδης, οργισμένος όχλος, φωνάζοντας και ουρλιάζοντας ασυνάρτητα, βλέποντας μόνο το τρομοκρατημένο θήραμά τους μπροστά τους, αδιαφορώντας για οτιδήποτε άλλο εκτός από την καυτή ανάγκη να σκοτώσουν τον μισητό *γκόρα-λογκ*, τα ένστικτα του όχλου υπερισχύουν όλων των άλλων. *Hatya! Hatya. Hatya.* Σκοτώστε, σκοτώστε, σκοτώστε.

Φανταστείτε, αν μπορείτε, τον τρόμο του καθώς τρέχει να ξεφύγει μέσα από τα στενά, φιδωτά δρομάκια και σοκάκια, με την καρδιά του να χτυπάει δυνατά, τους πνεύμονές του να καίνε, πιθανότατα χωρίς να έχει ιδέα γιατί ο όχλος που τον καταδιώκει είναι τόσο αποφασισμένος να τον σκοτώσει-πιθανότατα πολλοί από την ορδή που τον κυνηγάει δεν ξέρουν ούτε το γιατί, καθώς είναι απλά παγιδευμένοι στη δίνη της υστερίας του όχλου.

Μια ιθαγενής γυναίκα ντυμένη με ένα πλούσιο πράσινο σαρίκι τον φτύνει και τον βρίζει καθώς ο στρατιώτης περνάει. Ένας άλλος προσπαθεί να του βάλει τρικλοποδιά. Εκείνος αποφεύγει το απλωμένο πόδι, αλλά με αυτόν τον τρόπο παραπατάει, τα χέρια του ανεμοδαρμένα καθώς προσπαθεί να κρατήσει την ισορροπία του, αλλά επιβραδύνεται και ο όχλος, βλέποντας το παραπάτημα, βρυχάται με αγαλλίαση, γνωρίζοντας ότι το θήραμά του πέφτει όλο και πιο κοντά. Απεγνωσμένα, σπρώχνει τα πονεμένα πόδια του προς τα εμπρός, γνωρίζοντας ότι ένα ακόμη γλίστρημα ή σκόνταφο θα του κοστίσει τη ζωή.

Εκείνη τη στιγμή, ένα μικρό κορίτσι βγαίνει τρέχοντας από την πόρτα ενός καταστήματος, με τη μητέρα της να το καταδιώκει. Το παιδί τρέχει κατευθείαν μπροστά από τον στρατιώτη που φεύγει. Εκείνος προσπαθεί να την αποφύγει, αλλά η σιδερένια μπότα του την πιάνει στην κνήμη και, με ένα ουρλιαχτό πόνου, πέφτει στο έδαφος και η μητέρα της δεν προλαβαίνει να την φτάσει προτού την ποδοπατήσουν τα πόδια του καταδιωκόμενου όχλου. Με έναν οδυνηρό θρήνο, η μητέρα του *chico* δεν μπορεί παρά να παρακολουθεί με τρόμο το κοριτσάκι να συνθλίβεται στο σκληρό χώμα του παζαριού. Μόλις ο αφηνιασμένος όχλος περάσει, κρατάει το σπασμένο σώμα της κόρης της στο στήθος της και κλαίει από αγωνία. Αυτός δεν θα είναι ο πρώτος θάνατος σήμερα.

Ο στρατιώτης τρέχει αλλά κουράζεται. Το νωχελικό καθεστώς στο στρατόπεδο της Meerut δεν ευνοεί τη φυσική κατάσταση και την αθλητικότητα-ένας λευκός στρατιώτης δεν έβγαζε μόνος του το νερό, δεν μαγείρευε μόνος του τα γεύματά του, δεν έπλενε μόνος του τα ρούχα του, ξυριζόταν καθώς ξάπλωνε στο κρεβάτι του και περνούσε τις μέρες με πλήξη και απραξία στη σκιά του μπλοκ του στρατώνα του, βγαίνοντας έξω μόνο όταν ο καυτός ινδικός ήλιος βυθιζόταν, όταν η ζέστη της ημέρας διαλυόταν, όταν όλα τα πάθη θα έπρεπε να είχαν εξατμιστεί κάτω από την ανελέητη ζέστη.

Ο νεαρός Δραγουδιστής κουράζεται γρήγορα και η καταδίωξη πίσω του είναι αδυσώπητη, πλησιάζει όλο και πιο κοντά, μια ρευστή, ρέουσα ορδή μίσους και αιμοδιψίας. Παραπατάει μια τελευταία φορά και πέφτει πάνω σε έναν πάγκο με λεμονάδες, στέλνοντας ένα σωρό μπουκάλια και ποτήρια να πέσουν στο έδαφος. Κρατώντας το γοφό του από τον πόνο, κουτσαίνει, αλλά είναι καταδικασμένος. Οι μπροστάρηδες του όχλου, καμιά δεκαριά σεπαδόροι του συντάγματος με σακάκια και σταυρωτές ζώνες, παρακινούνται από τη σύγκρουση του Δραγουμάνου και τον αρπάζουν, κρατώντας τον ψηλά καθώς αυτός χτυπιέται και χτυπιέται. Φωνάζουν ασυνάρτητα από θρίαμβο και αιμοδιψία και τον ρίχνουν κάτω στο τραπέζι του πάγκου με τη λεμονάδα και τον κρατούν από τα χέρια και τα πόδια του, ενώ άλλοι αρπάζουν τα σπασμένα μπουκάλια και μαχαιρώνουν και μαχαιρώνουν τον ουρλιάζοντα στρατιώτη, κόβοντας το πρόσωπο και τα μάτια του, με το αίμα να τρέχει σε χείμαρρους και να αναμειγνύεται με τον αφρό της λεμονάδας.

'*Angreji cala kutte ko mauta.*' Θάνατος στο αγγλικό σκυλί που τρέχει. '*Hatya, hatya, hatya.*' Σκότωσε. Σκοτώστε!

Ακόμα περισσότερα μπουκάλια σπάνε, καθώς οι ταραξίες αρπάζουν τα κοφτερά θραύσματα για να καρφώσουν τα γεννητικά όργανα και το στομάχι του. Στριφογυρίζει και ουρλιάζει από την αγωνία καθώς τα αιματοβαμμένα θραύσματα μπουκαλιών σηκώνονται και μαχαιρώνουν, σηκώνονται και μαχαιρώνουν, σηκώνονται και μαχαιρώνουν, κόβουν και κόβουν, ακρωτηριάζοντας τον πέρα από κάθε αναγνώριση. Κι όμως εξακολουθεί να ουρλιάζει και να χτυπιέται, ολόκληρο το σώμα του ένας αιματοβαμμένος εφιάλτης, η στολή του κομματιασμένη, η σάρκα του σκισμένη σε αιματοβαμμένα κομμάτια. Στη συνέχεια, ένα σχοινί τυλίγεται γύρω από το λαιμό του και τον ανεβάζουν σε μια δοκό, με το αίμα να τρέχει και να χύνεται από το πλήθος των πληγών του, καθώς χτυπιέται και στριφογυρίζει στην άκρη του σχοινιού, με το πρόσωπό του μια αιματοβαμμένη, απογυμνωμένη από σάρκα μάσκα, με το ένα πολτοποιημένο μάτι να κρέμεται από μια οφθαλμική κλωστή. Ακόμα και καθώς κρέμεται εκεί, ευτυχώς πλέον στα πρόθυρα του θανάτου, ο όχλος συνεχίζει να χαράζει και να κομματιάζει το σώμα του καθώς στριφογυρίζει προς τα εδώ και προς τα εκεί.

Μόνο όταν δεν υπάρχουν πια μπουκάλια για να σπάσουν, η δίψα για αίμα χαλαρώνει και εξατμίζεται τόσο γρήγορα όσο γρήγορα προέκυψε για πολλούς από τους ταραξίες. Σαν να ντρέπονται ξαφνικά για τις πράξεις τους, πολλοί από τον αιμοσταγή όχλο αρχίζουν να απομακρύνονται, φοβούμενοι ξαφνικά ότι σίγουρα θα ακολουθήσει τιμωρία- τιμωρία που θα είναι αμείλικτη και σκληρή και πολλοί φοβούνται τώρα ότι θα οδηγηθούν σε συνοπτική δίκη στην αγχόνη των Βρετανών.

Άλλοι, οι επικεφαλής, κυρίως σεπαίοι, φωνάζουν και κραυγάζουν την αγαλλίασή τους, προτρέποντας τον υπόλοιπο όχλο να διαπράξει περισσότερες δολοφονίες, περισσότερες δολοφονίες.

"Βλέπετε, αδελφοί, έγινε. Θάνατος στους Βρετανούς, θάνατος στους Βρετανούς, ήδη οι sahibs φεύγουν, τρέχουν σαν τα σκυλιά προς τη θάλασσα. Θα τους καταστρέψουμε όλους, είναι προφητευμένο, είναι γραμμένο, θα τους διώξουμε από την αγαπημένη γη. Ελάτε αδέρφια, στη λευκή πόλη, ελευθερώστε τα δεσμά σας. Σκοτώστε. Σκοτώστε τα σκυλιά που τρέχουν, τους λευκούς διαβόλους. Θάνατος. Θάνατος. Θάνατος. Θάνατος στο *gora-log*.

Καθώς οι τελευταίοι από τους δολοφονικούς ταραξίες προχωρούν, ο ιδιοκτήτης του πάγκου με τη λεμονάδα βγαίνει προσεκτικά από την κρυψώνα του στο πίσω μέρος του πάγκου, κρατώντας με σύνεση το δρόμο του, καθώς η θανατηφόρα εξέγερση ξεσπούσε στους δρόμους. Στεκόμενος ανάμεσα σε ποτάμια αίματος και λεμονάδας, σε γυάλινα μαχαίρια με αίμα, σε σπασμένες καρέκλες, σε σπασμένα μπουκάλια και ποτήρια, ο ΜπιΤζιΠι Γιόσι επιθεωρεί την καταστροφή της επιχείρησής του. Στην καλύτερη περίπτωση, ήταν μια επισφαλής επιχείρηση, που μόλις και μετά βίας κάλυπτε το κόστος των λεμονιών, (χρησιμοποιούσε πάντα μόνο τα καλύτερα και πιο φρέσκα, τα πιο ακριβά λεμόνια) της ζάχαρης και του βρασμένου νερού, το ενοίκιο του γωνιακού χώρου και την αποπληρωμή στον Γκομπίντα, τον *σαχουκάρα*, τον τοκογλύφο τοκογλύφο από τον οποίο δανείστηκε πολλά λακ για να ξεκινήσει τον πάγκο. Ο ΜπιΤζιΠι Γιόσι δεν έχει καμία πιθανότητα να ανανεώσει τον πάγκο του, να αντικαταστήσει τα σπασμένα μπουκάλια και ποτήρια- καμία πιθανότητα να πληρώσει το ενοίκιο, να ικανοποιήσει τον άρπαγα τοκογλύφο ή να βάλει φαγητό στο τραπέζι για την οικογένειά του. Είναι κατεστραμμένος - κατεστραμμένος πέρα από την καταστροφή της επιχείρησής του, εντελώς κατεστραμμένος. Τα χρέη του θα τον ακολουθήσουν στον τάφο του- θα τον ακολουθήσουν στα παιδιά των παιδιών του και πέρα από αυτά.

Με θλίψη στρέφεται προς το ταλαντευόμενο σώμα του δολοφονημένου στρατιώτη και πιάνει για λίγο το ματωμένο χέρι του, σαν να θέλει να τον παρηγορήσει. "*Gariba, gariba larake*. Φτωχό, φτωχό αγόρι. Μπορεί να δει ότι ο νεκρός στρατιώτης δεν ήταν παρά ένας νέος. Στον ΜπιΤζιΠι Γιόσι αρέσουν οι *Angreji, Angreji sainikom*, οι Άγγλοι και οι Άγγλοι στρατιώτες. Οι Άγγλοι *memsahibs* είναι καλοί πελάτες, όπως και οι στρατιώτες, αλλά ξέρει ότι εκτός από την καταστροφή του, οι εκδικητικοί στρατιώτες θα θεωρήσουν ότι είναι συνένοχος στη δολοφονία. Εξάλλου, ο στρατιώτης έχει πετσοκοπεί μέχρι θανάτου στο κατώφλι του, οπότε δεν θα τεθούν ερωτήματα για την ενοχή του ή όχι, γιατί σίγουρα, μα τους θεούς, οι *Angreji* θα τον κρεμάσουν, θα τον σηκώσουν ψηλά για να πνίξει την τελευταία του πνοή στο δοκάρι της αγχόνης.

(Δεν γνωρίζω την ταυτότητα του στρατιώτη που σκοτώθηκε τόσο βάναυσα εκείνη την ημέρα. Όσο κι αν έχω διαβάσει ιστορίες της ινδικής ανταρσίας - ή της ινδικής εξέγερσης ανάλογα με την άποψή σας - ή έχω επισκεφθεί ιστότοπους, δεν μπορώ να βρω καμία αναφορά που να μου δίνει το όνομά του. Αξίζει να κατονομαστεί- ήταν μεταξύ των πρώτων που έχασαν τη ζωή τους στα αιματηρά γεγονότα της ανταρσίας- τουλάχιστον θα έπρεπε να τον θυμόμαστε ονομαστικά).

Καθώς συνειδητοποιεί την αναπόφευκτη τιμωρία που θα ακολουθήσει, ο ΜπιΤζιΠι Γιόσι τρέχει γρήγορα πίσω στα μικροσκοπικά δωμάτια γεμάτα καπνό στα οποία ζει με τη σύζυγό του Αμίσι, τον γιο του Γκόπαλ και την κόρη του Λακσάκι.

"Γρήγορα, γυναίκα!" φωνάζει στη γυναίκα του, καθώς εκείνη κάθεται δίπλα σε μια μικρή φωτιά και μαγειρεύει τσαπάτι και φακές. "Μάζεψε τα πάντα, ό,τι μπορούμε να κουβαλήσουμε. Πρέπει να φύγουμε τώρα. Τώρα! Πριν έρθουν οι στρατιώτες και με κρεμάσουν.

'Πηγαίνετε; Πήγαινε, σύζυγε; Γιατί πρέπει να φύγουμε;

"Μην διαφωνείτε, απλά κάντε ό,τι σας είπαν,

μαζέψτε ό,τι μπορείτε να μεταφέρετε, πρέπει να πάμε στην Άγκρα, να μείνουμε με τον δεύτερο ξάδελφο. Δεν έχουμε χρόνο για χάσιμο. Γρήγορα. Τζίλντι, Τζίλντι.

Ο Αμίσι δεν υποστηρίζει περαιτέρω. Γρήγορα και αποτελεσματικά, συγκεντρώνει τα μέτρια υπάρχοντά τους. Έχοντας ανάγκη να πάρει τα μαγειρικά σκεύη, τα βγάζει από τη φωτιά, καίγοντας τα χέρια της καθώς το κάνει, και στη συνέχεια κάθεται οκλαδόν και ουρεί για να σβήσει τη φωτιά. Τυλίγει τα ρούχα που έχουν σε ένα μεγάλο δέμα που θα μεταφέρει στο κεφάλι της και λέει στην κόρη της να βάλει τα όποια τρόφιμα και το μαγειρικό γκί σε ένα μεγάλο πήλινο μπολ που θα πρέπει να μεταφέρει, καθώς ο BGP φουσκώνει και παρεμβαίνει, δημιουργώντας σύγχυση και αναταραχή, σφίγγοντας τα χέρια του από αγωνία και προτρέποντας για μεγαλύτερη ταχύτητα, ενώ σηκώνει αντικείμενα, τα αφήνει πάλι κάτω πριν τα κρατήσει αναποφάσιστος, κουνώντας το κεφάλι του από τη μια πλευρά στην άλλη σε αναστάτωση.

'Γκόπαλ. Πού είναι ο Γκοπάλ;" ρωτάει ξαφνικά, μόλις συνειδητοποιώντας ότι το αγόρι δεν είναι εκεί, κοιτάζοντας γύρω του σε κάθε γωνιά σαν να περιμένει το αγόρι να εμφανιστεί ως δια μαγείας,

'Γκόπαλ; Πήγε να δει τον φίλο του Σαντζέι.'

Γιατί βλέπει τον Σαντζέι; Η θέση του είναι εδώ, να δουλεύει, γιατί τι άλλο έχει ο άνθρωπος γιους από το να τον ακολουθούν στη δουλειά του;

"Πρέπει να περιμένουμε να επιστρέψει.

"Όχι, όχι αναμονή. Οι στρατιώτες θα έρθουν από λεπτό σε λεπτό, από λεπτό σε λεπτό και θα με κρεμάσουν για το καημένο το αγόρι, παρόλο που δεν έκανα τίποτα, δεν ήμουν εκεί, ήμουν εδώ, αλλά οι θυμωμένοι στρατιώτες δεν θα ακούσουν, οι θυμωμένοι στρατιώτες δεν ακούνε ποτέ, μόνο κρεμάζουν και σκοτώνουν, ίσως κρεμάσουν και τον Γκοπάλ.'

'Γκόπαλ; Είναι απλά ένα αγόρι.'

"Οι στρατιώτες δεν νοιάζονται, νοιάζονται μόνο για το κρέμασμα και τη δολοφονία. Φεύγουμε. Τώρα! Αφήστε μήνυμα για τον Γκόπαλ στο μαγαζί του Laxman απέναντι, θα μας ακολουθήσει στο δρόμο για την Agra. Τώρα, φεύγουμε. Λακσάκι, έλα. Έλα. Τώρα!

Και ο ΜπιΤζιΠι Γιόσι βγαίνει βιαστικά έξω, ρίχνοντας μόλις μια ματιά στο σώμα του δολοφονημένου στρατιώτη που κρέμεται ακόμα εκεί, καθώς κανείς άλλος δεν τολμούσε να τον πλησιάσει ή να τον ρίξει κάτω από το φόβο της τιμωρίας. Με φόβο, η Αμίσι και η Λακσάκι, με τα μάτια χαμηλωμένα, προσπερνούν το πτώμα και ακολουθούν τον ΜπιΤζιΠι Γιόσι καθώς αυτός τρέχει μέσα από τα σοκάκια προς τα προάστια της πόλης και τον δρόμο προς την Άγκρα. Επιβαρυμένες από τα βαριά φορτία τους, η μητέρα και η κόρη πασχίζουν να ακολουθήσουν τον Joshi που φεύγει, ο οποίος κουβαλάει μόνο ένα φανταχτερό γύψινο ομοίωμα του ινδουιστικού θεού Vishnu, του Προστάτη.

(Μήπως ο Γκοπάλ πρόλαβε ποτέ την οικογένειά του; Δεν ξέρω. Θα ήθελα να το πιστέψω, αλλά πιθανότατα όχι, πιθανότατα βρέθηκε στο χάος που ακολουθεί. Οι ΜπιΤζιΠι Γιόσι, Αμίσι και Λακσάκι πρέπει να μας αφήσουν τώρα, για να μην επιστρέψουν)

Πίσω τους, η πόλη Meerut ξεσπά σε ένα όργιο σφαγών, λεηλασιών, βιασμών, δολοφονιών, ανταρσίας και εξέγερσης.

Η ινδική ανταρσία είχε αρχίσει.

ΑΔΕΛΦΟΙ

Μια χειμωνιάτικη νύχτα του Δεκεμβρίου του έτους 1542, τρέμοντας οι μοναχοί έτρεχαν από τον κοιτώνα τους προς την πλαϊνή πόρτα της εκκλησίας, καθώς ένας πικρός, παγωμένος άνεμος έκοβε τις καμάρες των σπηλαίων. Ήταν 2 π.μ., η ώρα της προσευχής του Μεσονυκτικού και οι μοναχοί, μπλε από το κρύο, παρατάχθηκαν ανά δύο, περιμένοντας τον υποδιοικητή να ανοίξει την πόρτα. Το εσωτερικό της εκκλησίας δεν ήταν θερμαινόμενο, αλλά τουλάχιστον μέσα, θα ήταν προστατευμένοι από τον πικρό άνεμο.

Ήταν εξαιρετικά ασυνήθιστο να μην υπάρχει άμεση πρόσβαση από τον κοιτώνα των μοναχών στον πρώτο όροφο στο σώμα της εκκλησίας. Τα περισσότερα μοναστήρια είχαν μια νυχτερινή σκάλα που οδηγούσε στο δυτικό κλίτος, αλλά εδώ, οι μοναχοί κατέβαιναν μέσω μιας σκάλας στην άλλη γωνία του σπηλαίου, το οποίο, αν και στεγασμένο, ήταν ανοιχτό στα πλάγια, ανοιχτό στον παγωμένο παγωμένο άνεμο και στη βροχή και το χιονόνερο.

Οι παγοκρύσταλλοι κρέμονταν σε λαμπερούς κυνόδοντες από τις μαρκίζες και τις υδρορροές των σπηλαίων· μια κουκουβάγια γιούχαζε θριαμβευτικά καθώς έπεφτε πάνω σε ένα ποντίκι ή ένα ποντίκι που έτρεχε στους άγονους κήπους των σπηλαίων, πριν πετάξει πάνω από την οροφή των σπηλαίων και φτάσει στη φωλιά της στον πύργο του καμπαναριού. Οι περισσότεροι από τους μοναχούς κρύωναν πολύ και ήταν πολύ δυστυχισμένοι για να το προσέξουν, καθώς στριμώχνονταν μέσα στους λεπτούς μάλλινους χιτώνες τους, με τις κουκούλες των σπαγγέλων τους τυλιγμένες σφιχτά γύρω από τα κεφάλια τους, πατώντας τα σανδαλωτά τους πόδια σε μια μάταιη προσπάθεια να ζεσταθούν,

Το μοναστήρι, αφιερωμένο στον Άγιο Σεβεριανό, ήταν στην πραγματικότητα εξαιρετικά φτωχό. Ο Άγιος Σεβεριανός ήταν ένας ασήμαντος άγιος, ούτε καν μάρτυρας, και το ίδιο το μοναστήρι διέθετε ελάχιστα σημαντικά θρησκευτικά κειμήλια που ήταν απαραίτητα για την προσέλκυση πλούσιων προσκυνητών που πλήρωναν. Δεν υπήρχαν ούτε καρφιά από τη Σταύρωση, ούτε αυθεντικά θραύσματα ξύλου από τον Αληθινό Σταυρό, ούτε οστά από οποιονδήποτε από τους αποστόλους ή τους σημαντικούς αγίους, ούτε ένα κομμάτι αποξηραμένου δέρματος από τον γδαρμένο Άγιο Βαρθολομαίο ή ακόμη και μια κοπή νυχιού από τον ίδιο τον Άγιο Σεβεριανό. Δεν υπήρχε κανένας πλούσιος προστάτης που ήλπιζε να αγοράσει τη θέση του στον ουρανό και οι ίδιοι οι μοναχοί προέρχονταν κυρίως από φτωχές οικογένειες, τρίτοι ή τέταρτοι γιοι που στέλνονταν στη φροντίδα του μοναστηριού, ώστε να μειωθεί ο αριθμός των στομάτων που έπρεπε να ταΐσουν.

Ο ηγούμενος, αδελφός Άνσελμος, πίστευε ότι η θανάτωση της σάρκας ήταν ο τρόπος για να επιτύχουν οι μοναχοί τη σωτηρία. Όχι βέβαια η ταπείνωση της δικής του σάρκας, η οποία ήταν μεγάλη, αλλά των αδελφών και έτσι αρνήθηκε να θερμάνει οποιοδήποτε από τα δωμάτια του μοναστηριού, εκτός, προφανώς, από το δικό του δωμάτιο.

Όπως έκαναν τα τελευταία είκοσι επτά χρόνια, ο αδελφός Φράνσις και ο αδελφός Τζόζεφ παρατάχθηκαν δίπλα-δίπλα. Δεν μίλησαν. Κανείς από τους μοναχούς δεν μίλησε, γιατί το δικό τους ήταν ένα σιωπηλό τάγμα και όταν εισήλθαν, όλοι είχαν δώσει όρκους υπακοής, φτώχειας, αγνότητας και σιωπής. Η μόνη ανθρώπινη φωνή που άκουγαν ήταν αυτή του ιερομόναχου που ήταν επιφορτισμένος με την ανάγνωση των προσευχών ή των μαθημάτων. Οι οδηγίες για την καθημερινή ρουτίνα του μοναστηριού δίνονταν με νοήματα ή γραπτές εντολές.

Ωστόσο, παρά τους όρκους σιωπής που έδωσαν, η ενστικτώδης απέχθεια και το μίσος μεταξύ του Φραγκίσκου και του Τζόζεφ ήταν σαφώς εμφανή, με βλέμματα και γλώσσα του σώματος τόσο έντονης οξύτητας που έμοιαζε να τους σκεπάζει μια προσωπική ομίχλη μίσους. Παρά τις δεκαετίες πικρής εχθρότητας, δεν είχε περάσει ούτε μια λέξη ούτε μια φωνή που να υψώνεται με θυμό ανάμεσά τους, αλλά αυτή η σιωπηλή απέχθεια δεν μείωσε καθόλου την ένταση του μίσους τους ο ένας για τον άλλον- αντίθετα, την αύξησε, καθώς δεν υπήρχε καμία διέξοδος μέσω της οποίας θα μπορούσαν να επικοινωνήσουν ή να επιλύσουν τις διαφορές τους.

Ξαφνικά, ο αδελφός Ιωσήφ σηκώθηκε όρθιος. Το κεφάλι του τινάχτηκε προς τα πίσω, καθώς τα μάτια του γούρλωσαν μέσα από τις κόγχες τους και ταλαντεύτηκε στα πόδια του, σαν ένα ψηλό δέντρο που περίμενε το τελευταίο χτύπημα του τσεκουριού για να το ρίξει κάτω. Τα πόδια του λύγισαν κάτω από τα πόδια του και έπεσε λιπόθυμος στο πάτωμα, πέφτοντας πάνω στον Αδελφό Σωτήρα πίσω του. Οι ξαφνιασμένοι μοναχοί συγκεντρώθηκαν γύρω από τον χτυπημένο αδελφό τους σε κατάσταση απορίας, προτού ο αδελφός Φραγκίσκος αναλάβει την κατάσταση, διώχνοντας μακριά τους σαστισμένους αδελφούς που αιωρούνταν πάνω από τον Ιωσήφ σαν μαύρα ψοφίμια.

Με νοήματα και χειρονομίες κατάφερε να πείσει τέσσερις μοναχούς να μεταφέρουν τον Ιωσήφ στο ιατρείο, ακολουθούμενοι από απόσταση από τον αδελφό Ιωάννη, τον ηλικιωμένο νοσοκόμο. Μόλις μπήκε στο αναρρωτήριο ο Φραγκίσκος, χωρίς να ζητήσει έγκριση, άναψε φωτιά. Η φωτιά έκανε ελάχιστα πράγματα για να ζεστάνει το παγωμένο δωμάτιο, αλλά οι φλόγες έδιναν μια χαρούμενη πορτοκαλί λάμψη, διαψεύδοντας το κρύο. Ο μόνος άλλος ένοικος του ιατρείου ήταν ο αδελφός Παύλος, ο οποίος πέθαινε, αλλά δεν φαινόταν να το συνειδητοποιεί αυτό το γεγονός και το αντιμετώπιζε με την ησυχία του.

Υπό το φως των κεριών, ο αδελφός Ιωάννης εξέτασε το σώμα του Ιωσήφ για πανούκλα - κόκκινα πρηξίματα, βέβαιο σημάδι του φοβερού Μαύρου Θανάτου, που έστειλε ο Θεός ως τιμωρία για την αμαρτία - αλλά προς ανακούφιση όλων ήταν καθαρός. Η πανούκλα θα μπορούσε να αποδεκατίσει εντελώς μια κλειστή κοινότητα όπως το μοναστήρι.

Τότε ο αδελφός Ιωάννης μάτωσε τον Ιωσήφ. Χρησιμοποιώντας ένα όχι και τόσο καθαρό μαχαίρι, άνοιξε μια φλέβα στο αντιβράχιο του Ιωσήφ και μάζεψε το αίμα σε ένα ξύλινο δισκοπότηρο, πριν πλύνει την τομή με κόκκινο κρασί και δέσει το χέρι με έναν υφασμάτινο επίδεσμο. Μύρισε το αίμα, βούτηξε ένα δάχτυλο σε αυτό και το δοκίμασε στην άκρη της γλώσσας του, κάνοντας μια γκριμάτσα.

Η μεσαιωνική ιατρική πίστη θεωρούσε ότι η ασθένεια ή η αρρώστια προκαλούνταν από μια ανισορροπία των τεσσάρων σωματικών υγρών, δηλαδή του αίματος, του φλέγματος, της μαύρης και της κίτρινης χολής, και ότι η αφαίμαξη μπορούσε να διορθώσει την ανισορροπία. Επίσης, δεν ήταν κατανοητό ότι το αίμα κυκλοφορούσε σε όλο το σώμα- αντίθετα, πίστευαν ότι το αίμα ήταν στατικό και μπορούσε να μείνει στάσιμο αν δεν αποστραγγιζόταν τακτικά.

Ωστόσο, η αφαίμαξη του αδελφού Ιωσήφ φάνηκε να έχει μικρή επίδραση. Ήταν ακόμα αναίσθητος, με υψηλό πυρετό, με εναλλαγή να ιδρώνει αφειδώς ή να τρέμει από το κρύο.

Ο αδελφός Ιωάννης σήκωσε τους ώμους. Παρά τη θέση του ως νοσοκόμος, είχε λίγες ιατρικές γνώσεις. Η θέση του είχε παραχωρηθεί από τον ηγούμενο ως ανταμοιβή για την απόκρυψη κάποιων αδιακρισιών που δεν έμοιαζαν με αββάδες και τώρα έφυγε από το ιατρείο, αρκούμενος να αφήσει τον Φραγκίσκο να κάνει ό,τι λίγο μπορούσε για τον Ιωσήφ.

Ο αδελφός Φραγκίσκος ήταν ο βοτανολόγος του μοναστηριού και ήταν ευθύνη του να φροντίζει τον κήπο με τα βότανα, ο οποίος φιλοξενούσε δεκάδες διαφορετικά βότανα, μερικά από τα οποία στέλνονταν στην κουζίνα, αλλά τα περισσότερα συλλέγονταν και αποξηραίνονταν για φαρμακευτικούς σκοπούς.

Ο Ιωσήφ έτρεμε τώρα έντονα, οπότε ο Φραγκίσκος τον σκέπασε με τρεις ή τέσσερις λεπτές κουβέρτες, όσες υπήρχαν στο ιατρείο, πριν σπεύσει στον κοιτώνα για να φέρει τη δική του κουβέρτα για να σκεπάσει τον ταλαιπωρημένο μοναχό.

Από την κουζίνα έφερε ένα μπολ με ζεστό νερό και σκούπισε απαλά τον ιδρώτα από το πρόσωπο και το σώμα του Ιωσήφ. Κάθισε εκεί δίπλα του, σκουπίζοντάς τον συνεχώς μέχρι που έφτασε η ώρα για τις Λαούδες, την πρωινή λειτουργία.

Είχε ελάχιστο χρόνο πριν από την Prime, την επόμενη λειτουργία, αλλά ακόμα κι έτσι, μάζεψε τέσσερα τούβλα από έναν γκρεμισμένο τοίχο στον κήπο, τα τύλιξε σε ένα πανί και τα έβαλε σε μια μπανιέρα με βραστό νερό. Μόλις ζεστάθηκαν, τοποθέτησε τα καυτά τούβλα γύρω από το τρέμον σώμα του Ιωσήφ, στα πόδια του, στο στήθος και στα πλευρά του και στη συνέχεια έσπευσε στην εκκλησία για τη λειτουργία.

Μετά το Prime, ο Francis επέστρεψε βιαστικά για να φροντίσει τον Joseph, ο οποίος εξακολουθούσε να βρίσκεται με υψηλό πυρετό, με το κεφάλι του να καίει στην αφή καθώς έχανε και ξανάπαιρνε τις αισθήσεις του, μουρμουρίζοντας ασυνάρτητα. Ο Φράνσις τον έλουσε ξανά με ζεστό νερό, ξαναζέστανε τα ζεστά τούβλα, έφτιαξε ξανά τη φωτιά και έκαψε μερικά κλαδάκια αποξηραμένου δεντρολίβανου και θυμαριού για να διώξει τους βλαβερούς αέρηδες που, κατά τη γνώμη του, ήταν η πραγματική αιτία των ασθενειών. Στη συνέχεια έβαλε στο κεφάλι του Ιωσήφ ένα σκουφάκι με ραμμένα μέσα φακελάκια λεβάντας, για να ανακουφίσει τον πονοκέφαλο.

Στο διπλανό κρεβάτι, ο αδελφός Παύλος εξακολουθούσε να πεθαίνει, με την κοπιαστική του ανάσα να αντηχεί στο θλιβερό ιατρείο.

Ο Φραγκίσκος είχε χρόνο πριν από την επόμενη λειτουργία για να ετοιμάσει ένα αφέψημα για να μειώσει τον πυρετό του Ιωσήφ. Στο ερμάριο, αλέθει σπόρους κόλιανδρου με γουδί και γουδοχέρι και προσθέτει αποξηραμένα φύλλα αχιλλέας και χαμομηλιού μαζί με κονιορτοποιημένη ρίζα αγγελικής, πριν τα βράσει σε νερό για λίγα λεπτά. Στη συνέχεια σουρώθηκε το υγρό μέσα από ένα πανί γάζας και το άφησε να κρυώσει.

Κρατώντας το κεφάλι του πάνω από το μαξιλάρι, ο Φράνσις έριξε απαλά το αφέψημα στο στόμα του Ιωσήφ. Εκείνος ξερνούσε και έφτυνε μεγάλο μέρος του υγρού, αλλά λίγο από αυτό το κατάπιε. Πριν πάει για την προσευχή του Τέρσε, ο Φράνσις πήγε στην κουζίνα και έβαλε λίγο άπαχο μοσχαρίσιο κρέας, βούτυρο, ένα γαρίφαλο, δύο μικρά κρεμμύδια και αλάτι σε μια κατσαρόλα με νερό και το έβαλε στη σόμπα να σιγοβράζει. Μετά τη λειτουργία, έβγαλε τα άπλυτα και το λίπος από την επιφάνεια και το άφησε να σιγοβράζει ξανά, ώστε το κρέας να λιώσει εντελώς.

Λίγο αργότερα, ο αδελφός Παύλος συνειδητοποίησε τελικά ότι πέθαινε και υποχρεώθηκε δεόντως. Μετά από μια λειτουργία για τους νεκρούς, τυλίχτηκε στο σάβανο του και θάφτηκε στο νεκροταφείο του μοναστηριού.

Μετά το Nones, την απογευματινή λειτουργία, ο Φραγκίσκος έδωσε μικρές κουταλιές από το τσάι με μοσχάρι στον Ιωσήφ, τη μόνη τροφή που μπορούσε να καταπιεί, καθώς ο χυλός με λιναρόσπορο και μέλι που ετοίμασε ο Φραγκίσκος είχε αποδειχθεί δύσπεπτος.

Και έτσι αυτή η ρουτίνα συνεχίστηκε για τις επόμενες δύο ημέρες και νύχτες, μέχρι που ο πυρετός του Ιωσήφ τελικά έπεσε. Στο διάστημα αυτό ο Φράνσις κοιμήθηκε ελάχιστα. Όταν δεν προσευχόταν, ήταν αφοσιωμένος στο κρεβάτι του Ιωσήφ, σκουπίζοντάς τον με ζεστό νερό, καθαρίζοντάς τον όταν λερωνόταν και ταΐζοντάς τον με το αφέψημα βοτάνων και το τσάι από βόειο κρέας. Τελικά, πολύ αδύναμος, ο Ιωσήφ σηκώθηκε από το κρεβάτι του και, υποστηριζόμενος από τον Φραγκίσκο, επέστρεψε στον κοιτώνα. Σε καμία στιγμή δεν κοίταξε τον Φραγκίσκο ούτε αναγνώρισε την αφοσιωμένη φροντίδα που του παρείχε ο αδελφός του, γιατί ήταν πράγματι αληθινά αδέλφια, αδέλφια από τη μήτρα, που στάλθηκαν στο μοναστήρι ως μοναχοί όταν ήταν επτά και πέντε ετών αντίστοιχα, το μίσος τους προερχόταν από παιδικούς καβγάδες που είχαν ξεχαστεί προ πολλού- μόνο η δηλητηριώδης έχθρα παρέμενε.

Όπως έκαναν τα τελευταία είκοσι επτά χρόνια, ο

αδελφός Φράνσις και ο αδελφός Τζόζεφ παρατάχθηκαν δίπλα-δίπλα, με βλέμματα και γλώσσα του σώματος τόσο έντονα δηλητηριώδη που έμοιαζε να τους τυλίγει μια προσωπική ομίχλη μίσους, ενώ κάθε αναγνώριση αδελφικού δεσμού ή υποχρέωσης εγκαταλείφθηκε για άλλη μια φορά.

ΠΕΣ ΜΕ ΡΟΥΜΠΥ

"Λέγε με Ρούμπι", είπε, με ένα μεγάλο χαμόγελο να απλώνεται σε όλο το χλωμό, χερουβικό του πρόσωπο, με ένα μεγάλο χρυσό δόντι να λάμπει σαν πρωινό ηλιακό φως. Η Κέιτι και εγώ κοιταχτήκαμε. Ρούμπι; σκεφτήκαμε. Πώς μπορείς να εμπιστευτείς έναν κτηματομεσίτη που αυτοαποκαλείται Ρούμπι; 'Το όνομά μου είναι στην πραγματικότητα Ρούμπεν, Ρούμπεν Μπολ', εξήγησε, 'αλλά όλοι με φωνάζουν Ρούμπι από τότε που δεν ήμουν ψηλότερος από μια ακρίδα στα γόνατά σου'.

Μπορεί να τον αποκαλούσαμε Ρούμπι στο πρόσωπό του, και το κανονικό του όνομα μπορεί να ήταν Ρούμπεν Μπολ, αλλά ιδιωτικά τον αποκαλούσαμε πάντα Ράμπερ Μπολ, γιατί έτσι ακριβώς ήταν. Δεν ξεπερνούσε το 1,80 μ. ύψος και ήταν εξίσου στρογγυλός, σαν τον Τουίντλ Νταμ και τον Τουίντλ Ντι μαζί. Και δεν περπατούσε, αλλά χοροπηδούσε, σαν να είχε ελατήρια στα παπούτσια του – μπόινγκ- μπόινγκ-μπόινγκ . Το κουστούμι του ήταν ένα βίαιο κίτρινο καρό, φορούσε ένα ροζ πουκάμισο με φραμπαλάδες και φορούσε ένα παπιγιόν με κόκκινες βούλες που περιστρεφόταν κάθε φορά που πατούσε έναν κρυφό διακόπτη στις τσέπες του.

Οι πρώτες εντυπώσεις δεν εντυπωσίασαν.

Η Κέιτι κι εγώ ψάχναμε για σπίτι. Ήμασταν μαζί για σχεδόν δεκαοκτώ μήνες, νοικιάζοντας ένα μικρό (όπως λέμε μικροσκοπικό) διαμέρισμα δίπλα σε έναν νεκροθάφτη (το οποίο είχε το πλεονέκτημα των ήσυχων γειτόνων) και είχαμε τελικά αποφασίσει να παντρευτούμε, να φτιάξουμε σπίτι, να πάρουμε υποθήκες που δεν μπορούσαμε να αντέξουμε οικονομικά, να κάνουμε τα στατιστικά 2,4 παιδιά, όλο το συζυγικό πανηγύρι, με επιχειρήματα προαιρετικά.

Είχαμε περπατήσει κατά μήκος της High Street, κοιτάζοντας τις λεπτομέρειες των ακινήτων στις βιτρίνες των μεσιτών, αλλά δεν μπορούσαμε να βρούμε κάτι που μας άρεσε. Διόρθωση: μπορούσαμε να βρούμε πολλά σπίτια που μας άρεσαν, αλλά δεν μπορούσαμε να βρούμε τίποτα που να μας αρέσει σε τιμή που θα μπορούσαμε να αντέξουμε οικονομικά και, για να είμαστε απόλυτα ειλικρινείς, η Κέιτι ήθελε ένα αρχοντικό με προϋπολογισμό εξοχικού σπιτιού, ενώ εγώ θα ήμουν αρκετά ικανοποιημένος με ένα μικρό εξοχικό σπίτι με προϋπολογισμό μεγάλης σκηνής.

Το σημάδι του Ρούμπι ήταν αυτό που μας έκανε να μπούμε στο γραφείο του. Τοποθετημένη πάνω από την πόρτα, διακήρυττε, *Ρούμπεν Μπολ*, *Η Καλύτερη κίνησηl* και το λογότυπό του ήταν ένα σπίτι σε σχήμα μπάλας, με παράθυρα και πόρτα, σχεδιασμένο να μοιάζει σαν να κινείται. Γελάσαμε και μπήκαμε μέσα, παρόλο που κανένα από τα ακίνητα που εκτίθεντο δεν ήταν στην τιμή μας.

"Λέγε με Ρούμπι", είπε ξανά, "Ρούμπι Μπολ, ένα μέγεθος που ταιριάζει σε όλους. Λοιπόν, αγαπητοί μου, ψάχνετε για ακίνητο, φυσικά και ψάχνετε για ακίνητο, γιατί αλλιώς θα σκοτεινιάζατε τα παράθυρά μου; Μοιάζουμε σαν να πουλάμε ανεκτίμητες αρχαιότητες της αρχαίας

Τσιχλόφουσκας; Όχι, βέβαια όχι, θέλετε ένα σπίτι, ένα αρχοντικό, κατάλληλο για έναν βασιλιά". Αναπήδησε ξανά, με πολλά πηγούνια να κουνιούνται σε αρμονία καθώς γελούσε με τα ίδια του τα αστεία. Αστεία;

Η Κέιτι μας εξήγησε τι ψάχναμε.

"Όχι, θλιβερός εγώ, θλιβερός εγώ. Μήπως έχεις μηχανή του χρόνου;

Μηχανή του χρόνου; Η Κέιτι κοίταξε άπραγη, αλλά κατάλαβα τι εννοούσε.

"Εννοείτε ότι, ας πούμε, πριν από δέκα, δεκαπέντε χρόνια θα μπορούσαμε να αγοράσουμε ό,τι θέλουμε με τα χρήματα που έχουμε στη διάθεσή μας, αλλά όχι τώρα.

'Ακριβώς! Ακριβώς! Αλλά με τον *πληθωρισμό*, οι τιμές των ακινήτων ανεβαίνουν!' Ο Ρούμπι σήκωσε τους ώμους και ολόκληρο το σώμα του ταλαντεύτηκε σαν ζελέ σε σεισμό. 'Αλλά για να δούμε, για να δούμε, ο Ρούμπι μπορεί πάντα να βρει μια ευκαιρία - αλλά όχι για τζάμπα-χι'.

Κοιταχτήκαμε ξανά ο ένας τον άλλον και η Κέιτ γούρλωσε τα μάτια της χλευαστικά. Ο Ρούμπι το είδε, αλλά έκανε πως δεν το είδε, μάλλον το είχε συνηθίσει.

Τα δάχτυλά του, παχουλά σαν ένα κιλό χοντρά χοιρινά λουκάνικα, έπαιζαν στο πληκτρολόγιο του υπολογιστή του με εκπληκτική επιδεξιότητα, καθώς τραγουδούσε στον εαυτό του "Eerie, merey, dreary me. Eerie, merey, dreary me", ένα μεγάλο δαχτυλίδι από ρουμπίνι στο μικρό του δάχτυλο που αναβόσβηνε σαν φάρος κάτω από το φως της λάμπας του γραφείου του. "Τώρα αυτό είναι ένα μικρό πράγμα που μπορεί να σας ενδιαφέρει, ω ναι. Ένα μικρό σπίτι στο Ίστγουικ, στην οδό Ελμ - με απολύτως κανένα σκοτεινό άλογο τη νύχτα. Θα χρειαστεί λίγη δουλειά, ένα γυναικείο μάτι για διακόσμηση και ένα χέρι με πινέλο. Είναι λίγο πάνω από τον προϋπολογισμό σας, αλλά είμαι σίγουρος ότι ο Ρούμπι μπορεί να σας το διαπραγματευτεί.

Τα ευκίνητα δάχτυλά του έτρεξαν στο πληκτρολόγιο και ένας ασθματικός εκτυπωτής άρχισε να φλυαρεί, εκτυπώνοντας λεπτομέρειες για το μικρό σπίτι στην οδό Ελμ.

Συμβουλευτήκαμε την Κέιτι και εμένα- η τιμή, αν μπορούσε να διαπραγματευτεί λίγο - και όχι μόνο λίγο - θα μπορούσε να είναι προσιτή.

"Πάμε να επιθεωρήσουμε", είπε ο Ρούμπι. "Ο Ρούμπι συνιστά άμεση επιθεώρηση, χτυπήστε όσο τα σίδερα είναι έτοιμα, το θυμάρι και το φασκόμηλο δεν περιμένουν κανέναν".

Μας πήγε μέχρι την επιθεώρηση, χωρούσε με ευκολία σε ένα σπορ Saab και οδηγούσε με μια ικανότητα που δεν θα πίστευες ότι ήταν δυνατή, καθώς μπήκε και βγήκε από την κίνηση και μας πήγε στο σπίτι σε σύντομο χρονικό διάστημα. Λίγη *δουλειά*, είπε; Πέρα από το γεγονός ότι η Κέιτ το μισούσε με την πρώτη ματιά, η κύρια κρεβατοκάμαρα ήταν τόσο μικρή που έπρεπε να κάνεις πλαγιολισθήσεις για να περάσεις γύρω από το κρεβάτι.

"Δεν είναι πολύ βολικό, δεν είναι καθόλου συνδυαστικό", τραγούδησε ο Ρούμπι, "αλλά και πάλι, ούτε εσύ είσαι, χου-χου".

Το μπάνιο ήταν ένας εφιάλτης, παρά τα όσα είχε πει ο Ρούμπι (δεν νομίζω ότι η Κέιτι κατάλαβε ποτέ την αναφορά στον *Εφιάλτη στο δρόμο των Λεύκων*). Είχε βαφτεί μαύρο, εντελώς και ολοκληρωτικά μαύρο, τοίχοι, πάτωμα, οροφή, μπανιέρα, νιπτήρας, τουαλέτα, κάθισμα τουαλέτας, βρύσες, χερούλια - τα πάντα. Ακόμα και το χαρτί τουαλέτας ήταν μαύρο. Αρνηθήκαμε ευγενικά να κοιτάξουμε περαιτέρω.

"Δεν έχει σημασία, δεν έχει σημασία, αν στη δίψα δεν τα καταφέρεις, παραιτήσου. Όχι, θλιβερέ μου, αυτό δεν είναι καθόλου σωστό. Ο Ρούμπι δεν θα ηττηθεί- ο Ρούμπι δεν έχει ηττηθεί ποτέ. Η ήττα δεν είναι το μεσαίο μου όνομα. Θα πάρουμε το ευγενικό άτι πίσω στο γραφείο του Ρούμπι και η αναζήτηση του μουχλιασμένου χυλού θα συνεχιστεί".

Το ακίνητο νούμερο δύο, στην οδό Βέρνον, ήταν, αν είναι δυνατόν, ακόμη χειρότερο. Ήταν ένα σπίτι με βεράντα στο τέλος, με τοξωτή πρόσοψη και έναν κήπο γεμάτο ζιζάνια, που είχε να δει φτυάρι ή χλοοκοπτική μηχανή από την εποχή πριν από τον πόλεμο των Μπόερς. Εντάξει, αυτό θα μπορούσε να διορθωθεί σύντομα με μερικά Σαββατοκύριακα ιδρώτα και σκληρής δουλειάς. Αυτό που δεν μπορούσε να διευθετηθεί, ακόμη και με μια στρατιά από οικοδόμους, ελαιοχρωματιστές, υδραυλικούς, διακοσμητές, ηλεκτρολόγους, εξολοθρευτές παρασίτων και μια ομάδα απολύμανσης, ήταν ότι το σπίτι βρισκόταν σε κατάσταση τελειωτικής εγκατάλειψης, καθώς η προηγούμενη ιδιοκτήτρια, μια χήρα ενενήντα τριών ετών, δεν είχε συντηρήσει το ακίνητο από τον θάνατο του συζύγου της το 1952. Η ίδια η χήρα είχε πεθάνει αρκετό καιρό νωρίτερα και δεν είχε βρεθεί για πολλούς μήνες. Είχε πεθάνει χωρίς κληρονόμους και μετά το θάνατό της το σπίτι είχε καταληφθεί από καταληψίες, οι οποίες είχαν ξηλώσει κάθε εξάρτημα που μπορούσαν και, όταν τους έκαναν έξωση, είχαν διαλύσει κάθε εξάρτημα που δεν μπορούσε να ξηλωθεί και να πουληθεί. Οι εγκαταστάσεις τουαλέτας φαίνονταν να βρίσκονται όπου οι καταληψίες είχαν όρεξη (λογοπαίγνιο χωρίς πρόθεση).

Πέρα από αυτό, το σπίτι φαινόταν να είναι χτισμένο πάνω σε ρήγμα και είχε υποχωρήσει κατά μερικούς πόντους, δημιουργώντας ρωγμές στους τοίχους από τις οποίες μπορούσες να παρατηρείς την κυκλοφορία και τους περαστικούς στο δρόμο έξω.

Ο Ρούμπι έδειχνε τιθασευμένη, τουλάχιστον για δύο λεπτά. "Μην ανησυχείτε, η ανησυχία δεν έπιασε ποτέ δράκο από την ουρά, η ανησυχία πρέπει να ταχυδρομηθεί με το ταχυδρομείο. Χα, ο Ρούμπι δεν ανησυχεί ποτέ, δεν τρώει ποτέ τα νύχια του, ο Ρούμπι, ο Ρούμπι δεν αποτυγχάνει ποτέ'.

Όταν του επισημάνθηκε ότι είχε πράγματι αποτύχει, αναπήδησε και πάλι στα λαστιχένια πόδια του. 'Ο χρόνος δεν είναι της ευκολίας, δεν κάνω λάθος; Ω, όχι, θλιβερέ μου, η Ρούμπι θα σου βρει το τέλειο αρχοντικό, ένα άνετο καταφύγιο για δύο, μετά ίσως για τρεις ή τέσσερις ή και περισσότερους;".

Η εμπιστοσύνη μου στον Ρούμπι ήταν πλέον τόσο επισφαλής όσο και τα θεμέλια της οδού Vermin 56 - συγγνώμη, της οδού Βέρνον.

Παραδόξως, αν μη τι άλλο, η εμπιστοσύνη της Κέιτι στον Ρούμπι φαινόταν να αυξάνεται. Γι' αυτήν, τα ανόητα αστεία και οι κακοπροαίρετοι χαρακτηρισμοί του άγγιζαν τα όρια της κωμικής ιδιοφυΐας, και για να είμαστε δίκαιοι, οι επόμενες ιδιότητες που έδειξε η Ρούμπι ήταν καλύτερες. Αν και όχι πολύ... Πρέπει να αναρωτηθώ αν έδειξε αυτές τις φρικαλεότητες ως ένα είδος αστείου- σίγουρα, η Κέιτι έδειχνε να τις βρίσκει ξεκαρδιστικές.

Η πρώτη εντύπωση δεν είχε εντυπωσιάσει, ούτε η τρίτη ή η τέταρτη.

Τα επόμενα δύο ακίνητα που έδειξε δεν ήταν τόσο άσχημα, αλλά αυτό ήταν μόνο σε σύγκριση. Το πρώτο ακίνητο ήταν ένα μικρό σπιτάκι που κάποτε ήταν αγροτικό, αλλά τώρα το είχε καταπιεί η αδυσώπητη πορεία της πόλης προς τα έξω. Τοποθετημένο πίσω από το δρόμο με έναν μεγάλο μπροστινό κήπο με μια κολυμπήθρα για πουλιά και δύο μηλιές, περιείχε δύο μικρά υπνοδωμάτια, (*compact beejoo* ήταν η περιγραφή του Ρούμπι) με χαμηλά ταβάνια, όμορφα ξύλινα δοκάρια σχεδιασμένα ειδικά για να σου ραγίζουν το κρανίο κάθε φορά που σηκωνόσουν (αν και δεν ήταν πρόβλημα για τον Ρούμπι), μια τακτοποιημένη επέκταση της κουζίνας χτισμένη στο πίσω μέρος με ωραία θέα σε ένα παλιό αποχωρητήριο, ένα εκπληκτικά μεγάλο σαλόνι/ τραπεζαρία και έναν μικρό πίσω κήπο. Νόμιζα ότι είχε δυνατότητες, οπότε φυσικά η Κέιτι το μισούσε και με μισούσε που της άρεσε.

Το επόμενο σπίτι ήταν ένα άλλο ελεύθερο, με τοξωτή πρόσοψη, το οποίο χρειαζόταν κάποιες επισκευές και εκσυγχρονισμό, με το μόνο πρόβλημα να είναι ότι βρισκόταν στην κορυφή ενός λόφου τόσο απότομου, που όταν έπεφτε το χειμώνα το χιόνι ή ο πάγος, θα έπρεπε να είσαι Σέρπα Τένσινγκ για να το φτάσεις. Αμφέβαλλα αν θα τα κατάφερνε ακόμα και ένα Land Rover. Το Saab του Ρούμπι προσπαθούσε με την πρώτη ταχύτητα να φτάσει στην κορυφή και γρήγορα καταλήξαμε στο συμπέρασμα ότι το σπίτι ήταν κατάλληλο μόνο για κατσίκες του βουνού και το αφήσαμε να περάσει. Το πώς κάποιος κατάφερε να το χτίσει παραμένει ένα μυστήριο.

Στη συνέχεια έπρεπε να πάω στη Φρανκφούρτη για επαγγελματικούς λόγους για λίγες ημέρες και η Κέιτι και εγώ αποφασίσαμε ότι θα έπρεπε να συνεχίσει να ψάχνει. Της πρότεινα να δοκιμάσει άλλον πράκτορα, αλλά δεν ήθελε να το ακούσει. 'Είμαι σίγουρος ότι ο Ρούμπι θα βρει ακριβώς αυτό που ψάχνουμε, απλά πρέπει να του δώσουμε χρόνο. Θέλω να πω, όπως λέει και ο ίδιος, ο χρόνος δεν είναι της ευκολίας'.

Επέστρεψα από τη Γερμανία μετά από οκτώ ημέρες, μια ημέρα νωρίτερα από ό,τι σκόπευα, αλλά η συμφωνία ολοκληρώθηκε και υπογράφηκε πιο γρήγορα από ό,τι περίμενα.

Η Κέιτι δεν ήταν στο διαμέρισμα όταν επέστρεψα, και ήταν αρκετά αργά το βράδυ όταν τελικά επέστρεψε στο σπίτι. "Ω!" είπε, σαν να εξεπλάγη που με βρήκε εκεί. "Νόμιζα ότι ήσουν στη Γερμανία".

"Ήμουν, αλλά τελειώσαμε νωρίς. Προσπάθησα να σας τηλεφωνήσω αλλά δεν απαντήσατε".

"Ήμουν απασχολημένος. Βρήκα ένα σπίτι, το τέλειο σπίτι. Ιδανικό.

"Αυτό είναι υπέροχο. Πού;

Είναι το σπίτι του Ρούμπι. Θα μετακομίσω μαζί του. Επέστρεψα μόνο για να μαζέψω τα πράγματά μου". Και με αυτό, έφυγε.

Υποθέτω ότι θα μπορούσατε να πείτε ότι ήταν, τελικά, η καλύτερη κίνηση όλων.

Τουλάχιστον για μένα ήταν.

ΝΑ ΔΕΊΧΝΕΙ ΚΑΛΆ ΜΕ ΤΟ ΚΟΣΤΟΎΜΙ ΤΟΥ ΠΟΛ ΣΜΙΘ

Ο Μπάρι Νίκολς διάβασε ξανά το email, απόλυτα πεπεισμένος ότι ήταν γνήσιο.

Από: Akintola Kabira<AKabira@yahoo.com

Αγαπητέ κύριε,

ΑΠΑΙΤΟΎΜΕΝΗ ΒΟΗΘΕΙΑ ΓΙΑ ΤΗΝ ΑΠΟΚΤΗΣΗ ΤΗΣ ΠΕΡΙΟΥΣΙΑΣ

Σας γράφω για να σας ενημερώσω για την επιθυμία μου να αποκτήσω κτήματα ή ακίνητα στη χώρα σας εκ μέρους του Διευθυντή Συμβάσεων και Οικονομικών Κατανομών του Ομοσπονδιακού Υπουργείου Πετρελαίου και Πετρελαίου στη Νιγηρία.

Λαμβάνοντας υπόψη την πολύ στρατηγική και σημαίνουσα θέση του, θα ήθελε η συναλλαγή να είναι όσο το δυνατόν πιο αυστηρά εμπιστευτική και θέλει η ταυτότητά του να παραμείνει μυστική μέχρι την ολοκλήρωση της επιχείρησης. Εξ ου και η επιθυμία για έναν πράκτορα στο εξωτερικό. Μετά από έρευνα, μου δόθηκε το όνομά σας ως έντιμος και ειλικρινής επιχειρηματίας και μου δόθηκε εντολή από τον εντολέα μου να ρωτήσω αν θα ενεργούσατε με την ιδιότητα να πραγματοποιήσετε αυτή τη συναλλαγή.

Η συμφωνία, εν συντομία, είναι ότι τα κεφάλαια που επιθυμούμε να μεταφέρουμε βρίσκονται επί του παρόντος σε έναν κωδικοποιημένο λογαριασμό στην Κεντρική Τράπεζα της Νιγηρίας και χρειαζόμαστε τη βοήθειά σας για να μεταφέρουμε τα κεφάλαια σε μια κατάλληλη τράπεζα στη χώρα σας. Για το σκοπό αυτό θα θεωρηθεί ότι έχετε εκτελέσει σύμβαση με την Ομοσπονδιακή Κυβέρνηση της Νιγηρίας για το συμβατικό ποσό των 26.400.000 δολαρίων, από τα οποία το μερίδιό σας θα είναι 10% - το 5% θα διατεθεί για έξοδα.

Μόλις πραγματοποιηθεί η πληρωμή και το αναφερόμενο ποσό μεταφερθεί επιτυχώς στο λογαριασμό σας, σκοπεύουμε να χρησιμοποιήσουμε το μερίδιό μας για την αγορά ακινήτων στο εξωτερικό, για το οποίο θα σας ζητηθεί επίσης να ενεργήσετε ως αντιπρόσωπός μας με προμήθεια.

Υπό το πρίσμα αυτό θα ήθελα να μου διαβιβάσετε τις ακόλουθες πληροφορίες:

1 Η επωνυμία και η διεύθυνση της εταιρείας σας, εάν δεν είναι εγγεγραμμένη εταιρεία, παρακαλείστε να δηλώσετε την ίδια, καθώς τα ομοσπονδιακά κεφάλαια δεν μπορούν να μεταφερθούν σε ιδιώτες.

2 Τον προσωπικό σας αριθμό φαξ και τηλεφώνου.

Παρακαλείσθε νά κοινοποιήσετε την αποδοχή της παρούσας πρότασης μέσω του προαναφερθέντος ηλεκτρονικού ταχυδρομείου μου, μετά την οποία θα *συζητήσουμε λεπτομερώς τις λεπτομέρειες της συναλλαγής.*

Με εκτίμηση
Akintola Kabira.

Φυσικά, ο Μπάρι ήξερε ότι υπήρχαν πολλές απάτες, ειδικά από τη Νιγηρία - απάτες 419, όπως τις έλεγαν - αλλά δεν υπήρχε περίπτωση να τον πιάσουν έτσι, έτσι δεν είναι;

Οι πραγματικές απάτες αφορούσαν τόσο γελοία χρηματικά ποσά που ήταν προφανώς ψεύτικες, αλλά αυτή εδώ, αυτή εδώ ακούστηκε πραγματικά γνήσια. Και ποιο ήταν το ρίσκο; Δεν του ζητήθηκε να βάλει χρήματα προκαταβολικά, απλά να ενεργήσει ως μεσάζων, ως αποστολέας, και να πάρει 2.400.000 δολάρια για τον κόπο του, που μετατρέπονται σε 1.607.224,13. Πείτε το ξανά - ένα εκατομμύριο εξακόσιες επτά χιλιάδες διακόσιες είκοσι τέσσερις λίρες. Το μόνο που έπρεπε να κάνει ήταν να επισπεύσει τη μεταφορά των κεφαλαίων από τη Νιγηρία σε τραπεζικό λογαριασμό στην Αγγλία. Απλό!

Από: <BNicholls@hotmail.com
Δέχομαι, τα στοιχεία μου είναι...

Δεν επρόκειτο να χρησιμοποιήσει τον προσωπικό του τραπεζικό λογαριασμό, φυσικά, δεν ήταν τόσο αφελής, αλλά για £100 θα μπορούσε να συστήσει μια εταιρεία και να την ονομάσει Νίκολς Inc. Του άρεσε ο ήχος αυτού.

Καθώς πήγαινε στην τράπεζα για να δημιουργήσει έναν ειδικό λογαριασμό, πέρασε από τον εκθεσιακό χώρο της Porsche. Η μαύρη Porsche Boxster έλαμπε, γυαλισμένη σε όλη της τη ζωή. Αυτή θα γίνει δική μου, είπε ο Μπάρι στον εαυτό του.

Από: <BNicholls@hotmail.com

Όπως μου ζητήθηκε, έχω πλέον δημιουργήσει τον ειδικό εταιρικό λογαριασμό στην Barclay's Bank, λογαριασμός αριθ.......

Από: Akintola Kabira<AKabira@yahoo.com

Αγαπητέ κ. Νίκολς,

Σας ευχαριστώ για τα στοιχεία του τραπεζικού λογαριασμού, παρακαλούμε να με ορίσετε ως υπογράφοντα στο λογαριασμό της εταιρείας, σύμφωνα με τον ομοσπονδιακό νόμο. Αυτό είναι μόνο μια διαδικασία.

Σήμερα εστάλη με συστημένη επιστολή από την Κεντρική Τράπεζα της Νιγηρίας (CBN) η οποία επιβεβαιώνει ότι το ποσό των 26.400.000 δολαρίων θα μεταφερθεί στο νέο λογαριασμό.

Συμβαίνει, σκέφτηκε ο Μπάρι με αγαλλίαση, πραγματικά συμβαίνει!
Δύο ημέρες αργότερα, έλαβε άλλο ένα μήνυμα ηλεκτρονικού ταχυδρομείου.

Από: Akintola Kabira <AKabira@yahoo.com

Αγαπητέ Μπάρι,

Το CBN απαιτεί τέλος συναλλαγής ύψους 10.000 δολαρίων, το οποίο, σύμφωνα με τους κανονισμούς του CBN, πρέπει να διαβιβάζεται από τον πράκτορα παραλαβής. Αυτή είναι η συνήθης διαδικασία και το ποσό αυτό θα αφαιρεθεί φυσικά από το 5% που έχουμε διαθέσει για τα έξοδα.

Προφανώς, θα υπάρξουν έξοδα, σκέφτηκε ο Μπάρι, γι' αυτό και το 5% - 1.320.000 δολάρια - είχε τεθεί στην άκρη. Κανόνισε τη μεταφορά κεφαλαίων από τον προσωπικό του λογαριασμό στον νέο ειδικό λογαριασμό της εταιρείας και σε έναν αριθμημένο λογαριασμό στη Νιγηρία.

Η επιστολή από την Κεντρική Τράπεζα της Νιγηρίας, που επιβεβαίωνε τη μεταφορά, ήρθε το επόμενο πρωί. Ο Μπάρι τη διάβασε δώδεκα φορές- χάιδεψε το τραγανό λευκό χαρτί με το ανάγλυφο λογότυπο της τράπεζας και τη βαριά κόκκινη σφραγίδα από κερί που ήταν κολλημένη στο κάτω μέρος της επιστολής, προσπαθώντας να αποκρυπτογραφήσει την κακογραμμένη υπογραφή του εκτελεστικού διευθυντή, Dr. Joseph Εμπογκ. Κράτησε το γράμμα στη μύτη του, μυρίζοντας το, τη μεθυστική μυρωδιά του χρήματος.

Ναι! σκέφτηκε ο Μπάρι και πήγε να σαλιαρίσει ξανά την Porsche του.

Προβλέποντας τον νέο του πλούτο, τηλεφώνησε στην εταιρεία πιστωτικών καρτών και αύξησε το όριο. Σύντομα θα τα ξεχρέωνε όλα. Στη συνέχεια έκλεισε διακοπές στο Πουκέτ - αεροπορικά εισιτήρια πρώτης θέσης, ξενοδοχεία 5 αστέρων, μόνο τα καλύτερα από εδώ και πέρα. Αγόρασε ένα νέο στερεοφωνικό, ένα κορυφαίο κέντρο οικιακής ψυχαγωγίας DVD και το γιόρτασε με ένα γεύμα και ένα μπουκάλι πανάκριβο κλαρέ στο Giorgio's, το πιο πολυτελές εστιατόριο της πόλης.

Θα γινόταν πολύ πλούσιος και δεν υπήρχε περίπτωση να το έλεγε στην Άντζελα, την πρώην σύζυγό του - θα τον μάτωνε αν ήξερε ότι είχε τόσα λεφτά.

Για να σηματοδοτήσει τον επερχόμενο πλούτο

του, αγόρασε στη συνέχεια ένα νέο κοστούμι από τον Πολ Smith, μαζί με δεκαπέντε κομψά πουκάμισα που θα φοριόντουσαν με ανοιχτό λαιμό με το κοστούμι. Ντυμένος με το νέο του κοστούμι και νιώθοντας σαν ένα εκατομμύριο δολάρια - κάντε το εκατομμύριο λίρες - επισκέφθηκε ξανά την έκθεση της Porsche. Έτρεξε τα δάχτυλά του λάγνα κατά μήκος του σαρωτικού αμαξώματος, - "αγόρασέ με", έμοιαζε να ψιθυρίζει η αστραφτερή μαύρη Boxster - "αγόρασέ με τώρα, κάνε με δικό σου". Μη μπορώντας να αντισταθεί, ο Μπάρι κατέθεσε την προκαταβολή και καθιέρωσε μηνιαίες ρυθμίσεις πίστωσης μέχρι να μπορέσει να εξοφλήσει το υπόλοιπο στο ακέραιο.

Όταν επέστρεψε στο σπίτι, τον περίμενε άλλο ένα email.

Από:Akintola Kabira <AKabira@yahoo.com

Αγαπητέ Μπάρι,

Αντιμετωπίσαμε μια μικρή δυσκολία - φαίνεται ότι η ρυθμιστική αρχή του CBN ζητά προμήθεια για τη συναλλαγή, αυτό δεν είναι τίποτα λιγότερο από εκβιασμός, αλλά δυστυχώς έτσι λειτουργούν τα πράγματα στη Νιγηρία. Από το 5% που διατίθεται για έξοδα, παρακαλούμε να μεταφέρετε το ποσό των 25.000 δολαρίων, χωρίς αυτό η συναλλαγή θα αποτύχει.... επείγον....

Παρόλο που ο Μπάρι αιφνιδιάστηκε λίγο από αυτή την τελευταία απαίτηση, μπορούσε να καταλάβει το σκεπτικό της. Η Νιγηρία καταγραφόταν ως μία από τις δύο πιο διεφθαρμένες χώρες στον κόσμο από τη Διεθνή Διαφάνεια, το παγκόσμιο παρατηρητήριο για τη διαφθορά, οπότε όταν το σκέφτηκε, δεν εξεπλάγη πραγματικά που οι υπάλληλοι της τράπεζας θα προσπαθούσαν να αποσπάσουν κάποια από τα χρήματα.

Και δεν ήταν σαν να επρόκειτο να βγει από το μερίδιό του στη συμφωνία. Θα έπρεπε να πάρει δάνειο γι' αυτό, αλλά το διαμέρισμά του είχε πολλά ίδια κεφάλαια και θα το ξεπλήρωνε -και άλλα πολλά, πολύ περισσότερα- πολύ σύντομα. ούτως ή άλλως. Το δάνειο συμφωνήθηκε, ο Μπάρι έστειλε με τέλεξ τη μεταφορά στον λογαριασμό στη Νιγηρία, σίγουρος ότι τα 26.400.000 δολάρια θα μεταφέρονταν πολύ σύντομα.

Καθώς διέσχιζε αργά την High Street με τη μαύρη Porsche Boxster, δεν μπορούσε παρά να παρατηρήσει τα βλέμματα θαυμασμού που έπεφταν πάνω του. Αυτή είναι η ζωή, σκέφτηκε, και αυτή είναι μόνο η αρχή.

Από:Akintola Kabira <AKabira@yahoo.com

Αγαπητέ Μπάρι,

Με λυπεί και με φέρνει σε μεγάλη αμηχανία το γεγονός ότι για άλλη μια φορά πρέπει να απευθυνθώ σε εσάς για το θέμα αυτό. Ο Δρ Εμπογκ, ο εκτελεστικός διευθυντής της CBN, επιμένει τώρα στην "προμήθειά" του. Φυσικά, ως σημαντικότερος αξιωματούχος, η προμήθειά του πρέπει να είναι μεγαλύτερη από τη Ρυθμιστική Αρχή, εξ ου και 30.000 δολάρια.

Με διαβεβαίωσε ότι μόλις καταβληθούν τα χρήματα, θα αποδεσμεύσει τη μεταφορά των κεφαλαίων. Προκειμένου να επιταχυνθούν τα πράγματα, ο εντολέας μου έχει λάβει βραχυπρόθεσμο δάνειο έναντι του σπιτιού της μητέρας του και έχω πουλήσει τα κοσμήματα της συζύγου μου, οπότε η μεταφορά θα πραγματοποιηθεί με άμεση ισχύ, αλλά πρέπει να μεταφέρετε επειγόντως τα 30.000 δολάρια από το ταμείο εξόδων για να καλύψετε τη ζημία μας.

Φίλε μου, ντρέπομαι που σε ικετεύω με αυτόν τον τρόπο, αλλά είμαστε τόσο κοντά στην πραγματοποίηση του ονείρου μας.

Παίρνοντας άλλο ένα δάνειο έναντι του διαμερίσματός του, ο Μπάρι έστειλε απρόθυμα τα χρήματα - άλλωστε, θα ήταν ανόητο να έχει φτάσει τόσο μακριά και να σταματήσει τώρα.

Από:Akintola Kabira <AKabira@yahoo.com

Πολύ καλά νέα, η μεταφορά έχει πλέον εγκριθεί από το Ομοσπονδιακό Υπουργείο Οικονομικών και Εθνικής Οικονομίας. Ωστόσο, δεδομένου ότι θεωρείται ότι έχετε συνάψει σύμβαση εργασίας για την Ομοσπονδιακή Κυβέρνηση, σύμφωνα με το νόμο, όλες οι εταιρείες που συναλλάσσονται με την Ομοσπονδιακή Κυβέρνηση πρέπει να έχουν περιουσιακά στοιχεία ύψους 100.000 δολαρίων στην τράπεζά τους, προκειμένου να αποδείξουν τη φορολογική ακεραιότητα, παρακαλούμε να μεριμνήσετε για την τοποθέτηση 100.000 δολαρίων στο λογαριασμό της εταιρείας. ΜΗΝ στείλετε τα χρήματα στη Νιγηρία, αλλά στείλτε με φαξ μια τραπεζική δήλωση που να επιβεβαιώνει την αξία της εταιρείας. Με την παραλαβή, η μεταφορά των κεφαλαίων θα πραγματοποιηθεί αμέσως...

Πολύ καλέ μου φίλε, επιτέλους φτάσαμε εκεί. .

Ο Μπάρι δεν άκουσε ποτέ ξανά από τον Akintola Kabira. Όταν έλεγξε τον λογαριασμό για να δει αν τα 26.400.000 δολάρια είχαν μεταφερθεί, βρήκε τον λογαριασμό του άδειο, τα 100.000 δολάρια είχαν εξαφανιστεί. Η αστυνομία δεν μπορούσε να κάνει τίποτα, ούτε η τράπεζα και η πρεσβεία της Νιγηρίας αρνήθηκε να σχολιάσει.

Η Porsche κατασχέθηκε και ο Μπάρι αναγκάστηκε να πουλήσει το διαμέρισμά του για να πληρώσει τα δάνεια. Ήταν άστεγος και άπορος - αλλά εξακολουθούσε να δείχνει ωραίος με το κοστούμι Πολ Smith και το πουκάμισο με ανοιχτό λαιμό.

ΈΝΑΣ ΉΡΩΑΣ ΤΗΣ ΠΌΛΗΣ ΓΙΑ ΆΛΛΗ ΜΙΑ ΦΟΡΆ

ΜΙΑ ΠΌΛΗ ΤΟΥ YORKSHIRE, ΠΕΡΊΠΟΥ ΤΟ 1955.

Ο αστυνομικός Πέρσι Κόπερ ήταν ήρωας στην πόλη. Ή τουλάχιστον έτσι πίστευε ακόμα. Πριν από λίγο καιρό είχε αποτρέψει μια ένοπλη ληστεία τράπεζας, χάνοντας το μικρό δάχτυλο του αριστερού του χεριού από μια ριπή καραμπίνας. Τον είχε αποθεώσει ο Τύπος, είχε λάβει έπαινο από τον Αρχηγό της Αστυνομίας και όλοι στην αίθουσα της ομάδας ήταν ευτυχείς να του σφίξουν το χέρι ή να τον χτυπήσουν στην πλάτη.

Αλλά η φήμη είναι κάτι παροδικό, φευγαλέο και εφήμερο, μια άστατη ερωμένη και τώρα απλά επέστρεψε εκεί που ήταν πριν από λίγες εβδομάδες, ένας ταπεινός μπάτσος που περπατούσε στο δρόμο του. Και όχι πολύ χαρούμενος γι' αυτό.

Η Τζούντι Ντένισον, μια δωδεκάχρονη μαθήτρια, είχε δεχτεί επίθεση καθώς επέστρεφε στο σπίτι της μετά από μια συνάντηση των οδηγών κοριτσιών. Της επιτέθηκαν, τη βίασαν και τη στραγγάλισαν και φαινόταν ότι όλοι οι αστυνομικοί της πόλης ασχολούνταν με την υπόθεση. Αλλά όχι ο Πέρσι Κόπερ.

Εδώ ήταν η ευκαιρία να κρατήσει το όνομά του στο προσκήνιο. Αλλά όχι, δεν του είχε ανατεθεί να αναλάβει την υπόθεση. Εδώ ήταν, περιπολώντας στη γειτονιά του ως συνήθως, σαν να μη συνέβαινε τίποτα άλλο, ενώ άλλοι έκαναν όνομα εις βάρος του.

Ένιωθε σαν να ήθελε να κλωτσήσει μια βιτρίνα από απογοήτευση. Ήταν και πάλι στη νυχτερινή βάρδια, όπου η μόνη ευκαιρία για δόξα ήταν η σύλληψη μερικών μεθυσμένων ή η διάλυση μιας μισής συμπλοκής καθώς οι παμπ έκλειναν στις 10.30. Ο Πέρσι είχε παραπονεθεί στον επιθεωρητή Έντι Τρούμαν, τον επικεφαλής του τμήματος ένστολων, ζητώντας να τον βάλουν στην ομάδα δολοφονιών, αλλά του είπαν απότομα ότι η συνηθισμένη αστυνόμευση έπρεπε να συνεχιστεί, να γίνουν περιπολίες, να γίνουν μικρές συλλήψεις, να ρυθμιστεί η κυκλοφορία, να διερευνηθούν τα παράπονα, να συνεχιστεί η καθημερινή ρουτίνα που κρατάει τους δρόμους της πόλης σχετικά ελεύθερους από εγκλήματα. Δεν μπορούμε να τους έχουμε όλους να αναζητούν τη δόξα, έτσι δεν είναι, γιε μου; Το να είσαι μπάτσος είναι να κάνεις ό,τι σου λένε. Δεν μας αρέσει πάντα, αλλά είναι μέρος της δουλειάς".

"Μα κύριε, θα ήταν καλή εμπειρία για μένα".

"Πόσο καιρό είσαι στη δουλειά, Πέρσι;

"Από τον περασμένο Οκτώβριο, κύριε, εννέα, δέκα μήνες".

"Είσαι ακόμα βρεγμένος πίσω από τα αυτιά, παλικάρι, εννέα μήνες; Τους πρώτους εννέα μήνες που ήμουν στη δουλειά, δεν πρόλαβα καν να δω έναν επιθεωρητή, πόσο μάλλον να του θέσω απαιτήσεις. Πήγαινε εκεί έξω και κάνε τη δουλειά σου. Η εμπειρία θα έρθει με τον καιρό. Είσαι πρόθυμος να προχωρήσεις και μου αρέσει αυτό, αλλά, εν τω μεταξύ, έχεις μια περιπολία να κάνεις.

"Ναι.

Δεν υπήρχε τίποτα άλλο που θα μπορούσε να πει και έτσι τώρα βημάτιζε κατά μήκος του ρυθμού του. Χτύπησε τις πόρτες των καταστημάτων για να ελέγξει αν ήταν κλειδωμένες, κοίταξε στις πίσω αυλές των εγκαταστάσεων, φωτίζοντας με το φακό του όλες τις γωνίες και κοίταξε μέσα από τις βιτρίνες των καταστημάτων για να ελέγξει για εισβολείς. Κάπου εκεί έξω, ίσως σ' αυτόν ακριβώς τον δρόμο, παραμόνευε ένας παιδοκτόνος, ένας δολοφόνος, ένας βιαστής μπάσταρδος, ενώ αυτός, ο Πέρσι Κόπερ, συνόδευε την πνιγμένη στο τζιν, βρωμερή από τα κάτουρα χήρα Μπλάκμπερν καθώς τρεκλίζοντας γύριζε στο σπίτι της από το Dog and Duck, φροντίζοντας να φτάσει στο σπίτι της με ασφάλεια και να μην σκοντάψει στο πεζοδρόμιο και σπάσει τον γοφό της ή οτιδήποτε άλλο.

Ο Πέρσι είχε οράματα ότι θα έβλεπε έναν ύποπτο τύπο να τριγυρνάει μετά τα μεσάνυχτα με ένα μικρό πάνινο σακίδιο στο χέρι. Καθώς ο Πέρσι πλησιάζει, ο άντρας γυρίζει και τρέχει. Ο Πέρσι τον κυνηγάει, τον ρίχνει στο έδαφος με ένα ιπτάμενο τάκλιν ράγκμπι και τον εξουδετερώνει. Ανοίγοντας τον σάκο του δρομέα, βρίσκει την χαμένη στολή της Judy Dennison και συνειδητοποιεί ότι έπιασε μόνος του τον δολοφόνο της.

ΠΚ Πέρσι Κόπερ, ο ήρωας της ώρας για άλλη μια φορά.

Ήταν μια φαντασίωση που έπαιζε στο μυαλό του καθώς περιπολούσε στην οδό Φένγουικ. Στην άλλη πλευρά του δρόμου, ο Πέρσι παρατήρησε μια γυναίκα να κάθεται σε έναν χαμηλό τοίχο. Ήταν αργά, είχε περάσει η ώρα του κλεισίματος, φυσούσε ένας ψυχρός άνεμος και έβρεχε- δεν ήταν η κατάλληλη νύχτα για να κάθεται σε έναν τοίχο. Καθώς πλησίαζε, συνειδητοποίησε ότι εκείνη έκλαιγε με λυγμούς στα χέρια της.

"Είσαι καλά, αγάπη μου;" τη ρώτησε, φωτίζοντάς την με τον φακό του, προσπαθώντας να μην τον ρίξει στα μάτια της.

"Όχι, δεν είμαι μπάσταρδος. Τι σχέση έχει αυτό με σένα, τέλος πάντων;

"Είναι η δουλειά μου, αγάπη μου. Να δίνουμε ένα χέρι βοήθειας όπου μπορούμε.

Ήταν κοντά της τώρα. Ήταν μια μικροκαμωμένη γυναίκα, πιθανώς γύρω στα σαράντα, με σκούρα μαλλιά κοντοκουρεμένα, στρογγυλό πρόσωπο, τα μάτια της κόκκινα από το κλάμα, φορούσε ένα φόρεμα με σχέδια λουλουδιών και μια κόκκινη ζακέτα, αλλά όχι παλτό. Στριφογύριζε τη βέρα της γύρω από το δάχτυλό της. Έκατσε οκλαδόν δίπλα της.

"Λοιπόν, μπορείς να πάρεις το χέρι βοηθείας σου και να εξαφανιστείς. Δεν έχει να κάνει με σένα και δεν μπορείς να κάνεις τίποτα για να βοηθήσεις".

"Δεν ξέρεις μέχρι να ρωτήσεις, έτσι δεν είναι;

"Εντάξει, λοιπόν, πες μας πού είναι ο μπάσταρδος".

"Για ποιον μιλάμε, αγάπη μου;

"Η γάτα της διπλανής πόρτας, φυσικά. Πώς σου φαίνεται; Ο μπάσταρδος σύζυγός μου, αυτός είναι.'

"Α, σωστά. Εξαφανίστηκε και ανησυχείς γι' αυτόν;

"Ναι, ανησυχεί ότι θα του ξεριζώσω την καρδιά που λέει ψέματα και εξαπατάει αν τον βρω ποτέ.

"Ω!" απάντησε ο Πέρσι, ξαφνικά αβέβαιος για το πώς να προχωρήσει. Δεν είχε χρειαστεί να αντιμετωπίσει ποτέ στο παρελθόν ένα οικογενειακό περιστατικό.

'Ναι, "ω"! Αυτό τα λέει όλα, έτσι δεν είναι; Όπως είπα, αν δεν ξέρεις πού είναι αυτός, ή πού μένει αυτή, η σκύλα, είσαι άχρηστος και καλύτερα να εξαφανιστείς".

"Κοίτα, αγάπη μου, κάνει κρύο και βρέχει, δεν είναι η κατάλληλη νύχτα για να είσαι έξω έτσι, έτσι δεν είναι; Θα πεθάνεις.

Και ποιος θα έδινε δεκάρα, ε; Όχι αυτός ο μπάσταρδος, αυτό είναι σίγουρο! Έφτυσε έντονα.

"Πώς... πώς ξέρεις ότι έχει... παραστρατήσει;

Του έριξε αυτό το βλέμμα, το βλέμμα που ρίχνεις

στα σκυλιά και στους ηλίθιους. Είναι Τρίτη, σωστά; Η Τρίτη είναι η βραδιά των μπολ του. Κάθε Τρίτη, χωρίς καμία αποτυχία, πηγαίνει στο κλαμπ, παίζει όσο είναι ακόμα φως και μετά πίνει μια ή δύο μπύρες στο μπαρ του κλαμπ. Ίσως και ένα παιχνίδι βελάκια, σωστά;

"Ναι, αν το λες εσύ.

"Πώς μπορεί λοιπόν να παίζει μπόουλινγκ χωρίς τα μπολ του, ε; Δεν πήρε τα μπολ του μαζί του. Πήγα να βάλω τη σκούπα στο ντουλάπι κάτω από τις σκάλες και εκεί ήταν, τα μπολ του. Λοιπόν, τι σκαρώνει; Παίζει με την Debbie Merchant που δουλεύει μαζί του, αυτό είναι και η σκύλα μένει εδώ, κάπου στην οδό Fenwick. Και όταν τις βρω, μάλλον θα στραγγαλίσω μία από αυτές. Έι, όχι κυριολεκτικά, ρε βλάκα", αναφώνησε, βλέποντας το βλέμμα του Πέρσι. Ίσως όμως να της βγάλω τα μάτια. Να της ξεριζώσω τις ρώγες.'

Μην κάνεις καμιά βλακεία, εντάξει; Πώς σε λένε, παρεμπιπτόντως; Έπρεπε να σε είχα ρωτήσει νωρίτερα.

"Τζάνις. Τζάνις Τζόνσον. Ο ψεύτης, απατεώνας, άχρηστος, παντοτινός μπάσταρδος σύζυγός μου είναι ο ΝτέιβΝτέιβ Τζόνσον".

"Και πού είναι το σπίτι, Τζάνις;

"Οδός Ρμούρ. Αριθμός 22.

"Οδός Ραμούρ; Αυτό είναι στο...'

"Ναι, στο Μαρπελσάιντ, γαμημένα μίλια μακριά, το ξέρω. Η Τζάνις Τζόνσον κούνησε παραιτητικά το κεφάλι της και σηκώθηκε αργά στα πόδια της, σκουπίζοντας με το χέρι της τη βρωμιά και τα βρύα από το κάθισμα της φούστας της, τυλίγοντας τα χέρια της γύρω από τον εαυτό της σαν να συνειδητοποίησε ξαφνικά ότι κρυώνει. 'Δεν κάνω τίποτα καλό εδώ, έτσι δεν είναι;'

"Όχι, Τζάνις, όχι ακριβώς.

"Μάλλον έχεις δίκιο" αναστέναξε. "Απλά κάνω

επίδειξη του εαυτού μου, έτσι δεν είναι; Εννοώ, θα μπορούσα να κάτσω εδώ όλη τη νύχτα και να μην τα βρω.

"Σωστά, δεν υπάρχει καμία εγγύηση ότι θα τους βρείτε, μπορεί να μην είναι καν εδώ. Δεν ξέρεις με σιγουριά ότι ο Ντέιβ είναι με αυτή τη γυναίκα.

"Ω, ξέρω καλά. Μια σύζυγος ξέρει αυτά τα πράγματα. Μπορεί να είναι η τελευταία που το μαθαίνει, αλλά όταν το μάθει, το ξέρει... αν αυτό βγάζει κάποιο νόημα.

"Ναι, βέβαια, χωρίς να είμαι η ίδια σύζυγος δεν μπορώ να πω με ακρίβεια". Την κοίταξε ξανά. Η ζακέτα της ήταν βρεγμένη, το πίσω μέρος του φορέματός της ήταν βρεγμένο εκεί που είχε καθίσει και τα βρεγμένα μαλλιά της είχαν κολλήσει στο πλάι του προσώπου της. "Ξέρεις, πρέπει πραγματικά να πας σπίτι σου και να βγάλεις τα βρεγμένα ρούχα, το εννοούσα ότι θα πεθάνεις. Δεν είναι νύχτα για να είσαι έξω χωρίς παλτό".

"Ναι, έχεις δίκιο, αλλά ήμουν τόσο θυμωμένη, που έφυγα από το σπίτι χωρίς να το σκεφτώ. Στεκόταν εκεί, κοιτάζοντας τον δρόμο για μια τελευταία φορά, σαν να περίμενε τον σύζυγό της να αποκαλυφθεί ξαφνικά. "Φύγε λοιπόν", είπε στον Πέρσι, χωρίς να τον κοιτάξει. "Και ευχαριστώ".

"Είσαι σίγουρη ότι είσαι καλά; ρώτησε ο Πέρσι, απρόθυμος να την αφήσει. 'Δεν πρόκειται να κάνεις... καμιά βλακεία, έτσι δεν είναι;' ρώτησε για άλλη μια φορά.

"Όχι, δεν πρόκειται να πηδήξω από τη γέφυρα της λύτρωσης, αν αυτό σκέφτεσαι".

"Όχι", απάντησε βιαστικά, "φυσικά και όχι", αλλά αυτό ακριβώς είχε περάσει από το μυαλό του.

"Κοίτα, δεν κάνω καλό στον εαυτό μου εδώ, το βλέπω αυτό. Έχω χρόνο να προλάβω το τελευταίο λεωφορείο για το σπίτι και θα το συζητήσω με τον Ντέιβ όταν γυρίσει σπίτι. Αν έρθει ποτέ. Αν όχι, λοιπόν, θα περάσω τη συγκεκριμένη γέφυρα όταν φτάσω εκεί. Η Τζάνις σκούπισε τα μάτια της σε ένα μικροσκοπικό τετράγωνο κεντημένου μαντηλιού, ισιώθηκε, πήρε μια βαθιά ανάσα και άρχισε να απομακρύνεται. Γύρισε πίσω. 'Ευχαριστώ για τον ώμο, είμαι μια χαρά τώρα, ειλικρινά'.

"Θα κατέβω μαζί σου, να δω αν είσαι καλά".

"Φροντίζεις να μην πηδήξω από τη Λύτρωση, ε;" απάντησε, με μια αμυδρή αναλαμπή χαμόγελου.

"Όχι, δεν είναι αυτό, αλλά μπορώ να σας συνοδεύσω μέχρι την οδό Σέφιλντ, είναι στο δικό μου δρομολόγιο, βλέπετε, και μετά είναι μόνο ένα βήμα απέναντι και κάτω στην οδό Μπλονκ για το σταθμό των λεωφορείων. Τι ώρα είναι το τελευταίο λεωφορείο για το Marpleside;

"11.25, είκοσι πέντε μετά.

Ο Πέρσι κοίταξε το ρολόι του: 11.12. "Καλύτερα να βιαστούμε, τότε. Δεν θα θέλατε να το χάσετε. Έχεις το εισιτήριο του λεωφορείου;" ρώτησε εκ των υστέρων.

"Ναι, ναι, ευχαριστώ", απάντησε δείχνοντάς του την τσάντα της.

Στη συνέχεια, ο Percy τη συνόδευσε μέχρι την οδό Sheffield Road. "Ορίστε, αγάπη μου, να προσέχεις τώρα".

"Κι εσύ. Και ευχαριστώ. Ξέρεις, ποτέ δεν έμαθα το όνομά σου.

" Πέρσι, Πέρσι Κόπερ, ΠΚ 4126. Για οποιοδήποτε πρόβλημα, ζητήστε με στο γραφείο στο νικ. Πέρσι Κόπερ...

"Θα το κάνω, και ευχαριστώ, Πέρσι", είπε, τυλίγοντας ξανά τα χέρια της γύρω από το τρεμάμενο σώμα της, με την κόκκινη ζακέτα να προσφέρει ελάχιστη προστασία από τον τσουχτερό άνεμο.

Την παρακολουθούσε να διασχίζει το δρόμο από τη διάβαση ζέβρας, με τον φάρο της Μπελίσα να λάμπει έντονα πορτοκαλί μέσα στο σκοτάδι της νύχτας. Ένα σφύριγμα του ανέμου έστειλε ένα φύλλο κουρελιασμένης εφημερίδας να την ακολουθήσει. Έκανε μια σημείωση στο πορτοφόλι του, σε περίπτωση που εμφανιζόταν το πτώμα ενός Ντέιβιντ Τζόνσον ή μια Ντέμπι Μέρτσαντ είχε ξεριζώσει τις ρώγες της.

Ο ρυθμός του συνεχίστηκε προς την τράπεζα West Riding Bank, όπου είχε χάσει το δάχτυλό του στην αποτυχημένη ληστεία τράπεζας, και πέρασε από το παράθυρο ενός μεσίτη που έδειχνε ένα ωραίο εξοχικό σπίτι στο χωριό Fenmoor, το οποίο ήθελε αλλά δεν μπορούσε να αγοράσει. Περπάτησε δίπλα από το πολυκατάστημα Redmires και μετά στράφηκε στην οδό Glassmaker- όχι ότι υπήρχε ποτέ υαλουργός στην πόλη, απ' όσο μπορούσε να διαπιστώσει κανείς, όπως ακριβώς κανείς δεν είχε βρει ποτέ τον παράδεισο στην πλατεία Paradise.

Είχε φτάσει στο τέλος της δεύτερης στροφής του γύρω από τη γειτονιά του και διαπίστωσε, προς μεγάλη του έκπληξη, ότι ένιωθε μια ικανοποίηση στη σκέψη ότι, κατά κάποιο τρόπο, η δράση του ήταν ίσως εξίσου σημαντική με την εύρεση του δολοφόνου της Τζούντι Ντεβονσάιρ.

ΤΌΣΟ ΣΊΓΟΥΡΑ ΌΣΟ ΤΑ ΑΥΓΆ ΕΊΝΑΙ ΑΥΓΆ

ΤΟ ΔΥΤΙΚΌ ΜΈΤΩΠΟ, ΓΑΛΛΊΑ. 1916

Ντροπαλά, η Ζανέτ παρέδωσε την τσαλακωμένη καφέ χάρτινη σακούλα, μέσα στην οποία υπήρχαν έξι αυγά, πέντε λευκά και ένα καφέ. Ο στρατιώτης Άρθουρ Πινκ μουρμούρισε τις ευχαριστίες του, κουνώντας τα πόδια του, με δυσκολία να κοιτάξει την κοπέλα κατάματα. Ήταν ευχαριστημένος με το δώρο- φρέσκα αυγά δεν υπήρχαν τόσο κοντά στη γραμμή του μετώπου και ήταν σίγουρος ότι οι υπόλοιποι της διμοιρίας του θα ήταν ενθουσιασμένοι- ίσως σταματούσαν να τον πειράζουν αν έφερνε ένα τόσο ευπρόσδεκτο δώρο.

"Ναι, ευχαριστώ και πάλι", μουρμούρισε και άρχισε να απομακρύνεται από κοντά της, απελπιστικά μπερδεμένος και αμήχανος.

Η Ζανέτ ήταν κόρη του ιδιοκτήτη του τοπικού *estimanet*, του μπαρ και του καφενείου που επισκέπτονταν όλοι οι έφεδροι στρατιώτες που ξεκουράζονταν από το μέτωπο. Ήταν το αντικείμενο του θαυμασμού όλων των στρατιωτών, μπορούσε να διαλέξει οποιονδήποτε από αυτούς, οπότε δεν μπορούσε ποτέ να πει γιατί την είχε συνεπάρει τόσο πολύ ο ντροπαλός, αδέξιος, μουρμουρίζοντας Άρθουρ. Ίσως ήταν ένα εκκολαπτόμενο μητρικό ένστικτο, ίσως απλώς τον λυπόταν καθώς φαινόταν να είναι το αντικείμενο ατελείωτων φάρσων, αλλά όποιος κι αν ήταν ο λόγος, από όλους τους εκατοντάδες στρατιώτες που περνούσαν από το μπαρ, ο Άρθουρ ήταν αυτός που της είχε τραβήξει την προσοχή.

Στεκόταν εκεί αναμένοντας, με το πρόσωπο ανασηκωμένο, θέλοντας να τη φιλήσει. Δεν μπορούσε να του το πει αυτό, αλλά σίγουρα έπρεπε να το καταλάβει. Ο Άρθουρ ήθελε να τη φιλήσει αλλά δεν ήξερε πώς. Κοκκίνισε μέχρι τις ρίζες στη σκέψη και μόνο. Η μόνη γυναίκα που είχε φιλήσει ποτέ ήταν η μητέρα του, όταν τη φίλησε στο μάγουλο καθώς την αποχαιρετούσε.

"Ναι, καλά, λοιπόν, καλύτερα να πηγαίνω", μουρμούρισε πάλι.

Η Ζανέτ δεν γνώριζε πολύ καλά αγγλικά, αλλά μπορούσε εύκολα να καταλάβει ότι τα ανοίγματά της δεν βρίσκουν ανταπόκριση και τα τρυφερά συναισθήματά της προς τον Άρθουρ άρχισαν να εξατμίζονται και αισθάνθηκε ότι ήθελε να του αρπάξει τα πολύτιμα αυγά. Με μια θεατρική "γκρίνια" πληγωμένης υπερηφάνειας, η Ζανέτ γύρισε στις φτέρνες της και απομακρύνθηκε.

Ο Άρθουρ, συνειδητοποιώντας ότι κατά κάποιο τρόπο την είχε προσβάλει, την φώναξε με μισή καρδιά, αλλά εκείνη δεν έδωσε σημασία. Με έναν αναστεναγμό και ένα ανασήκωμα παραίτησης, ο Άρθουρ, επίσης, απομακρύνθηκε και άρχισε να κατευθύνεται προς τον αχυρώνα όπου είχε καταλύσει η ομάδα του.

Μπορούσε να ακούσει τον ήχο του βαρέως πυροβολικού από τις γραμμές του μετώπου, αλλά οι πυροβολισμοί ήταν τόσο συνηθισμένοι που περνούσαν απαρατήρητοι- ο Άρθουρ σκεφτόταν ήδη πώς θα μαγειρέψει καλύτερα τα αυγά. Θα μπορούσαν να τηγανιστούν, αλλά το μόνο πράγμα για να τα τηγανίσει ήταν το σάπιο βούτυρο που υπήρχε σε κονσέρβα. Καθόλου καλό. Το βράσιμο θα ήταν εντάξει, μόνο που θα ήταν δύσκολο να μοιραστούν έξι βραστά αυγά μεταξύ έντεκα ανδρών. Η ομελέτα θα ήταν η καλύτερη, σκέφτηκε, και θα ήταν εύκολο να μοιραστεί. Σκέψου ότι θα ήταν καλύτερα με μια φέτα από το τραγανό άσπρο παξιμάδι του μπαμπά, φρέσκο από το φούρνο με ένα κομμάτι από το καλύτερο βούτυρο. Συνεχίζοντας να σκέφτεται, ο Άρθουρ προχώρησε, χωρίς να καταλάβει ότι τον ακολουθούσαν.

Καθισμένος δίπλα στο μπροστινό παράθυρο του μπαρ, ο αρχιλοχίας Χαργκρίβς είχε παρακολουθήσει την αλληλεπίδραση μεταξύ της Ζανέτ και του Άρθουρ, διασκεδάζοντας ξινισμένος με την αξιοθρήνητη αποτυχία του Pink με το κορίτσι. *Αν ήμουν στη θέση του, σκέφτηκε, θα την είχα βάλει στο πίσω μέρος του μπαρ σε χρόνο μηδέν.* Άδειασε το ποτήρι του με το πλονκ - vin blanc - όχι τόσο καλό όσο μια πίντα καλής αγγλικής μπύρας, αλλά έκανε τη δουλειά του και ξεκίνησε να κυνηγάει τον Άρθουρ.

"Τι έχεις εκεί, παλικάρι; απαίτησε ο Χαργκρίβς καθώς πλησίαζε πίσω από τον Άρθουρ. Ο Άρθουρ ξαφνιάστηκε τόσο πολύ, που παραλίγο να του πέσει η σακούλα με τα αυγά.

"Τίποτα, τίποτα, τίποτα, αρχιλοχία".

"Μου μοιάζει με λαθρεμπόριο, σε παρακολουθούσα, Ροζ. Η συναναστροφή με τον εχθρό είναι σοβαρό αδίκημα, θα περάσεις από στρατοδικείο".

Ο Άρθουρ, που δεν ήταν και η πιο κοφτερή ξιφολόγχη του βρετανικού στρατού, μπερδεύτηκε. Η Ζανέτ ήταν Γαλλίδα, άρα πώς θα μπορούσε να είναι εχθρός; Και δεν είχε συναναστραφεί μαζί της, απλώς του είχαν δώσει μερικά αυγά, αυτό είναι όλο.

"Όχι, αρχιλοχία, μόνο μερικά αυγά, αυτό είναι όλο, μοιραστείτε τα με τα παλικάρια.

"Αυγά! Τα αυγά είναι λαθρεμπόριο, γιε μου. Τα

αυγά είναι απαγορευμένα, τα αυγά είναι. Ο Χαργκρίβς έσκυψε πιο κοντά, με το πρόσωπό του εκατοστά μακριά από τον Άρθουρ. Γιατί νομίζεις ότι τα αυγά είναι απαγορευμένα, ε; Τόσο κοντά στη γερμανική γραμμή; Ο Άρθουρ κούνησε το κεφάλι του με αμηχανία. "Επειδή οι Γερμανοί δηλητηριάζουν τις κότες, γι' αυτό, τις κάνουν να γεννούν δηλητηριασμένα αυγά".

"Δηλητηριάστηκε;

"Ναι, φίλε μου, τρομερό δηλητήριο, σαπίζει το στομάχι σου σαν οξύ και θα άφηνες τους φίλους σου να τα φάνε. Αυτό είναι απόπειρα δολοφονίας, παλικάρι.

"Όχι, ειλικρινά, δεν το ήξερα".

"Καλύτερα να μου τα δώσεις, ε; Ο Χαργκρίβς είπε με συμπάθεια. "Θα καλύψω τα ίχνη σου και αν δεν πεις τίποτα, κανείς δεν θα μάθει τίποτα. Δώσ' τα μου, νεαρέ, και θα φροντίσω να καταστραφούν κανονικά. Δεν θέλουμε να διαφύγει το δηλητήριο, έτσι δεν είναι;

"Όχι. Όχι, λοχία.

"Και εσύ μείνε μακριά από την κοπέλα στο μπαρ, είναι Γερμανίδα μυστική πράκτορας και οι Redcaps την έχουν βάλει στο μάτι. Δεν θέλεις να μπλεχτείς σ' αυτό, έτσι δεν είναι, παλικάρι μου; Θα μπορούσε να είναι άσχημο αν νομίζουν ότι είσαι μέρος της συνομωσίας. Αυτό είναι δουλειά για το εκτελεστικό απόσπασμα.

"Όχι, λοχία", είπε ο Άρθουρ, καταπίνοντας δυνατά, και παρέδωσε τη σακούλα με τα αυγά σαν να είχε πάρει φωτιά.

Ο Χάργκριβς καγχάζει σκληρά για τον εαυτό του καθώς βλέπει τον Άρθουρ να απομακρύνεται βιαστικά. Τώρα τι να κάνει με τα αυγά; Ο Χαργκρίβς δεν είχε καμία πρόθεση να τα μοιραστεί με την τραπεζαρία των λοχιών, αλλά θα έβλεπε τον λοχία Μπινκς, τον μάγειρα του λόχου- ο Μπινκς θα έπαιρνε μερικά αυγά για τον εαυτό του, αλλά αυτό ήταν εντάξει. Ο Χαργκρίβς θα του έμεναν ακόμα τέσσερα αυγά. Θα έβρισκε ένα ή δύο κομμάτια μπέικον και θα τα τηγάνιζε μαζί με αυτό.

Χαμογελώντας ακόμα στον εαυτό του, ο Χαργκρίβς ξεκίνησε να βρει τον Μπινκς.

Στο παρατηρητήριό του στο χτυπημένο από οβίδες πύργο της εκκλησίας, ο λοχαγός Μίλερ άφησε τα κιάλια του. Μελετούσε τις γραμμές των γερμανικών χαρακωμάτων, αλλά δεν υπήρχε καμία δραστηριότητα και, βαριεστημένος και ανήσυχος, είχε αρχίσει να κοιτάζει αλλού. Είχε δει επίσης τον Άρθουρ και την Τζανέτ, είχε δει το πακέτο να αλλάζει χέρια και στη συνέχεια είχε δει τον Χάργκριβς να αναχαιτίζει τον Πινκ και να τον απαλλάσσει από τη χάρτινη σακούλα. Η περιέργειά του είχε ξυπνήσει, ο λοχαγός Μίλερ κατέβηκε από τον πύργο και, με τη σειρά του, αναχαίτισε τον Χάργκριβς και το πολύτιμο πακέτο με τα αυγά.

"Αρχιλοχίας", φώναξε. "Δείξτε μου το πακέτο που πήρατε από τον στρατιώτη".

"Πακέτο, κύριε;

"Ναι, Χαργκρίβς, το πακέτο στο χέρι σας που πήρατε από τον στρατιώτη Pink.

"Α, αυτό. Απλά κάτι που δανείστηκα, κύριε. Το επέστρεφε, αυτό είναι όλο.'

"Είδα την κοπέλα να του το δίνει, Χαργκρίβς, μη μου λες ψέματα".

"Όχι, κύριε.

"Λοιπόν;

"Λαθρεμπόριο, κύριε, το κατάσχεσα", μουρμούρισε ο Χαργκρίβς, ελάχιστα πολιτισμένα. Ο Μίλερ θεωρούσε τον Χαργκρίβς νταή και τύραννο, το χειρότερο είδος αρχιλοχία και ήταν σίγουρος ότι ό,τι κι αν υπήρχε στην τσάντα, ο Χαργκρίβς το είχε πάρει για δική του χρήση.

"Φέρτε το εδώ. Με απροθυμία, ο Χαργκρίβς

παρέδωσε την τσάντα. "Αυγά; είπε ο Μίλερ ανοίγοντας την τσάντα. "Δύσκολα λαθρεμπόριο.

"Ο Ροζ, ήθελε να τα πάρω, ως ένδειξη εκτίμησης, επειδή τον βοήθησα".

"Δεν το νομίζω. Η κλοπή από τους άνδρες σου είναι σοβαρό αδίκημα. Μπορεί να σου κοστίσει τα γαλόνια σου - και ακόμη περισσότερα.

Ο Χαργκρίβς έβγαλε μπόχα μέσα του, αλλά δεν μπορούσε να κάνει και πολλά. "Ένα αστείο ήταν, κύριε, θα τον άφηνα να τα πάρει πίσω".

"Αφήστε με να το κάνω εγώ αυτό, αρχιλοχία. Θα σας γλιτώσω από τον κόπο.

Ο καπετάνιος Μίλερ είχε κάθε πρόθεση να επιστρέψει τα αυγά, αλλά είχε τόσο καιρό να φάει ένα φρέσκο αυγό που η πρόθεση αυτή σύντομα έπεσε στο κενό. Εξάλλου, σκέφτηκε, ο στρατιώτης Πινκ είχε ήδη συμβιβαστεί με την απώλειά τους και δεν θα το καταλάβαινε. Ο Μίλερ έσπευσε στο κατάλυμά του και φώναξε τον Τζένκινς, τον άνθρωπό του.

"Μερικά αυγά, Τζένκινς. Θα φάω δύο σε ομελέτα με το βραδινό μου, τα υπόλοιπα θα τα φυλάξω και θα φάω δύο βραστά για πρωινό".

"Πολύ καλά, κύριε.

Δεν πειράζει για κάποιους, σκέφτηκε ο Τζένκινς, θα μπορούσε τουλάχιστον να μου είχε δώσει ένα, προσπαθώντας να θυμηθεί πότε ήταν η τελευταία φορά που έφαγε φρέσκο αυγό. Τότε του ήρθε μια σκέψη. Αν έβγαζε δύο αυγά για τον εαυτό του και τα έκρυβε, θα μπορούσε "κατά λάθος" να ρίξει τη σακούλα και να πει ότι όλα τα αυγά έσπασαν. Θα μπορούσε να βράσει τα υπόλοιπα μόλις το πεδίο ήταν καθαρό. Θα ήταν ωραία με ένα φλιτζάνι από το ειδικό τσάι του καπετάνιου.

"Λυπάμαι πολύ, κύριε", είπε αργότερα, γεμάτος μεταμέλεια, "φοβάμαι ότι μου έπεσε η σακούλα με τα αυγά. Όλα έσπασαν.

"Δείξε μου", είπε ο Μίλερ με σφιγμένα χείλη από θυμό. "Πώς μπόρεσες να είσαι τόσο αδέξιος;

"Ήρθα λιπόθυμος, κύριε, και δεν είχα δυνάμεις".

"Θα σου δώσω λιποθυμία! Ο Μίλερ τσίμπησε. Εξέτασε τη βρεγμένη σακούλα. Κίτρινες κλωστές ζυγού διαρρέονταν μέσα από το χαρτί και τα θρυμματισμένα κοχύλια έτριζαν κάτω από τα δάχτυλά του καθώς γύριζε τη σακούλα. Καχύποπτος, έσκισε τη σακούλα και μέτρησε τα σπασμένα κοχύλια- παρόλο που ήταν πολύ θρυμματισμένα, ήταν ακόμα δυνατό να τα μετρήσει. Τέσσερα! Μόνο τέσσερα τσόφλια! Κοίταξε το ενοχικό πρόσωπο του Τζένκινς.

"Μου φαίνεται, Τζένκινς, ότι πιθανώς έβαλες δύο αυγά στην άκρη για την ομελέτα μου και τα ξέχασες. Σωστά;

"Ω, ναι κύριε, φυσικά, τώρα θυμάμαι. Η μνήμη μου γίνεται τρομερή.

"Αν αποτύχει ξανά, θα βρεθείτε σε πολύ δύσκολη θέση".

"Ακριβώς όπως τα αυγά που θα γίνονταν αύριο, ε; είπε ο Τζένκινς, με αδύναμο χιούμορ.

Ο Jenkins "βρήκε" τα "χαμένα" αυγά, ένα καφέ και ένα λευκό. Έσπασε το λευκό αυγό στο μπολ και στη συνέχεια έσπασε το καφέ, έτοιμο να χτυπηθεί για την ομελέτα του καπετάνιου.

Η έντονη, θειούχα δυσοσμία του σάπιου αυγού διαπέρασε τη μικρή κουζίνα του καταλύματος του λοχαγού Μίλερ.

Φαινόταν ότι κανείς δεν θα απολάμβανε αυγό εκείνη την ημέρα.

ΠΡΟΜΗΘΕΙΕΣ

ΤΟ ΣΉΜΕΡΑ. ΌΠΟΤΕ ΚΙ ΑΝ ΕΊΝΑΙ ΑΥΤΌ.

Χρειαζόμαστε κάποιες εξηγήσεις και ιστορικό εδώ. Κάποιο πλαίσιο. Πλαίσιο! Περιγράφεται στο Λεξικό της Οξφόρδης της Αγγλικής Γλώσσας ως: *ουσιαστικό-οι συνθήκες που αποτελούν το πλαίσιο για ένα γεγονός, μια δήλωση ή μια ιδέα και με βάση τις οποίες μπορεί να γίνει σαφώς κατανοητό.*

Ποτέ δεν μου άρεσε ιδιαίτερα η ιστορία στο σχολείο. Γιατί να μαθαίνω για πράγματα που συνέβησαν πριν από εκατοντάδες χρόνια; Εκτός από τις μάχες και τα αιματηρά κομμάτια, δηλαδή, και υπάρχουν πολλές μάχες και αιματηρά κομμάτια για να έρθουν, αλλά για να κατανοήσουμε αυτή την αφήγηση, το πλαίσιο αυτής της ιστορίας, πρέπει να γίνει μάθημα ιστορίας.

Εξάλλου, όπως θα έλεγε και ο Αλαν Μπένετ, "η ιστορία είναι το ένα γαμημένο πράγμα μετά το άλλο". Οπότε πάμε, το ένα γαμημένο πράγμα μετά το άλλο.

Η Ινδία, τα μυθικά εδάφη της Ινδίας, το διαμάντι στο στέμμα της αυτοκρατορίας. Πρέπει να πάμε στις 23 Ιουνίου[rd] , 1757, και στη μάχη του Πλάσει.

Πλάσει, περίπου 150 χιλιόμετρα βόρεια της Καλκούτας, όπου οι στρατοί της Βρετανικής Εταιρείας Ανατολικών Ινδιών υπό τον Ρόμπερτ

Κλάιβ, Κλάιβ της Ινδίας, νίκησαν τον Siraj-ud-daulah, τον Ναουάμπ της Βεγγάλης (της Μαύρης Τρύπας της Καλκούτας) και τους Γάλλους συμμάχους του. Η αποφασιστική νίκη που εξασφάλισε τα βρετανικά συμφέροντα στην Ινδία και έδιωξε οριστικά τους Γάλλους. *Au revoir, mes amis* και καλό ξεφόρτωμα.

Εντάξει, ξέρω ότι αυτή είναι μια εντελώς απλουστευτική άποψη, αλλά είναι ουσιαστικά σωστή, και δεν έχει σημασία για την ιστορία αυτή να αναφερθούμε στη διπλή δράση και τις διπλές συναλλαγές που συνέβαιναν στα παρασκήνια πριν από τη μάχη, στη μετέπειτα φυγή του Siraj-ud-daulah από τη μάχη με τις αγαπημένες του συζύγους και τα πιο πολύτιμα κοσμήματά του και στη συνέχεια στην προδοσία και τη δολοφονία του. Τον αντικατέστησε ως Ναουάμπ της Βεγγάλης ο Μιρ Τζαχίρ, ένας ηγεμόνας πιο αποδεκτός από την Αξιότιμη Εταιρεία Ανατολικών Ινδιών (αν και εκδιώχθηκε και αυτός με τη σειρά του όταν αποδείχθηκε λιγότερο υποχωρητικός από ό,τι οι Βρετανοί θεωρούσαν απαραίτητο).

Ονομάζεται διπλωματία.

Τώρα, φανταστείτε, αν θέλετε, το πεδίο της μάχης μετά το Πλάσει. Φανταστείτε τον εαυτό σας μέσα στο μακελειό του πεδίου της μάχης, ανάμεσα στους νεκρούς και τους ετοιμοθάνατους, τις κραυγές των τραυματιών, τις λακκούβες αίματος και τους σωρούς των σπλάχνων και των ανατιναγμένων μελών, την οξεία μυρωδιά του μπαρουτιού και τον καπνό από τις αμέτρητες νεκρικές φωτιές, τα διαλυμένα πυροβόλα, τα πεταμένα όπλα, αδιαφορώντας για τους εξαντλημένους στρατιώτες που περιπλανώνται στο τεμαχισμένο από τα πυροβόλα τοπίο, αγνοώντας τις διμοιρίες των ντόπιων γυναικών που ξεγυμνώνουν και λεηλατούν τους νεκρούς, τα αμέτρητα εκσπλαχνισμένα άλογα ιππικού και άλογα μεταφοράς, μια ντουζίνα περίπου διαμελισμένων ελεφάντων που έχουν κομματιαστεί από οβιδοβόλα και πυροβόλα πεδίου και την ξέφρενη προσοχή των πτωματοφάγων γυπών, των χαρταετών, των γερανών, των καρακάξων και των κορακιών, που είναι τόσο φουσκωμένα από την άφθονη ανθρώπινη σάρκα που με δυσκολία μπορούν να πηδήξουν από το ένα πτώμα στο άλλο.

Μέσα σε όλο αυτό το θάνατο, το αίμα και το χάος κάθεται ένας sadhu, ένας άγιος άνθρωπος. Είναι γυμνός, έχοντας παραμερίσει το σαφράν φόρεμα και το ιμάτιο του. Τα μαλλιά του είναι μακριά και πλεγμένα σε πυκνές, σχοινένιες ράστα που ονομάζονται Jata, το σώμα του είναι πασαλειμμένο με λευκή σκόνη από αποξηραμένη κοπριά αγελάδας και οι τρεις οριζόντιες λωρίδες στο μέτωπό του, η tilaka, δηλώνουν την αφοσίωσή του στον Σίβα τον Καταστροφέα.

Ελαφριά βροχή πιτσιλάει το σώμα του, περλέ χάντρες πασπαλίζουν το πρόσωπο και τα γένια του και τα αυλάκια του βρόχινου νερού χαράζουν το δρόμο τους μέσα από το λευκό στρώμα αγελαδινής κοπριάς στο σώμα του. Τα μάτια του είναι ορθάνοιχτα, ακίνητα και κοιτάζουν το τίποτα και θα εκπλαγείτε αν δείτε ότι έχουν ένα εντυπωσιακά φωτεινό μπλε. Σε βαθύ διαλογισμό, κάθεται σε στάση λωτού, τα χέρια του ακουμπούν ελαφρά στα γόνατά του με τον αντίχειρά του να πιέζει το πρώτο και το δεύτερο δάχτυλό του, η αναπνοή του είναι βαθιά και βαριά, το κεφάλι του είναι πεσμένο προς τα πίσω σε έκσταση καθώς το όραμα που προκαλείται από το charrus (μαριχουάνα) εισχωρεί στην ύπαρξή του.

Βλέπει αίμα και αστραπές, ακούει τη βροντή των θεών καθώς διώχνουν τους άπιστους στη θάλασσα, τους χλωμούς καταστροφείς της κάστας, της πίστης, τους κοκκινομούρηδες διαβόλους από την άλλη πλευρά της θάλασσας- σε ακριβώς εκατό χρόνια ο λαός θα ξεσηκωθεί, οι Ανγκρέτζι θα νικηθούν και θα καταστραφούν, ένας νέος Ινδουιστής αυτοκράτορας θα καθίσει στο θρόνο και η θεία τάξη, όπως την όρισαν οι θεοί, θα αποκατασταθεί. Όλα αυτά μπορεί να τα δει, όλα αυτά τα γνωρίζει, όλα αυτά έχουν προαναγγελθεί, όλα αυτά είναι αναπόφευκτα, όλα αυτά είναι η θεία προφητεία όπως εκδόθηκε από τον παντοδύναμο Σίβα, τον Καταστροφέα- όλα αυτά είναι ο αδυσώπητος θάνατος των ατιμασμένων, των σφετεριστών, το τέλος της βρετανικής κυριαρχίας στην Ινδία.

Είναι γραμμένο, οι θεοί μίλησαν. Οι θεοί μίλησαν και ο Janaki Gipi Mhairi, ο μυστικιστής naga sadhu, είναι ο εκλεκτός αγγελιοφόρος των θεών. Ας είναι έτσι. Είναι γραμμένο στις φωτιές του πεδίου της μάχης και θα πραγματοποιηθεί το 1857.

Έτσι συνέβη; Πώς προέκυψε η πρόβλεψη των 100 ετών; Ένας γυμνός sadhu που καθόταν σε ένα αιματοβαμμένο πεδίο μάχης και λάμβανε την προφητεία σε ένα όραμα μαριχουάνας; Δεν ξέρω, αλλά είναι πολύ πιο ενδιαφέρον από το να πούμε απλώς ότι το 1757 υπήρξε μια προφητεία που έλεγε ότι σε εκατό χρόνια οι Βρετανοί θα εκδιωχθούν από την Ινδία.

Όπως και αν συνέβη εκείνη τη συγκεκριμένη στιγμή, δεν υπάρχει αμφιβολία ότι η προφητεία του Πλάσεϊ απέκτησε μυθική σημασία για πολλούς Ινδουιστές ως η αρχή του ιστορικού κύκλου που είχε προδιαγραφεί σε αρχαία σκοτεινά ινδουιστικά γραπτά, τα οποία προέβλεπαν την πτώση του μουσουλμανικού Μογκούλ Ρατζ, την κυριαρχία των ξένων εισβολέων που θα διαρκούσε ακριβώς εκατό χρόνια και στη συνέχεια την άνοδο ενός νέου ισχυρού ινδουιστικού Ρατζ. Είναι γραμμένο και προγραμματισμένο να πραγματοποιηθεί το 1857 και οι ταραξίες διαδίδονται αναλόγως.

Είναι γραμμένο.

Το 1857, εκατό χρόνια μετά το Πλάσει, η φρουρά του Meerut ξεσηκώθηκε στα όπλα και η ινδική ανταρσία ξέσπασε σε ολόκληρη τη βόρεια Ινδία, σκορπώντας θάνατο και καταστροφή.

Ω, έλα να δεις
Στο παζάρι της Meerut
Το Feringi καταδιώκεται και χτυπιέται.
Ο λευκός άνδρας καταδιώκεται και χτυπιέται
Στο ανοιχτό παζάρι της Meerut
Κοιτάξτε! Κοιτάξτε!

Ήταν γραμμένο.

ΤΟ ΦΑΙΝΌΜΕΝΟ ΤΟΥ ΑΝΕΜΟΘΏΡΑΚΑ

"Στο λέω, Πολ, ο Γουιντάουερ δεν μπορεί να χάσει, πίστεψέ με σε αυτό.

"Ο Γουιντάουερ; Όχι, δεν έχει καμία φόρμα σε αυτή την απόσταση. Μπορεί να πάρει μια θέση, αν είναι τυχερός, αλλά ποτέ μια νίκη, όχι με την ποιότητα του αγωνιστικού χώρου που τρέχει σε αυτή την κούρσα".

"Πίστεψέ με, Πολ, σου λέω με βεβαιότητα, εκατό τοις εκατό, ότι ο Γουιντάουερ θα κερδίσει το 3.30 το Σάββατο. Εγγυημένα!

"Εννοείς ότι υπάρχει κάποιο πρόβλημα;

"Δεν πρόκειται να επιβεβαιώσω κάτι τέτοιο τώρα, έτσι δεν είναι; Ο Τζέρι με αγκάλιασε φιλικά και συνωμοτικά. "Αλλά και πάλι, ούτε πρόκειται να το αρνηθώ".

Ο Τζέρι ήταν φίλος μου, ένας αρκετά επιτυχημένος αναβάτης, που ποτέ δεν επρόκειτο να γίνει ο μεγάλος, αλλά πάντα εργαζόταν. Αυτός και η σύζυγός του Μάγκι ήταν γείτονές μας- κουβέντες πάνω από το φράχτη του κήπου, ποτά τα Χριστούγεννα, τέτοια πράγματα, αλλά ποτέ κοντά. Ωστόσο, όταν η σύζυγός μου Μπρέντα με άφησε για έναν ασφαλιστή, ήμουν εντελώς συντετριμμένος, και ο Τζέρι και η Μάγκι με βοήθησαν να το ξεπεράσω και έγιναν αληθινοί φίλοι.

Για να με βγάλει από τον εαυτό μου μια μέρα, ο Τζέρι με πήγε στις ιπποδρομίες, στο Newmarket, όπου ήταν ιππέας, και από τότε έχω κολλήσει.

Αγκιστρώθηκε με μεγάλο τρόπο. Όσοι λένε ότι ο τζόγος δεν είναι εθισμός δεν ξέρουν για τι πράγμα μιλάνε. Ζούσα για τον τζόγο. Εγώ, που ποτέ δεν ήξερα ποια άκρη ενός αλόγου είναι ποια, μελετούσα τώρα το βιβλίο με τις φόρμες με αφοσίωση στη μελέτη που δεν είχα δείξει ποτέ στο σχολείο ή στο πανεπιστήμιο. Μπορούσα να σας πω τη φόρμα κάθε αλόγου στο δελτίο, τον πατέρα και τη μητέρα του, τον αριθμό των αγώνων, το πού έτρεξαν, τις νίκες και τις θέσεις, τα άλογα με τα οποία έτρεξαν, τα βάρη που έφεραν, τις αποστάσεις που διήνυσαν, τους αναβάτες που καβάλησαν, το μαλακό ή το σταθερό πέρασμα - και πόσα χρήματα είχα κερδίσει ή χάσει σε κάθε άλογο που είχα υποστηρίξει ποτέ.

Στην αρχή, ήταν μόνο στοιχήματα στην πίστα, όταν συνόδευα τον Τζέρι στις βόλτες του. (Η Μπρέντα και εγώ είχαμε δημιουργήσει μια επιτυχημένη διαδικτυακή κτηματομεσιτική εταιρεία, αλλά μετά το διαζύγιο, πούλησα την επιχείρηση με ικανοποιητικό κέρδος και ακόμη και μετά την παράδοση του μεριδίου της Μπρέντα, είχα ακόμη χρόνο και χρήματα για να διαθέσω, ενώ αποφάσιζα τι θα κάνω στη συνέχεια).

Έγραψα το δικό μου πρόγραμμα ανάλυσης της φόρμας των ιπποδρομιών, περνώντας ώρες στον υπολογιστή μου, εισάγοντας όλους τους πιθανούς υπολογισμούς της φόρμας: άλογα, καιρός, διαδρομές, αναβάτες, βάρη, αποστάσεις, αντίπαλοι κ.λπ., αναζητώντας μοτίβα για να εντοπίσω το μεγάλο ρίσκο, το μη φαβορί με τις υψηλές αποδόσεις που φέρνει τις μεγάλες νίκες.

Και δούλεψε- όχι κάθε φορά, βέβαια, αλλά αρκετά

συχνά, ώστε σε μια περίοδο οι νίκες να υπερτερούν των αναπόφευκτων απωλειών. Στη συνέχεια άνοιξα έναν πιστωτικό στοιχηματικό λογαριασμό με τον Γκάθμπερτ Πάι (γνωστό ως Κάσταρντ Πάι, αλλά ποτέ κατάμουτρα), ο οποίος διατηρούσε μια σειρά από τοπικά καταστήματα στοιχημάτων. Η πιστοληπτική μου ικανότητα ήταν καλή, πλήρωνα εγκαίρως τις ζημίες μου και το σύστημά μου φαινόταν να λειτουργεί.

Και μετά δεν δούλευε τόσο καλά. Τίποτα δραστικό, απλά το διάστημα μεταξύ των μεγάλων νικών και των απωλειών μεγάλωνε ανεπαίσθητα. Τα χρήματα από την πώληση της επιχείρησης λιγόστευαν.

Ο Κάσταρντ Πάι επέκτεινε την πίστωσή μου. Βελτίωσα το πρόγραμμα, το οποίο βοήθησε για λίγο και έτσι έβαζα όλο και μεγαλύτερα στοιχήματα για να καλύψω αυτά που χρωστούσα στον Πάι. Και οι απώλειες αυξάνονταν. Τα χρέη μου μεγάλωναν.

Πήρα ένα δάνειο έναντι του σπιτιού μου - είχα πληρώσει τη Μπρέντα για το μερίδιό της στο σπίτι από τα έσοδα της πώλησης της επιχείρησης - και αυτό κράτησε τον Κάσταρντ Πάι μακριά για λίγο.

Περνούσα όλο και περισσότερο χρόνο στον υπολογιστή μου και με το βιβλίο φόρμας, καλύπτοντας κάθε πτυχή κάθε αλόγου που υποστήριζα, διαβάζοντας μανιωδώς κάθε αρθρογράφο για συμβουλές.

Είχα μερικές μεγάλες νίκες. Και είχα και μερικές σημαντικές απώλειες.

Ο Κάσταρντ Πάι επέκτεινε ευγενικά και πάλι την πίστωση μου. Ο Τζέρι και η Μάγκι άρχισαν να ανησυχούν. Ο κόσμος των αγώνων είναι μικρός και η έκταση του τζόγου μου - και η έκταση των απωλειών μου - δεν μπορούσε να παραμείνει μυστική.

"Πρέπει να συγκρατηθείς", προειδοποίησε ο Τζέρι. "Ο Κάσταρντ Πάι είναι πολύ καλός στα μούτρα σου, αλλά είναι σκληρός κακοποιός όταν ψάχνει για πληρωμή. Έχει αυτούς τους μπράβους από το Νιούκαστλ, τον Σιλσκιν και τον Μπόιλερ, αν μπορείς να πιστέψεις ποτέ τέτοια ονόματα, εισπράκτορες χρέους αυτοαποκαλούνται, αλλά είναι απλώς μισθωμένοι μπράβοι, σπασίκλες ποδιών.

Τον διαβεβαίωσα ότι ήταν υπό έλεγχο. Το οποίο, φυσικά, δεν ήταν, αλλά φαινόταν ικανοποιημένος.

Έβαλα κι άλλα στοιχήματα και έχασα κι άλλα χρήματα. Τότε είχα μια "φιλική" επίσκεψη από τους βαρείς του Νιούκαστλ- όχι ότι με άγγιξαν, αλλά η απειλή ήταν αρκετά έντονη.

Ο Τζέλι Ντόνατ ήταν το άλογο που θα τα διόρθωνε όλα. Έτρεξα το σύστημα περισσότερες από δώδεκα φορές και κάθε φορά έβγαζε νικητή τον Τζέλι Ντόνατ σε μεγάλες αποδόσεις: τουλάχιστον 14 προς 1.

Χρωστούσα στον Κάσταρντ Pye 32.000 λίρες. Χρωστούσα και σε κάποιους άλλους bookies, αλλά οι Σιλσκιν και Μπόιλερ είχαν καταστήσει γνωστό ότι αναμενόταν από εμένα αφοσίωση στον πελάτη και ότι όλα τα στοιχήματά μου έπρεπε να τοποθετούνται στον Πάι . Έβαλα 10.000 λίρες στο Τζέλι Ντόνατ. Μια νίκη με απόδοση καλύτερη από 10 προς 1 θα ξεχρέωνε όλα τα χρέη μου στα πρακτορεία στοιχημάτων, θα αποπλήρωνε τα τραπεζικά δάνεια και θα μου περίσσευαν κάποια χρήματα ως προκαταβολή για μελλοντικά στοιχήματα.

Το άθλιο ζώο έπεσε στον πρώτο φράχτη.

Είχα σοβαρό πρόβλημα τώρα και τότε είπα στον Τζέρι και τη Μάγκι πόσο σοβαρή ήταν η κατάστασή μου. Ο Τζέρι δεν είπε τίποτα για λίγο και μετά είπε: "Αφήστε με να το σκεφτώ λίγο. Σε αυτή τη δουλειά υπάρχει πάντα ένας τρόπος, αρκεί να το κάνεις με τον σωστό τρόπο".

Οι Σιλσκιν και Μπόιλερ με επισκέφθηκαν ξανά, όχι τόσο φιλικά αυτή τη φορά, ρωτώντας με πόσο καλό ήταν το τοπικό νοσοκομείο, αν ήξερα έναν καλό ορθοπεδικό χειρουργό, ενθαρρύνοντας τέτοια πράγματα.

Ήταν περίπου δύο εβδομάδες αργότερα όταν ο Τζέρι μου είπε ότι η ιπποδρομία του, Windtower, ήταν "εγγυημένη" για να κερδίσει το 3.30 στο Τσέλτενχαμ. Έτρεξα το σύστημα. Ένα καλό άλογο, αλλά χωρίς τελική ταχύτητα, απίθανο να ανταγωνιστεί το ισχυρό πεδίο που είχε δηλωθεί για την κούρσα. Μια θέση θα ήταν το καλύτερο που θα μπορούσα να περιμένω, και ποτέ δεν έβαλα στοιχήματα με θέσεις. Επίσης, οι αποδόσεις θα ήταν πιθανώς όχι καλύτερες από 9 προς 1.

"Πίστεψέ με, Πολ, σου λέω με βεβαιότητα, εκατό τοις εκατό, ότι ο Γουιντάουερ θα κερδίσει το 3.30 το Σάββατο. Εγγυημένα.

Ήταν καλός αναβάτης και καλός φίλος. Αν υπήρχε μια λύση ώστε ο Τζέρι να μπορεί να "εγγυηθεί" τη νίκη στον Γουιντάουερ, θα μπορούσε να είναι η λύση σε όλα μου τα προβλήματα. 'Εμπιστέψου με', είπε ξανά, 'βάλε ό,τι μπορείς να μαζέψεις στον Γουιντάουερ και αφού κερδίσεις, υποσχέσου μου ότι θα ζητήσεις βοήθεια. Ανώνυμοι τζογαδόροι, εντάξει; Και Πολ, αυτό είναι κάτι που γίνεται μόνο μια φορά, μπορεί να γίνει μόνο μια φορά'.

Αυτό ακριβώς έκανα, δανείστηκα ξανά το σπίτι, χρησιμοποιώντας όλο το κεφάλαιο, αλλά μόλις επέστρεφε ο Γουιντάουερ θα ήμουν καθαρός και ευθύς, ο Κάσταρντ Πάι θα έβγαινε από τη ζωή μου και οι Ανώνυμοι Τζογαδόροι θα είχαν ένα νέο μέλος. Ίσως.

Ήταν 3.30 την ημέρα του αγώνα. Έφυγαν! Ο Μπρόκεν Μπίσκουιτς προηγήθηκε του Μάοπυστραπ, ακολουθούμενο από το φαβορί Μπουμπερντ Οράιζονς. Ο Γουιντάουερ ήταν στην 7η ή 8η θέση. Ο πρώτος φράχτης ξεπεράστηκε εύκολα, κανένα άλογο δεν έπεσε. Η καρδιά μου χτυπούσε τόσο άγρια που νόμιζα ότι θα ξεφύγει από τα πλευρά μου. Ο δεύτερος φράχτης και ένας από τους πίσω δείκτες έπεσαν. Ο Γουιντάουερ ήταν πλέον στην 6η θέση και ο Τζέρι με τα μωβ και χρυσά χρώματα του ιδιοκτήτη του Άραβα ήταν εύκολα αναγνωρίσιμος. Ξεπέρασαν τους επόμενους πέντε φράχτες χωρίς προβλήματα, χωρίς πραγματικές αλλαγές στη θέση τους. Στον επόμενο φράχτη, ο Μπρόκεν Μπίσκουιτς έπεσε βαριά και ο Γουιντάουερ αναγκάστηκε να τον αποφύγει ξαφνικά. Η καρδιά μου ήταν στο στόμα μου, δεν μπορούσα να αναπνεύσω σχεδόν καθόλου.

Ο Γουιντάουερανέβηκε ομαλά στην 4η θέση, πίσω από το Μπλουμπερντ Οράιζονς στην 3η θέση, με την Μαουστραπ να προηγείται αλλά να χάνεται γρήγορα. Οι Μπάρναμπι Κατς, Μπλουμπερντ Οράιζονς και Γουιντάουερ πέρασαν εύκολα τον Μαουστραπ καθώς έτρεχαν προς τους επόμενους φράχτες, και όλα τα άλογα πέρασαν με ασφάλεια. Η διαφορά μεταξύ των τριών πρώτων ίππων και της ομάδας που τους κυνηγούσε άνοιξε.

Στην επόμενη, ο Μπάρναμπι Κατς έκανε λάθος στο άλμα του και οι Bluebird Horizons και Windtower τον προσπέρασαν καθώς έπεφτε.

Τρεις φράχτες για το τέλος!

Δεν πίστευα ότι θα άντεχα την πίεση- το πουκάμισό μου ήταν μούσκεμα από τον ιδρώτα, παρόλο που ήταν μια κρύα, θυελλώδης μέρα. Ο επόμενος φράχτης είχε ξεπεραστεί με ασφάλεια. Δύο φράχτες απέμεναν και ο Windtower ήταν πλέον στήθος με στήθος με τον Bluebird Horizons καθώς έτρεχαν μέχρι τον προτελευταίο φράχτη. Και ο Bluebird Horizons τα έκανε όλα λάθος, μπέρδεψε τα πίσω πόδια του και παραλίγο να πέσει, αλλά ο Windtower ήταν καθαρός και προηγούνταν. "Έλα, έλα, έλα, έλα! Φώναξα, βραχνιασμένος από τον ενθουσιασμό. Μόλις πέρασε τον τελευταίο φράχτη, ο

Windtower ήταν καθαρός και έφτασε σπίτι του και εγώ είχα σωθεί.

Τότε συνέβη η καταστροφή. Μόλις έφτασαν στον φράχτη, το πόδι του Τζέρι γλίστρησε από τον αναβολέα, το βάρος του δεν ήταν ισορροπημένο και ο Windtower, χωρίς το σήμα του αναβάτη, έχασε το σημείο του άλματος και έπεσε με δύναμη πάνω στον φράχτη, με αποτέλεσμα ο Τζέρι σχεδόν να χάσει τη θέση του. Οχιιιιι!!!!. Με κάποιο τρόπο σκαρφάλωσαν πάνω από τον φράχτη, με τον Τζέρι να κρατιέται για να κρατήσει τη ζωή του, καθώς έτρεχαν για τη γραμμή του τερματισμού. Όμως ο Bluebird Horizons ήταν πολύ κοντά, πλησίαζε γρήγορα και η έλλειψη ταχύτητας τερματισμού του Γουιντάουερ τον πλήγωσε. Το Μπλουμπερντ Οράιζονς τον κέρδισε εύκολα με δύο μήκη διαφορά. Και εγώ καταστράφηκα.

Περίμενα τον Τζέρι στο πάρκινγκ, γιατί είχαμε ταξιδέψει μαζί ως συνήθως.

Ήταν όλο χαμόγελα. Δεν μπορούσα να το πιστέψω. Γελούσε μαζί μου.

"Λοιπόν, πώς αισθάνεσαι, ερωτευμένο αγόρι;" ρώτησε. Ώμετά από όλα όσα κάναμε, πώς μπόρεσες; Πώς μπόρεσες να μου το κάνεις αυτό; Πώς μπόρεσες να κοιμηθείς με τη Μάγκι;

Και ήξερα τότε ότι θα μπορούσε να είχε κερδίσει - ότι είχε χάσει σκόπιμα. Ακόμα γελώντας, μπήκε στο αυτοκίνητο και έφυγε, ακριβώς όταν ο Σιλσκιν και ο Μπόιλερ άρχισαν να έρχονται προς το μέρος μου.

ΣΚΙΈΣ ΕΝΌΣ ΟΝΕΊΡΟΥ

ΒΟΡΕΙΟΑΝΑΤΟΛΙΚΉ ΑΓΓΛΊΑ. ΙΟΎΝΙΟΣ
1914

"Τι κάνεις, Ισαάκ", είπε η Μόλι Χιντλ, που τον ακολουθούσε καθώς περπατούσε στην Whitton Lane προς το σιδηρουργείο του Άντλαρντ. "Πού πας, λοιπόν;

"Πουθενά στην πραγματικότητα, απλά κάτω στο σιδηρουργείο", απάντησε ο Ισαάκ Γκάρφορθ, με το κεφάλι του να κουνιέται μπρος-πίσω καθώς κοίταζε γύρω του για να βεβαιωθεί ότι κανείς δεν τον έβλεπε να μιλάει με μια κοπέλα, ειδικά ο δίδυμος αδελφός του Σαούλ. "Πού πας;

"Η μαμά μου μας έστειλε έξω από το σπίτι, ήρθε η θεία μου η Μυρτώ, και έχει κάποιο πρόβλημα με τον θείο μου τον Άλμπερτ και η μαμά μου δεν ήθελε να ακούσω τι λέγεται".

"Α, ναι, ποιο είναι το πρόβλημα τότε;" ρώτησε, αν και ο Ισαάκ, που μόλις λίγες εβδομάδες είχε περάσει τα δέκατα τέταρτα γενέθλιά του, δεν ενδιαφερόταν καθόλου. Τον απασχολούσε πολύ περισσότερο να ξεφύγει από την ιδιαίτερα δημόσια Whitton Lane, όπου σχεδόν όλο το χωριό μπορούσε να τον δει με τη Μόλι Χίντλ.

"Δεν ξέρω πραγματικά, εκτός από το κλάμα της θείας Μυρτιάς και άκουσα τη Μαμ να λέει, "Λοιπόν, εγώ ποτέ, το βρώμικο κτήνος", ή κάτι τέτοιο, και μετά με είδε να ακούω στις σκάλες και με έστειλε έξω. Εν πάση περιπτώσει, γιατί κατεβαίνεις στο σιδηρουργείο; Για να πάρεις καινούργια παπούτσια; Ρώτησε η Μόλι.

'Καινούργια παπούτσια; Ω ναι, πολύ αστείο, δεν νομίζω.'

"Λοιπόν, για ποιο λόγο θα πας τότε;

"Τίποτα, πραγματικά, απλά μου αρέσει να πηγαίνω και να βλέπω.

"Μπορώ να έρθω μαζί σου; Δεν έχω τίποτα άλλο να κάνω", ρώτησε και τον ακολούθησε, χαρίζοντάς του ένα μεγάλο χαμόγελο.

"Λοιπόν, μάλλον θα το έβρισκες πολύ βαρετό.

"Δεν με πειράζει, Ισαάκ. Όχι όσο είμαι μαζί σου", και άπλωσε για λίγο το χέρι της στο μπράτσο του, κάνοντάς τον να κοκκινίσει μέχρι τις ρίζες του. Του άρεσε πολύ η Μόλι, αλλά φοβόταν την προοπτική να τον δουν μαζί της- δεν θα το ζούσε ποτέ αν τους έβλεπε μαζί ο δίδυμος αδελφός του ο Σαούλ. Κατέβασε το πλατύ καπέλο του χαμηλά πάνω από τα μάτια του και έσκυψε το κεφάλι του στους ώμους του με την ελπίδα ότι δεν θα τον αναγνώριζαν αν κάποιος τον έβλεπε με τη Μόλι.

Στα αριστερά, το μαυρισμένο τούβλο του μηχανοστασίου και τα κτίρια του ορυχείου που βρίσκονταν σε σωρό, υψώνονταν πάνω από τα στενά δρομάκια του χωριού των λάκκων σαν φρούριο σε λόφο. Ο ψηλός καλοκαιρινός ήλιος έλαμπε και έτρεμε μέσα από τις περιστρεφόμενες ακτίνες της τροχαλίας της κεφαλής, στέλνοντας θρυμματισμένα θραύσματα φωτεινού πορτοκαλί ηλιακού φωτός να σκληρύνουν και να συνθέσουν τις σκιές των θυρών και των στενών κατά μήκος του δρόμου. Ο Ισαάκ μπορούσε να φανταστεί τον Σαούλ να κρύβεται στη βαθιά σκιά, να παραμονεύει σαν λούτσος μέσα στα καλάμια, περιμένοντας να πεταχτεί έξω, έτοιμος να τον κοροϊδέψει και να τον γελοιοποιήσει.

Περπάτησαν πιο κάτω στο δρόμο, ο Ισαάκ ακόμα σκυφτός, ελπίζοντας να γίνει αόρατος, όταν η Μόλι του έπιασε ξαφνικά το χέρι. "Ω, κοίτα, είναι ο Σαούλ σου εκεί πέρα;

Τι; Πού; ΠΟΥ; Ο Ισαάκ κοίταξε άγρια γύρω του.

"Όχι, συγγνώμη, δεν ήταν, πρέπει να είναι κάποιος άλλος", είπε η Μόλι, γεμάτη αθωότητα, ατενίζοντας κάποιο μακρινό τίποτα, με τα μάτια της να λάμπουν, δυσκολευόμενη να μην ξεσπάσει σε γέλια.

"Το έκανες επίτηδες! φώναξε θυμωμένος ο Ισαάκ.

"Δεν πρέπει να βρίζεις. Η μαμά μου λέει ότι οι άνθρωποι που βρίζουν αποδεικνύουν πόσο αδαείς είναι. Έλλειψη σε λεξιλόγιο... λεξιλόγιο-μουράκι. Αυτό δείχνει ότι δεν ξέρουν πολλές λέξεις.

"Κοντεύει να με ελευθερώσει μέχρι θανάτου.

"Τόσο πολύ φοβάσαι τον Σαούλ, λοιπόν;

"Μπα, Gerraway. Είναι απλά... καλά, αυτός ξέρει. Επειδή είμαι με κορίτσι και όλα αυτά, θα νομίζει ότι είμαι μαλακός.

"Δεν νομίζω ότι είναι ευγενικό να σε βλέπουν με κορίτσι, Ισαάκ".

"Λοιπόν, αυτό συμβαίνει επειδή είσαι κορίτσι, γι' αυτό. Οι κοπέλες δεν ξέρουν τίποτα.

Καθώς πλησίαζαν στο σιδηρουργείο, ο Ισαάκ μπορούσε να ακούσει το θαμπό χτύπημα των σφυριών στο αμόνι και οι παλμοί του επιταχύνθηκαν, τρέχοντας με τον ρυθμό του σφυρηλατημένου σιδήρου. Αγαπούσε το σιδηρουργείο, αγαπούσε τις μυρωδιές του κόκκινου και κίτρινου πυρακτωμένου κοκ και του θαμπού, πυρακτωμένου μετάλλου και τον ιδρωμένο ατμό των αλόγων που περίμεναν να πεταχτούν. Ο Ισαάκ περνούσε ώρες παρακολουθώντας, κρυφοκοιτάζοντας μέσα από το ανοιχτό παράθυρο, γοητευμένος από τις βροχές πυρακτωμένων σπινθήρων που έπεφταν σαν ρωμαϊκά κεριά από το χτυπημένο κιτρινισμένο σίδερο, ακούγοντας το κρότο των σφυριών και το σφύριγμα των φυσητήρων που ζέσταιναν το καμίνι, ρουφώντας τις εικόνες, τους ήχους και τις μυρωδιές- ευχόμενος να μπορούσε κι αυτός να γίνει σιδηρουργός. Ο Ισαάκ το ευχόταν αυτό περισσότερο από οτιδήποτε άλλο στον κόσμο, αλλά ήξερε ότι δεν θα συνέβαινε ποτέ- ήταν σαν να ευχόταν για τα αστέρια.

Ο πατέρας του του είχε πει πολλές φορές ότι μόλις αυτός και ο Σαούλ γίνονταν δεκατέσσερις, θα άφηναν το σχολείο και θα τον ακολουθούσαν στο ορυχείο, όπως είχαν κάνει γενιές ανδρών του Γκάρφορθ πριν από αυτόν. Η προοπτική να κατέβει στο ορυχείο τρόμαξε τον Ισαάκ. Το φοβόταν με έναν φόβο που τον ξυπνούσε ιδρωμένος και λαχταρούσε το σιδηρουργείο, πονούσε για μια ευκαιρία να γίνει σιδηρουργός, αλλά ο πατέρας του είχε μιλήσει και ο λόγος του Τζακ Γκάρφορθ ήταν νόμος. Ο Ισαάκ δεν μπορούσε να μιλήσει ενάντια στις επιθυμίες του πατέρα του, όπως δεν μπορούσε να κόψει το χέρι του.

"Τότε γιατί έρχεσαι εδώ κάτω, Ισαάκ; Η Μόλι ρώτησε

"Ακριβώς όπως αυτό. Αυτό είναι όλο. Ακριβώς έτσι. Εκείνος υπερασπίστηκε τον εαυτό του. "Δεν είναι κακό αυτό, έτσι δεν είναι;

Ποτέ δεν είπα ότι υπάρχει, έτσι δεν είναι; Απλά είμαι περίεργος γιατί θέλεις να έρθεις εδώ;

"Σου είπα", γρύλισε ο Ισαάκ, "μου αρέσει", και αμέσως μετά λυπήθηκε που μίλησε τόσο απότομα. "Βασικά, Μόλι, θα ήθελα να γίνω σιδεράς, να δουλεύω με σίδερο και τέτοια. Να φτιάχνω παπούτσια για τα άλογα. Να επισκευάζω άροτρα και άλλα παρόμοια. Θα προτιμούσα να κάνω αυτό παρά να πάω στον λάκκο. Κοίταξε τη Μόλι για να δει αν γελούσε μαζί του- δεν είχε πει ποτέ σε κανέναν για τις κρυφές φιλοδοξίες του.

"Γιατί λοιπόν δεν το κάνεις εσύ;

"Επειδή ο μπαμπάς μου, είπε ότι πρέπει να κατέβω στο λάκκο. Και μετά είναι και το κόστος της μαθητείας. Δύο σελίνια τη βδομάδα ή και παραπάνω θα κοστίσει και ο μπαμπάς μου δεν θα πληρώσει τίποτα τέτοιο. Αυτός είναι ο λόγος.

"Ανε ρωτήσατε;"

"Όχι. Δεν έχει νόημα, έτσι δεν είναι; Έχει αποφασίσει να πάμε εγώ και ο Σαούλ στο λάκκο και ξέρεις τον πατέρα μου, όταν το πάρει απόφαση, τίποτα δεν μπορεί να το αλλάξει, ούτε καν το μπαρούτι. Λέει ότι θα μας κρατήσει σε τάξη, αλλά δεν θα χρειαζόμουν τάξη αν έκανα αυτό που ήθελα, έτσι δεν είναι; Θέλω να πω, δημιουργώ προβλήματα στο σχολείο μόνο επειδή προσπαθούν να με αναγκάσουν να κάνω κάτι που δεν μπορώ να κάνω.

'Σαν τι; Τι σε αναγκάζουν να κάνεις που εσύ δεν μπορείς; Μπορείς να κάνεις ό,τι θέλεις, Ισαάκ. Ειλικρινά.

"Εννοώ, είναι όπως με το γράψιμο, έτσι δεν είναι; Γιατί είμαι άσχετος. Δεν με αφήνουν να χρησιμοποιώ το αριστερό μου χέρι και με αναγκάζουν να προσπαθώ να χρησιμοποιώ το δεξί. Όταν ήμουν μικρός, μου έδεσαν ακόμα και το αριστερό μου χέρι πίσω από την πλάτη μου. Για να με αναγκάσουν να χρησιμοποιήσω το δεξί μου. Λοιπόν, δεν μπορούσα. Όχι σωστά. Έτσι, όλα μου τα γραπτά ήταν λάθος.

Το θυμάμαι αυτό, στην τάξη της κυρίας Σπέρλινγκ. Είναι σκληρό. Πολύ σκληρό. Δεν φταις εσύ, έτσι δεν είναι;

"Η κυρία Σπέρλινγκ είπε ότι ήμουν σκοτεινός. Πάντα να το θυμάστε αυτό. Αισχρός! Και αν χρησιμοποιούσα ποτέ το αριστερό μου χέρι, συχνά χωρίς να το σκέφτομαι, το χτυπούσε πολύ δυνατά. Έλεγε ότι ήταν το σημάδι του διαβόλου. Υποθέτω ότι γι' αυτό έγινα μεγάλος μπελάς· στην τάξη. Δεν μπορούσα να κάνω τη δουλειά γιατί δεν μπορούσα να γράψω σωστά, οπότε... Ο Ισαάκ σήκωσε εύγλωττα τους ώμους. "Γι' αυτό λοιπόν ο Σαούλ κι εγώ γινόμασταν πάντα μπελάδες.

'Αλλά τι γίνεται με τον Σαούλ; Δεν είναι αριστερόχειρας.'

"Όχι. Είναι απλά ένας κακοποιός, ένα σωστό μικρό σκουλήκι, όπως λέει ο μπαμπάς μου".

Η Μόλι κοίταξε σοβαρά τον Ισαάκ. "Θέλεις πραγματικά να γίνεις σιδεράς, έτσι δεν είναι, Ισαάκ; Το θέλεις πολύ, το βλέπω στα μάτια σου.

"Ναι", αναστέναξε, "αλλά το να το θέλεις και το να το κάνεις είναι δύο διαφορετικά πράγματα".

"Ειλικρινά, Ισαάκ", είπε παρακαλώντας με τα μάτια της, "μπορείς να κάνεις ό,τι θέλεις, αρκεί να το βάλεις στο μυαλό σου. Οτιδήποτε. Μπορείς να πετάξεις τόσο ψηλά όσο τα πουλιά, αν αυτό θέλεις, αλλά πρέπει να το κάνεις για τον εαυτό σου".

"Δεν έχει νόημα, σου λέω.

"Πώς το ξέρεις; Δεν το ξέρεις, όχι μέχρι να ρωτήσεις".

"Υπάρχει το κόστος της μαθητείας. Ο μπαμπάς μου δεν θα το φορέσει αυτό.

'Λοιπόν; Πόσο κοστίζει η μαθητεία;

"Δεν ξέρω ακριβώς. Δύο, τρία, τέσσερα σελίνια την εβδομάδα".

'Λοιπόν; Πήγαινε να το μάθεις. Πήγαινε, μπες εκεί μέσα τώρα αμέσως και ρώτα τον κ. Αντλαρντ".

"Θα πει όχι, φύγε από δω.

"Δεν ξέρεις, έτσι δεν είναι; Και ακόμα κι αν το πει... αυτό, τι έχασες, ε; Τίποτα!

"Και πάλι δεν θα με πάρει. Επειδή είμαι αριστερόχειρας. Δεν μπορούσα να δουλέψω εκεί μέσα, σφυροκοπώντας με το δεξί μου χέρι. Θα έβγαζα τα δάχτυλα κάποιου."

"Δεν ξέρεις τίποτα τέτοιο, εκτός κι αν σε ρωτήσει".

"Ναι, υποθέτω ότι έχεις δίκιο.

"Μπες μέσα τότε.

"Ναι, σωστά", είπε ο Ισαάκ, χωρίς ιδιαίτερη

πεποίθηση, κουνώντας τα πόδια του στο χώμα, χωρίς να θέλει να την κοιτάξει στα μάτια.

"Πήγαινε τότε.

"Ναι, σωστά", είπε ο Ισαάκ, αλλά δεν έκανε καμία προσπάθεια να κινηθεί.

"Θέλεις να σου κρατήσω το χέρι και να μπω μέσα μαζί σου;

"Όχι! Φύγε, μην είσαι τόσο χαζός.'

"Μπες μέσα, τότε.

"Ναι, σωστά. Και ο Ισαάκ πήρε μια βαθιά ανάσα. "Να πετάξω ψηλά σαν τα πουλιά, είπες;" Τέντωσε τους ώμους του, ίσιωσε το πλατύ καπέλο του, χάρισε στη Μόλι ένα νευρικό χαμόγελο και μπήκε στην πλαϊνή πόρτα του σιδηρουργείου.

"Μπαμπά; ρώτησε ο Ισαάκ ανήσυχα, με τη νευρικότητά του να είναι τόσο μεγάλη που του έφραξε το λαιμό. Το στομάχι του ήταν τόσο στριμωγμένο σε κόμπους που αισθανόταν αδιαθεσία, η καρδιά του χτυπούσε μανιωδώς και μπορούσε να αναπνεύσει μόνο με ρηχά λαχάνιασμα. Από τότε που είχε επιστρέψει από το σιδηρουργείο, προσπαθούσε να βρει μια ευκαιρία να μιλήσει στον πατέρα του, αλλά η κατάλληλη στιγμή δεν φαινόταν να έρχεται ποτέ. Και, για να λέμε την αλήθεια, φοβόταν τον πατέρα του και ένιωθε, βαθιά μέσα του, ότι ποτέ δεν θα υπήρχε η κατάλληλη στιγμή για να μιλήσει ενάντια στις επιθυμίες του.

"Ναι, παλικάρι μου; απάντησε ο Τζακ Γκάρφορθ, καθώς άφηνε την εφημερίδα του και έπαιρνε την πίπα του.

"Ήμουν κάτω στο σιδηρουργείο σήμερα, μετά - ξέρετε, στου κ. Αντλαρντ. - και μου είπε ότι μπορεί να με προσλάβει ως μαθητευόμενο, μόνο με δύο σελίνια την εβδομάδα, αυτό είναι όλο, καθώς είμαι πολύ πρόθυμος και πηγαίνω εκεί εδώ και αιώνες και θα ήθελα πραγματικά να το κάνω αυτό, μπαμπά, πραγματικά, όλη μου τη ζωή, νομίζω, ήθελα να το κάνω αυτό. Λοιπόν, μπορώ, μπαμπά; Σε παρακαλώ;

Ο Ισαάκ έβγαλε τον λόγο του χωρίς να πάρει ανάσα, έτσι ώστε οι λέξεις έβγαιναν σε μια αλλοιωμένη λεκτική χιονοστιβάδα, που ξεχύνονταν τόσο γρήγορα, που ήταν δύσκολο να καταλάβει κανείς πού τελείωνε η μια λέξη και πού άρχιζε η άλλη.

Περίμενε, γιε μου. Όχι τόσο γρήγορα. Ηρέμησε και πάρε τα πράγματα με τη σειρά".

"Ναι, σωστά. Η αρχική νευρικότητα του Ισαάκ είχε φύγει τώρα, ο κύβος ερρίφθη. Πήρε μια βαθιά ανάσα και στη συνέχεια μίλησε καθαρά και αργά. Έλεγα, μπαμπά, ότι πήγα να δω τον κ. Αντλαρντ, σήμερα μετά... το απόγευμα... ξέρεις τον κ. Αντλαρντ κάτω στο σιδηρουργείο;'

"Ναι, ξέρω τον Χένρι Αντλαρντ, αρκετά καλά.

"Τον ρωτούσα για μια θέση μαθητείας. Για να δουλέψω μαζί του στο σιδηρουργείο".

Όταν η Μαίρη Γκάρφορθ, η μητέρα του, άκουσε τον Ισαάκ να το λέει αυτό, έκλεισε τα μάτια της καθώς ένιωσε ένα τεράστιο κύμα ανακούφισης. 'Δόξα τω Θεώ', ψιθύρισε στον εαυτό της, οι προσευχές της εισακούστηκαν, 'δεν πρόκειται να πέσει στον λάκκο'.

Ο πρώτος σύζυγος και ο μεγαλύτερος αδελφός της Μαίρης είχαν πεθάνει και οι δύο κάτω από τη γη και η σκέψη ότι ο Ισαάκ και ο Σαούλ θα κατέβαιναν στο ορυχείο την είχε γεμίσει με φόβο που έφραζε την καρδιά της. Το ορυχείο ήταν πάντα πεινασμένο για άντρες, ακόρεστο- καταβρόχθιζε τους άντρες με μια αγριότητα που ήταν σχεδόν σατανική, παίρνοντας άντρες και αγόρια και καμία μητέρα δεν μπορούσε ποτέ να αισθανθεί αισιόδοξη για το αν τα παιδιά της θα κατέβαιναν στο ορυχείο.

Καθώς σκούπιζε ένα δάκρυ ανακούφισης από το μάγουλό της, άκουσε τον Τζακ να ρωτά τον Ισαάκ:

"Και θέλεις να γίνεις μαθητευόμενος του, έτσι δεν είναι;" Ο τόνος του ήταν απότομος, αν και όχι αγενής.

"Ναι, μπαμπά, νομίζω ότι αυτό ήθελα πάντα να κάνω. Θέλω να πω, έχω περάσει ώρες, ώρες και ώρες εκεί κάτω στο σιδηρουργείο, μερικές φορές μιλώντας με τον κ. Αντλαρντ όταν δεν είναι απασχολημένος. Ξέρει ότι είμαι πολύ πρόθυμος".

"Και λέει ότι θα σε αναλάβει. Χωρίς να μου μιλήσει γι' αυτό; Η φωνή του Τζακ είχε μια σκληρή χροιά.

"Όχι, όχι, μπαμπά, φυσικά όχι, είπε ότι πρέπει πρώτα να το συζητήσω μαζί σου, και αν συμφωνήσεις, να μιλήσω μαζί του".

"Νομίζω ότι αυτό χρειάζεται κάποια σκέψη. Έχω ήδη πει στον κ. Μπέικερ στον λάκκο ότι εσύ και ο Σαούλ θα ξεκινήσετε μόλις το θελήσει. Από μέρα σε μέρα.

"Το ξέρω, μπαμπά, έπρεπε να είχα πει κάτι νωρίτερα, το ξέρω, αλλά... Ανασήκωσε τους ώμους του, χωρίς να μπορεί να πει στην πραγματικότητα ότι φοβόταν τον πατέρα του και ότι μόνο η παρότρυνση της Μόλι Χιντλ του έδωσε το θάρρος να θέσει το ζήτημα της μαθητείας.

"Νομίζω ότι είναι πολύ καλή ιδέα", είπε η Μαίρη. Ήξερε ότι ο σύζυγός της δεν ήταν σκληρός άνθρωπος και ότι δεν θα ανάγκαζε τον Ισαάκ να πέσει στα ορυχεία, εκτός αν δεν υπήρχε άλλη επιλογή, αλλά ήταν τόσο τρομερά πεισματάρης όταν είχε πάρει την απόφασή του και έτσι έπρεπε να βεβαιωθεί ότι αυτή η εναλλακτική λύση είχε ανοίξει για τα καλά.

"Ίσως, Μαίρη", απάντησε ο Τζακ, "αλλά όπως είπα, χρειάζεται λίγη σκέψη".

"Δεν ήξερα ότι σου άρεσε το σιδηρουργείο, Ισαάκ. Πώς και δεν μου το είπες ποτέ πριν;" ρώτησε η Μαίρη.

"Δεν ξέρω ακριβώς. Υποθέτω επειδή πάντα

υποτίθεται, από την αρχή, ότι εγώ και ο Σαούλ θα πηγαίναμε στο λάκκο και ποτέ δεν σκέφτηκα ότι υπήρχε άλλη επιλογή. Και όταν μίλησα με τον κ. Αντλαρντ και μου είπε ότι θα μπορούσε να με προσλάβει ως μαθητευόμενο για δύο σελίνια..." και έφυγε με την ουρά του, καθώς ο Τζακ σήκωσε το χέρι του για να τον διακόψει.

"Πριν αρχίσουμε να μιλάμε για τα χρήματα του πράγματος, Ισαάκ, αυτό είναι το λιγότερο. Αυτό που θέλω να ακούσω από σένα, γιε μου, είναι πώς αισθάνεσαι για το σιδηρουργείο. Γιατί; Γιατί; Γιατί είναι τόσο σημαντικό για σένα να το κάνεις αυτό;

"Δεν μπορώ να το βάλω σωστά, μπαμπά. Το μόνο που μπορώ να πω είναι ότι μέσα μου, μέσα μου, είναι κάτι που θέλω πολύ να κάνω".

"Τι είναι αυτό που σου αρέσει, Ισαάκ; ρώτησε απαλά η Μαίρη, διαισθανόμενη ότι ο Τζακ είχε ήδη αποφασίσει να ακολουθήσει τις επιθυμίες του αγοριού. Το κεφάλι και το σώμα του Τζακ είχαν μια χαλαρή, στοχαστική διάθεση και δεν μπορούσε να αισθανθεί καμία αύρα σύγκρουσης μέσα του, που συνήθως ήταν σίγουρη ένδειξη της διάθεσής του.

"Ο καλύτερος τρόπος που μπορώ να το πω, μαμά, είναι να σου πω κάτι που μου είπε κάποτε ο κ. Αντλαρντ και δεν το ξέχασα ποτέ. Είπε ότι είχαν βρει κάποια ρωμαϊκά καρφιά στο τείχος του Αδριανού - ξέρεις το ρωμαϊκό τείχος μετά το Hexham;

"Ναι, παλικάρι μου, έχω ακούσει για το Τείχος του Αδριανού", απάντησε ο Τζακ στεγνά.

Ο Ισαάκ πήρε άλλη μια βαθιά ανάσα και συνέχισε. "Βρήκαν αυτά τα καρφιά, βλέπεις; Μεγάλα", και άνοιξε το χέρι του για να δείξει το μέγεθος. "Ρωμαϊκά καρφιά. Πάνω στον τοίχο, όλα λαμπερά και γυαλιστερά και ο κύριος Αντλαρντ είπε ότι πρέπει να είναι εκατοντάδων ετών, αλλά ήταν όλα λαμπερά και γυαλιστερά, σαν να είχαν σφυρηλατηθεί χθες και τον ρώτησα πώς γίνεται να μην είχαν σκουριάσει και μου είπε ότι αυτό συνέβαινε επειδή δεν ήταν φτιαγμένα από ατσάλι αλλά από σίδηρο που είχε λιώσει από το σιδηρομετάλλευμα με κάρβουνο και όχι με κοκ όπως χρησιμοποιούν σήμερα. Και είπε και κάτι άλλο, κ. Αντλαρντ, κάτι άλλο που πραγματικά με σταμάτησε, με έκανε να σκεφτώ. Είπε ότι ο ίδιος τύπος καρφιών θα είχε χρησιμοποιηθεί για τη σταύρωση του Ιησού, όταν τον κάρφωσαν στο σταυρό.

"Θεέ και Κύριε! Απλά σκέψου το, Τζακ. Τα ίδια καρφιά που χρησιμοποιήθηκαν για να σταυρωθεί ο Κύριός μας!

"Όχι, μαμά, όχι τα ίδια νύχια, αλλά παρόμοια".

Και αυτό σας έκανε να αποφασίσετε; Να γίνεις σιδηρουργός;' ρώτησε ο Τζακ, κοιτάζοντας τον Ισαάκ, βλέποντάς τον για πρώτη φορά, όχι ως ένα μικρό αγόρι που δημιουργούσε προβλήματα, αλλά ως έναν νεαρό που μεγάλωνε, με δικές του ιδέες και απόψεις, και εκείνος έγνεψε αργά σαν να το ενέκρινε.

"Όχι, όχι μόνο αυτό, μπαμπά, αλλά αυτό ήταν μέρος αυτού. Αλλά ξέρεις, το να δουλεύεις με κάτι που μπορεί να διαρκέσει εκατοντάδες χρόνια, σε βάζει σε σκέψεις, έτσι δεν είναι; είπε ο Ισαάκ, βρίσκοντας τον εαυτό του, ουσιαστικά για πρώτη φορά στη ζωή του, ικανό να μιλήσει στον πατέρα του χωρίς να φοβάται ότι θα τον χτυπήσει. "Βλέπεις, όταν λιώνεις το σιδηρομετάλλευμα με κάρβουνο, με κάρβουνο και όχι με κοκ, επιτρέπει στο σίδηρο να αναπνέει". Ο ενθουσιασμός του είχε αρχίσει να πετάει. "Δεν είναι πιο μαλακό, ακριβώς, αλλά πιο... Έχει περισσότερη ζωή μέσα του, δεν σκουριάζει", τελείωσε κουτσά-στραβά, γνωρίζοντας τι εννοούσε αλλά αδυνατώντας να εκφράσει επαρκώς τα συναισθήματά του.

"Μμμμ, κατάλαβα", μουρμούρισε ο Τζακ, καθώς ο Ισαάκ κάθισε μπροστά στην άκρη της καρέκλας του, σχεδόν ευχόμενος να μην είχε πει τίποτα. Η απογοήτευση της αποτυχίας τώρα θα ήταν συντριπτική, και καταράστηκε τον εαυτό του που επέτρεψε στη Μόλι Χιντλ να υποδαυλίσει τα όνειρά του.

Ο Τζακ ρουφούσε αργά την πίπα του και ακόμη και η Μαίρη άρχισε να ανησυχεί, καθώς η προηγούμενη βεβαιότητά της ότι ο Τζακ θα συμφωνούσε εξαφανιζόταν με κάθε ρουφηξιά καπνού, φοβούμενη ότι ο Τζακ απλώς σκεφτόταν τον ευκολότερο τρόπο για να απογοητεύσει το αγόρι.

Τελικά, ο Τζακ έβγαλε την πίπα του από το στόμα του και στράφηκε προς τη Μαίρη. "Τι νομίζεις, Μαίρη;

"Το παλικάρι είναι αποφασισμένο να το κάνει, Τζακ. Αποφασισμένος. Και θα έκανα τα πάντα για να τον εμποδίσω να πάει στην παρανομία, το ξέρεις αυτό. Μπορούμε να διαχειριστούμε τα χρήματα και ό,τι χρειαστεί, θα πάω χωρίς αυτά, μόνο που σε παρακαλώ, Τζακ, σε παρακαλώ, δώσε του αυτή τη μοναδική ευκαιρία.

"Σου λείπουν ήδη αρκετά, Μαίρη, δεν θέλω άλλα", είπε και η καρδιά της έπεσε.

"Όχι, Τζακ, πάντα υπάρχει κάτι στο οποίο μπορώ να τσιγκουνευτώ".

Ο Τζακ έξυσε το πηγούνι του καθώς σκεφτόταν για λίγο. "Έχουν σιδεράδες στο ορυχείο, ξέρεις, που πεταλώνουν τα αλογάκια, τα πόνι του ορυχείου και φτιάχνουν κομμάτια που χρειάζονται για τα μηχανήματα. Το σκέφτηκες αυτό; Θα μπορούσα να μιλήσω με τον κ. Μπέικερ, να δω αν υπάρχει κάτι εκεί.

"Δεν θα ήταν ο ίδιος μπαμπάς, ειλικρινά. Δεν είναι το ίδιο με μια κανονική μαθητεία με τον κ. Αντλαρντ. Φτιάχνει όλα τα είδη εκεί κάτω, εργαλεία για αγροκτήματα, μεντεσέδες για πύλες, φανταχτερά έργα από σφυρήλατο σίδηρο, όχι μόνο πέταλα αλόγων και τέτοια. Το να δουλεύεις στον λάκκο... θα ήταν ακριβώς αυτό, έτσι δεν είναι;

"Και θα πρέπει να πάει στην παρανομία, και ξέρεις πόσο αντίθετος είμαι με αυτό, Τζακ. Όχι μόνο για τον Ισαάκ. Για οποιονδήποτε από εσάς.

"Λοιπόν, τότε, φαίνεται ότι είναι καλύτερα να πάω να δω τον Χένρι Αντλαρντ... κάτι για μια θέση μαθητείας".

"Ευχαριστώ, μπαμπά. Ευχαριστώ. Ευχαριστώ! Δεν ξέρω πώς αλλιώς να το πω, αλλά ευχαριστώ, μπαμπά".

"Ναι, σ' ευχαριστώ, Τζακ, δεν ξέρεις τι σημαίνει αυτό για μένα", είπε η Μαίρη, νιώθοντας ότι θα μπορούσε να ξεσπάσει σε τραγούδι.

"Ω ναι, αλλά εγώ το κάνω, ΜέριΜαίρη κορίτσι μου. Το ξέρω.

Ο Ισαάκ πετάχτηκε όρθιος, με τα μάτια του να λάμπουν από ενθουσιασμό, χωρίς να μπορεί να πιστέψει ότι είχε συμβεί. Ήθελε να αγκαλιάσει τη μητέρα και τον πατέρα του από καθαρή ευτυχία, αλλά δεν ήξερε πώς να το κάνει. Θα φύγω για ένα λεπτό, πήγαινε να το πεις στη Μόλι, θα χαρεί πάρα πολύ", και σταμάτησε στα πόδια του, με τα αυτιά του να καίνε από αμηχανία καθώς συνειδητοποίησε ότι είχε μιλήσει για τη Μόλι.

"Μόλι;" ρώτησε η μητέρα του περίεργα. 'Μήπως είναι η Μόλι Χίντλ; Το κορίτσι της Freda Χίντλ;

'Ναι. Αυτή είναι.

"Φλερτάρεις, λοιπόν, παλικάρι μου; φώναξε ο Τζακ με βαρύ χιούμορ.

"Όχι, μπαμπά, τίποτα τέτοιο. Απλά με βοήθησε, αυτό ήταν όλο. Ενδιαφέρεται", και ο Ισαάκ έφυγε πριν προλάβει να ανακριθεί περαιτέρω.

Η Μαίρη πέρασε στην καρέκλα του Τζακ και έβαλε το χέρι της στον ώμο του. "Ευχαριστώ γι' αυτό, Τζακ. Είσαι σπουδαίος άνθρωπος και έκανες τον Ισαάκ μας ευτυχισμένο. Είναι καλό παιδί και θα κάνει κάτι από τον εαυτό του τώρα. Χάρη σε σένα.

"Το έκανα για σένα, κορίτσι μου, όσο και για το παλικάρι".

"Το ξέρω αυτό, Τζακ, και σε αγαπώ γι' αυτό".

Ο Τζακ έσβησε ξανά την πίπα του και έγειρε πίσω στην καρέκλα του, νιώθοντας ξαφνικά πολύ κουρασμένος και αναστέναξε. Δεν ξέρω, Μαίρη, ο Ισαάκ μας βλέπει μια κοπέλα. Πού πηγαίνει ο χρόνος, ε; Μόλις που φαίνεται σαν χθες από τότε που γεννήθηκε αυτός και ο Σαούλ".

Ξέρεις τι σημαίνει αυτό, έτσι δεν είναι, Τζακ; Ο Ισαάκ θα πάει στο σιδηρουργείο; Και να δει τη Μόλι Χιντλ; Σημαίνει ότι αυτός και η Σαούλ αρχίζουν να απομακρύνονται. Δεν είναι πια απλά "τα δίδυμα", είναι ξεχωριστοί άνθρωποι τώρα, με το δικό τους δικαίωμα.

Αυτό δεν είναι κακό. Ο Ισαάκ θα τα καταφέρει πολύ καλύτερα, αφού δεν θα βρίσκεται κάτω από την επιρροή του Σαούλ".

Η Μαίρη κοίταξε την *Daily Sketch* που ο Τζακ είχε αφήσει στην άκρη μετά το δείπνο του. Η Αυστρία κινητοποιούνταν εναντίον της Σερβίας, η Γερμανία έδινε σπαζοκεφαλιές και η μυρωδιά του πολέμου βρισκόταν βαριά στον αέρα, απτή και μελαγχολική, σαν καταιγίδα που περίμενε να ξεσπάσει.

"Ελπίζω μόνο όλη αυτή η συζήτηση για πόλεμο να μην του χαλάσει τα πράγματα", είπε, "να μην αλλάξει τα πράγματα πάρα πολύ".

"Ναι, Μαίρη, ο κόσμος θα αλλάξει. Δεν υπάρχει αμφιβολία γι' αυτό, ο κόσμος αλλάζει. Και δεν είμαι τόσο σίγουρος ότι θα είναι καλύτερο μέρος γι' αυτό.

Ο Ισαάκ Γκάρφορθ μαθητεύτηκε δεόντως στον Χένρι Άντλαρντ και άρχισε να εργάζεται στις 26 Ιουνίου 1914.

Στις 4 Αυγούστου ξέσπασε ο πόλεμος μεταξύ της Μεγάλης Βρετανίας και της Γερμανίας- ο Μεγάλος

Πόλεμος, ο πόλεμος που θα έβαζε τέλος σε όλους τους πολέμους, είχε αρχίσει. Στις αρχές Οκτωβρίου, ο μεγαλύτερος αδελφός του Ισαάκ, ο Έντγκαρ, ανταποκρίθηκε στο κάλεσμα του Κίτσενερ για τα όπλα και προσφέρθηκε εθελοντικά.

Οι αξιωματικοί του στρατού που ζητούσαν άλογα από τον στρατό έψαχναν τη χώρα, αγόραζαν και επιτάσσονταν όσα περισσότερα άλογα μπορούσαν (πάνω από 485.000 άλογα πέθαναν σε "ενεργό υπηρεσία" στη Γαλλία) και οι δουλειές στο σιδηρουργείο έπεσαν γρήγορα. Χωρίς άλογα για πετάλωμα και με τη λιτότητα του πολέμου να σημαίνει ότι δεν απαιτούνταν φανταχτερές εργασίες σφυρηλατημένου σιδήρου, ο Χένρι Αντλαρντ μόλις και μετά βίας μπορούσε να εξασφαλίσει τα προς το ζην. Ο βοηθός του, Χάρι Σπόφορθ, κατατάχθηκε και, τον Δεκέμβριο του 1914, το ίδιο έκανε και ο ίδιος. Το σιδηρουργείο έκλεισε και η μαθητεία του Ισαάκ Γκάρφορθ τερματίστηκε "για όλη τη διάρκεια".

Ο Ισαάκ εντάχθηκε στον αδελφό του Σαούλ, που εργαζόταν στο ορυχείο.

Το καλοκαίρι του 1915, ο Έντγκαρ Γκάρφορθ πέθανε στις παραλίες του κόλπου Σούλβα στην Καλλίπολη και ο Ισαάκ, δεκαπέντε ετών πλέον, προσπάθησε να καταταγεί. Απορρίφθηκε, αλλά προσπάθησε ξανά τον Δεκέμβριο του 1915 και στη συνέχεια άλλη μια φορά τον Ιούνιο του 1916. Είχε μεγαλώσει και είχε γεμίσει, μεγάλος για την ηλικία του, και έτσι ένας όχι και τόσο σχολαστικός λοχίας στρατολόγησης τον δέχτηκε τελικά. Μετά τη βασική εκπαίδευση, ο Ισαάκ και αρκετοί άλλοι στάλθηκαν στο 14ο Τάγμα του ελαφρού πεζικού του Ντάραμ, ως αντικαταστάτες εκείνων που χάθηκαν στον Σομ, ιδίως κατά τη διάρκεια της επίθεσης στο Fricourt και στην κορυφογραμμή Bazentine.

Ο Ισαάκ πολέμησε στο Arras στις αρχές του 1917 και στη συνέχεια στη μάχη του Passchendaele τον

Σεπτέμβριο του 1917. Κατά τη διάρκεια της επίθεσης στο Polygon Wood, τραυματίστηκε σοβαρά και το αριστερό του χέρι χρειάστηκε να ακρωτηριαστεί. Αποστρατεύτηκε τον Φεβρουάριο του 1918.

Με τη βοήθεια της Μόλι, έμαθε να γράφει ευανάγνωστα με το δεξί του χέρι, αλλά τα όνειρα του σιδηρουργείου, οι μυρωδιές του φούρνου και του πυρωμένου μετάλλου, ο ιδρωμένος ατμός των αλόγων που περίμεναν να τα υποδεχτούν, οι καταρράκτες των διαυγών σπινθήρων που έπεφταν από το χτυπημένο σίδερο, ο κρότος του σφυριού στο αμόνι και η πύρινη ανάσα του δράκου από τον φούρνο και τα φυσεκλίκια, είχαν χαθεί για πάντα, πνιγμένα στη λάσπη του Passchendaele.

Μόνο οι σκιές του ονείρου παρέμειναν.

ΌΠΩΣ ΉΤΑΝ, ΌΠΩΣ ΕΊΝΑΙ

Λέγε με Μπιλ. Απλά Μπιλ. Κανένα άλλο όνομα δεν είναι απαραίτητο. Απλά Μπιλ. Έτσι με γνώριζαν πάντα.

Η μητέρα μου, ωστόσο, επέμενε να με αποκαλεί Γουίλιαμ, κάτι που μισούσα με πάθος, οπότε μη νομίζετε ότι μπορείτε να με αποκαλείτε έτσι - Γουίλιαμ.

Το Απλά Μπιλ είναι μια χαρά - σχεδόν σαν μια λέξη - Απλαμπίλ.

Νομίζω ότι υπήρχε ένας χαρακτήρας σε ένα βιβλίο που διάβασα κάποτε και τον έλεγαν Απλά Μπιλ- αλλά δεν ήμουν εγώ (ένας από τους χαρακτήρες που αντιμετωπίζει τον δολοφονικό Πενιγουάιζ τον κλόουν στο *IT* του Stephen King δεν λεγόταν Just Bill, ή μήπως σκέφτομαι κάτι άλλο; - απαντήσεις σε καρτ ποστάλ παρακαλώ).

Εν πάση περιπτώσει, παρεκκλίνω. Λοιπόν, γιατί είμαστε εδώ; Δεν το εννοώ αυτό με τη μεταφυσική έννοια, όπως για ποιο λόγο βρεθήκαμε σε αυτόν τον πλανήτη και ποια είναι η ευρύτερη κοσμική εικόνα και αν υπάρχει ζωή μετά το θάνατο και ποιο είναι το νόημα της ζωής - εννοώ γιατί εσείς και εγώ καθόμαστε και κάνουμε αυτή τη μικρή κουβεντούλα;

Είναι λόγω της επανένωσης. Δεν ξέρω ποιανού

ηλίθια ιδέα ήταν να γίνει η επανένωση, αλλά η προοπτική να ξανασυναντηθούμε - σαράντα χρόνια μετά - με ένα μάτσο ανθρώπους που δεν συμπαθούσα και πολύ τότε, πρέπει να είναι μια από τις πιο τρελές προτάσεις από τότε που κάποιος πρότεινε να περάσει ο Τιτανικός μέσα από ένα παγοδρόμιο. Ή να προτείνει ότι ο Ντόναλντ Τραμπ ήταν κατάλληλος υποψήφιος για την προεδρία.

Επιτρέψτε μου να εξηγήσω. Πριν από σαράντα ολόκληρα, ένδοξα, ευκίνητα χρόνια ήμουν στο Πανεπιστήμιο. Πάντα με κεφαλαίο Π. Πανεπιστήμιο. Πείτε το δυνατά με σοβαρότητα. *Πανεπιστήμιο.*

Σήμερα, τα παιδιά το λένε Πανεπιστήμιο, αλλά στην εποχή μου - για να υιοθετήσω μια από τις αγαπημένες εκφράσεις της μητέρας μου (όπως "στην εποχή μου οι άνθρωποι είχαν σεβασμό για τους ανώτερους τους και στην εποχή μου οι άνθρωποι ήξεραν τη θέση τους και στην εποχή μου τα αξιοσέβαστα κορίτσια κρατούσαν τα βρακιά τους πάνω και τα γόνατά τους κλειστά") - στην εποχή μου το λέγαμε, σχεδόν ευλαβικά, Πανεπιστήμιο. "Ο Γουίλιαμ μου θα πάει στο Πανεπιστήμιο", έλεγε η μητέρα μου με περηφάνια. Στην πραγματικότητα, δεν το έλεγε με περηφάνια- όντας μια μόνιμη σνομπ χωρίς λόγο, προσβλήθηκε θανάσιμα που δεν είχα εισαχθεί ούτε στην Οξφόρδη ούτε στο Κέιμπριτζ, στερώντας της έτσι την ευκαιρία να καυχηθεί στους φίλους της στην εκκλησιαστική επιτροπή ότι "ο Γουίλιαμ μου είναι στην Οξφόρδη, ξέρετε, διαβάζει νομικά".

Δεν θα ήταν τόσο άσχημα αν είχα επιλέξει να σπουδάσω σε ένα από τα καλύτερα πανεπιστήμια εκτός του Όξφορντ ή του Κέιμπριτζ - το Έξετερ ή το Ντάραμ, ας πούμε - αλλά αντ' αυτού επέλεξα - *επέλεξα* - να πάω στο Πανεπιστήμιο του South Yorkshire, με την πανεπιστημιούπολη του να βρίσκεται στην όχι και τόσο γοητευτική πόλη των ορυχείων και του χάλυβα Δυτικό Γκαρσάιντ. Γιατί ονομάζεται Δυτικό Γκαρσάιντ δεν έχω ιδέα. Εξάλλου, δεν υπάρχει Ανατολικό, Βόριο ή Νότιο Garside, οπότε γιατί Δυτικό Γκαρσάιντ; Μην μπείτε στον κόπο να στείλετε τις απαντήσεις σας σε καρτ ποστάλ για αυτό το θέμα, καθώς δεν θέλω πραγματικά να ξέρω.

Αν θέλετε να βρείτε το δρόμο για το Δυτικό Γκαρσάιντ -όχι ότι θα το συνιστούσα- πάρτε το M1 από το Λονδίνο και θα βρείτε το Δυτικό Γκαρσάιντ στα βόρεια του Sheffield, στα νότια του Bradford και του Leeds, στα ανατολικά του Manchester και στα δυτικά του Doncaster. Πάρτε όλα τα χειρότερα στοιχεία όλων αυτών των πόλεων, βάλτε τα μαζί - παλιές βαριές βιομηχανίες νεκρές ή ετοιμοθάνατες, αστική καταστροφή, οικισμοί που βουλιάζουν, υψηλή ανεργία, κλειστά και γεμάτα γκράφιτι καταστήματα, φτωχογειτονιές, ρύπανση, εγκληματικότητα και εγκατάλειψη - και έχετε το Δυτικό Γκαρσάιντ.

Η μητέρα μου δεν το είχε καν ακούσει ποτέ και έπρεπε να το ψάξει στον οδικό της άτλαντα RAC. (Επέλεξε να γίνει μέλος της RAC αντί της AA επειδή είχε το Royal στο όνομά της - η Βασιλική Λέσχη Αυτοκινήτου σε αντίθεση με την εντελώς πληβειακή Ένωση Αυτοκινήτου).

"Θεέ μου, Γουίλιαμ, οι άνθρωποι, εννοώ οι δικοί μας άνθρωποι, ζουν πράγματι σε τέτοια μέρη; Στην εποχή μου...

Ναι, μητέρα. Πραγματικοί άνθρωποι.

Εν πάση περιπτώσει, σπούδασα (ίσως είναι πολύ δυνατή η λέξη "σπούδασα", παρακολουθούσα περιστασιακά διαλέξεις στο USY. Σπούδαζα Ιστορία και Γεωγραφία και δεν υπάρχουν βραβεία για να μαντέψετε τι κάνω τώρα για να ζήσω με αυτά τα άκρως ζωτικά προσόντα - ναι, είμαι καθηγητής) και, όπως κάθε άλλος φυσιολογικός φοιτητής, περνούσα τον υπόλοιπο χρόνο μου μεθυσμένος και προσπαθώντας να πηδήξω - αλλά ήμουν απείρως πιο επιτυχημένος στο πρώτο παρά στο δεύτερο.

Κατά τα δύο πρώτα εξάμηνα του έτους πρωτοετούς φοίτησης, έζησα στην αίθουσα Άρνολντ Ντάρκιν. Ο Άρνολντ Ντάρκιν ήταν ένας έμπορος αυτοκινήτων από το Δυτικό Γκαρσάιντ που έκανε μια περιουσία εισάγοντας ιαπωνικά αυτοκίνητα όταν αυτά ήταν ακόμα παράλογα φθηνά και συγκρατούνταν με σπάγκο και τσίχλες και, αφού έκανε την περιουσία του, αποφάσισε να γίνει ευεργέτης του Πανεπιστημίου της πόλης του. Όχι ότι ζούσε πια στο Δυτικό Γκαρσάιντ - δεν ήταν ανόητος. Μόλις έβγαλε τα λεφτά του, έφυγε για τις Μπαχάμες και έκτοτε δεν έχει πατήσει το πόδι του στον τόπο, παρά μόνο για να εγκαινιάσει επίσημα την κατοικία σε μια κοινή τελετή κοπής κορδέλας με την κυρία δήμαρχο του Δυτικό Γκαρσάιντ, την τρομερή κυρία Margaret Boothroyd, η οποία, σύμφωνα με τον θρύλο, κάποτε εργαζόταν ως γραμματέας του Αρνολντ και απέρριψε την πρόταση γάμου του Αρνολντ για να παντρευτεί τον Τζέραλντ Μπουθρόιντ, έναν από τους πλουσιότερους επιχειρηματίες του Δυτικό Γκαρσάιντ.

Ο Αρνολντ ήταν τότε ένας μικρός ιδιοκτήτης γκαράζ με λίπος κάτω από τα νύχια του και κακή αναπνοή. Ο Τζέραλντ Μπουθρόιντ έχασε το μεγαλύτερο μέρος των χρημάτων του λίγα χρόνια αργότερα, ενώ ο Άρνολντ Ντάρκιν έφτασε να κάνει ένα σωρό λεφτά. Αλλά εξακολουθούσε να έχει κακή αναπνοή. Δεν έχει καταγραφεί αν η κυρία Μπουθρόιντ μετάνιωσε ποτέ για την απόφασή της να μην παντρευτεί τον σύντομα πάμπλουτο Άρνολντ Ντάρκιν. Αλλά δεδομένου ότι ο Αρνολντ παντρεύτηκε στη συνέχεια την καλύτερη φίλη της Μάργκαρετ τη Φρίντα, και η Μάργκαρετ χώρισε τον Τζέραλντ λίγο μετά την πτώση του από την τύχη, μπορούμε να βγάλουμε τα δικά μας συμπεράσματα.

Το Άρνολντ Ντάρκιν ξεχωρίζει από τις λοφώδεις πλαγιές της Burnside Road, στη νότια πλευρά του Δυτικό Γκαρσάιντ, σαν μια διογκωμένη κονδυλωτή στην άκρη μιας βολβοειδούς μύτης. Αν υπήρχε ένα βραβείο για την πιο άσχημη αρχιτεκτονική που χτίστηκε ποτέ - όχι μόνο στο Δυτικό Γκαρσάιντ, όχι μόνο στο South Yorkshire, όχι μόνο στην Αγγλία, τη Μεγάλη Βρετανία, την Ευρώπη ή οπουδήποτε αλλού - το παγκόσμιο βραβείο Νόμπελ Κακής Αρχιτεκτονικής, το Άρνολντ Ντάρκιν Hall of Residence για το Πανεπιστήμιο του South Yorkshire θα κέρδιζε χωρίς την ανάγκη επανακαταμέτρησης. Είναι απαίσιο. Και σε μια πόλη τόσο άσχημη όσο το Δυτικό Γκαρσάιντ, πιστέψτε με, αυτό θέλει αρκετή προσπάθεια. Χρειάζεται ιδιοφυΐα.

Οι τοίχοι είναι χτισμένοι από τα πιο άθλια γυαλιστερά κίτρινα τούβλα που έχετε δει ποτέ, με πλαίσια κάτω από τα σχισμοειδή παράθυρα σε μια τόσο άθλια απόχρωση του φθορίζοντος πράσινου που χρειάζεστε γυαλιά ηλίου, ένα είδος χρώματος που θυμίζει διάρροια. Τα παράθυρα είναι δυσανάλογα με την κλίμακα των όψεων, κάτι περισσότερο από λωρίδες γυαλιού, σαν να είχε αποφασίσει ο χτίστης να παραλείψει μερικά τούβλα στο τέλος της βάρδιας του.

Ολόκληρο το κτίριο στέκεται σαν ένας κακοφορμισμένος, κακοδιάθετος βάτραχος μέσα σε μια θάλασσα βρώμικης ασφάλτου, με το ακροκέφαλο άκρο του (το μπλοκ τουαλέτας και ντους) να κρέμεται πάνω από το πάρκινγκ σαν χιονοστιβάδα που περιμένει να συμβεί. Τα κελιά διαμονής -διστάζει κανείς να χρησιμοποιήσει τη λέξη δωμάτια- είναι τόσο μικρά και παράξενα διαμορφωμένα, μακριά και στενά, με σχισμένα παράθυρα, που ήταν σαν να ζει κανείς στη μέση μιας σιδηροδρομικής σήραγγας με εκείνη την αχνή αναλαμπή φωτός στο βάθος που δείχνει το τέλος της σήραγγας.

Με παγωμένο κρύο το χειμώνα και ζέστη το καλοκαίρι, οι φοιτητικές εστίες Άρνολντ Ντάρκιν δεν ήταν ένα ευχάριστο μέρος για να ζεις. Παρεμπιπτόντως, ο Τζιμ Πότσον, ο αρχιτέκτονας που σχεδίασε και τα περισσότερα από τα άλλα νέα κτίρια της πανεπιστημιούπολης, φυλακίστηκε αργότερα για μαζική διαφθορά, προσφέροντας δωροδοκίες σε δημοτικούς υπαλλήλους σε όλη τη βόρεια Αγγλία για να βάλει τις προμήθειες στο δρόμο του. Θα έπρεπε να είχε φυλακιστεί στο ίδιο του το δημιούργημα - αυτό θα ήταν ποιητική δικαιοσύνη!

Γι' αυτό, στο τρίτο εξάμηνο του πρώτου μου έτους, μετακόμισα από το Durkin Hall και έπιασα στέγη με την κυρία Γκρινμπάουμ στη λεωφόρο Blackshank, κάτω και γύρω από τη γωνία της Burnside Road. Παρόλο που έμεινα στην κυρία Γκρινμπάουμ για σχεδόν δώδεκα εβδομάδες, δεν κατάφερα ποτέ να μετρήσω πόσες ακριβώς γάτες υπήρχαν. Ήταν παντού. Τώρα μην με παρεξηγήσετε, μου αρέσουν οι γάτες (το κινέζικο εστιατόριο Ming Dynasty στην Clanmore Road φτιάχνει ένα πολύ ωραίο γλυκόξινο - το μότο του, *τόσες πολλές γάτες - τόσες πολλές συνταγές*), αλλά όχι απολύτως παντού. Και κυρίως όχι να σέρνονται σε όλο το χώρο του σπιτιού μου και να ρίχνουν τριχόμπαλες και γάτες παντού.

Σηκώθηκα το πρωί, συνήθως μεθυσμένη από το ποτό της προηγούμενης νύχτας, και έπρεπε να περάσω ένα γάντι από νιαουρίσματα γουρουνιών καθώς κατευθυνόμουν προς το μπάνιο στο κεφαλόσκαλο του πρώτου ορόφου, περνώντας με λεπτότητα μέσα από ένα ναρκοπέδιο με τα τακτοποιημένα δοχεία άμμου για γάτες και εκείνα τα επιπλέον μικρά κολλώδη, καλαμαρωτά καφέ πακέτα όπου η γάτα δεν είχε φτάσει έγκαιρως στο δοχείο άμμου. Κάποιες φορές κατάφερνα να φτάσω στο μπάνιο με τα πόδια μου αμόλυντα, άλλες φορές όχι.

Θεέ μου, το μέρος βρωμούσε σαν ζωολογικός

κήπος μια ζεστή καλοκαιρινή μέρα. Τι είναι αυτά που λέω; Το μέρος ήταν ζωολογικός κήπος!

Όπως είπα, δεν κατάφερα ποτέ να τα μετρήσω όλα, αλλά κατάφερα να αναγνωρίσω μερικά από τα πιο συνηθισμένα. Ένας απ' αυτούς ήταν ένας μεγάλος, κακομοίρης, ταμπαριστός γάτος, μεγαλόσωμος σαν μικρό σκυλί, που τον έλεγαν Μπαντζ. Τον έλεγαν Μπαντζ γιατί όπου ήθελες να καθίσεις, ο Μπαντζ ήταν εκεί, όπου περπατούσες στις σκάλες ο Μπαντζ ήταν εκεί, όπου πήγαινες, ο Μπαντζ ήταν εκεί, στο δρόμο σου. Του έλεγαν τόσο συχνά να φύγει, που έφτασε να πιστεύει ότι το όνομά του ήταν Μπαντζ.

Ο Μπαντζ είχε το ένα αυτί του άσχημα μασημένο από τους πολυάριθμους γατοκαβγάδες του μέσα και έξω από το θηριοτροφείο και ήταν τόσο κακός και άσχημος, που ήταν βέβαιο ότι θα έπρεπε να είναι ο κορυφαίος γάτος της κυρίας Γκρίνμπαουμ. Μην το πιστεύετε. Αυτή η τιμή πήγε σε μια όμορφη μικρή λευκή θηλυκή γάτα που την έλεγαν Λούσι, τόσο λεπτή και εύθραυστη που θα νόμιζες ότι θα διαλυόταν στα χέρια σου αν προσπαθούσες να την σηκώσεις - όχι ότι θα σε άφηνε ποτέ, θα σου έβγαζε τα μάτια στο άψε σβήσε αν το προσπαθούσες.

Η Λούσι (μάλλον η συντομογραφία του Λούσιφερ;) ήταν η κυρίαρχη και δεν ήταν λάθος. Όσο εκείνη έκανε το δικαστήριο στις σκάλες, καμία άλλη γάτα δεν τολμούσε να την πλησιάσει, ούτε καν ο Budge, ο οποίος απομακρυνόταν από αυτήν με την ουρά του κουλουριασμένη κάτω από τα πίσω πόδια του σε ένδειξη υποταγής. Τα μάτια της, ένα απαλό υγρό βιολετί χρώμα, είχαν τόση κακία που θα ορκιζόσουν ότι ήταν διαβολική γάτα. Το γεμάτο μίσος βλέμμα της, που δεν έκλεινε τα μάτια, σε ακολουθούσε παντού, ενώ το κακό έβγαινε από μέσα της σαν ένα πυκνό πράσινο μίασμα.

Ήταν νωρίς ένα βράδυ, μόλις δύο εβδομάδες μετά

τη μετακόμισή μου, όταν συνάντησα για πρώτη φορά τη Λούσι. Κατεβαίνοντας από το μπάνιο με το μπουρνούζι και τις παντόφλες μου, με την πετσέτα στο μπράτσο μου και τη σακούλα πλύσης στο χέρι, η Λούσι βρισκόταν στις σκάλες από κάτω μου, με την πλάτη προς το μέρος μου, επιτηρώντας το βασίλειό της. Η ουρά της κουνιόταν απαλά από το ένα άκρο στο άλλο. Η Λούσι ήξερε ότι βρισκόμουν πίσω της, αλλά ήμουν τόσο πολύ κάτω από την περιφρόνησή της που δεν μπήκε καν στον κόπο να κοιτάξει προς το μέρος μου, καθώς έβαζα το πόδι μου στο σκαλοπάτι δίπλα της. Η ουρά της χτύπησε το γυμνό μου πόδι και, αστραπιαία, έφτυσε, σφύριξε, με έγδαρε στην αχίλλειο πτέρνα μου και βύθισε τα κοφτερά δόντια της στη γάμπα μου, όλα αυτά με μια ρευστή κίνηση που θα ήταν αξιοθαύμαστο να την παρακολουθείς, αν δεν ήταν τόσο αιματηρά επώδυνη.

"Δεν το κάνεις; Η κυρία Γκρίνμπαουμ μου φώναξε από το κάτω μέρος της σκάλας. "Κλωτσάς τη Λούσι μου.

"Όχι, ειλικρινά, δεν την άγγιξα, απλώς η ουρά της τίναξε και με δάγκωσε. Κοιτάξτε, έφερε αίμα.

"Την βασανίζεις", συνέχισε, κουνώντας μου ένα κοκαλιάρικο δάχτυλο. 'Αν ξανακάνεις τέτοιο ζινγκ, θα πληγώσεις τα αγαπημένα μου λινκς και θα φύγεις. Και δεν θα σου επιστραφούν τα χρήματα που πλήρωσες. Απλά φύγε από πάνω μου. Σε θεωρώ καλό παιδί, τώρα ξέρω ότι είσαι μουνόφιλος. Θα καλέσω την αστυνομία και την RSPCA.

"Και θα καλέσω τον επιθεωρητή υγείας", απάντησα αμέσως. Αλλά μόνο κάτω από την αναπνοή μου, καθώς, όσο άθλια κι αν ήταν τα πράγματα στης κυρίας Γκρίνμπουμ, δεν είχα πού αλλού να πάω. Θα κοιμόμουν στα παγκάκια του σταθμού λεωφορείων της οδού Μπλονκ πριν επιστρέψω στο Ντέρκιν Χολ, οπότε κράτησα τη γλώσσα μου, ενώ η Λούσι σιγοντάριζε στην κυρία Γκρίνμπαουμ και μετά κοίταζε πίσω για να με κοιτάξει με ωμό μίσος.

Μετά από αυτό, η Λούσι ξεκίνησε μια συντονισμένη εκστρατεία εναντίον μου - ορκίζομαι ότι αυτό είναι αλήθεια.

Παρόλο που κλείδωνα με θρησκευτική ευλάβεια την πόρτα μου πριν βγω έξω, οι γάτες έμπαιναν στο δωμάτιό μου. Πώς, δεν ξέρω. Άφηναν ψόφια ποντίκια στο μαξιλάρι μου ή στα καθαρά μου ρούχα, που τα μασούσαν προσεκτικά σε μικρά πακέτα που ξεχύνονταν στο έντερο.

Άλλες φορές, κατουρούσαν στη γωνία, περνούσαν πάνω από το τραπέζι μου και τσαλάκωναν τα χαρτιά των εργασιών μου. Μερικές φορές, αν αισθάνονταν ιδιαίτερα κακόβουλοι απέναντί μου, έχεζαν πάνω στη δουλειά μου- εποικοδομητική λογοτεχνική κριτική μπορώ να δεχτώ, αλλά δεν χρειαζόμουν κάποιο ατημέλητο γουναράκι να μου πει τόσο παραστατικά ότι η εργασία μου για τις επιπτώσεις της βιομηχανικής επανάστασης στους αγροτικούς οικοτόπους ήταν χάλια. Και θα ορκιζόμουν ότι η Λούσι ήξερε, απλά ήξερε, πότε έπρεπε να υποβληθεί η εργασία και περίμενε μέχρι την τελευταία δυνατή στιγμή πριν τη λερώσει, ώστε να μην υπάρχει χρόνος για να την ξαναγράψω. Θα καθόταν στις σκάλες με αυτό το γνώριμο αυτάρεσκο χαμόγελο στο πρόσωπό της, με την ουρά της να κουνιέται από άκρη σε άκρη και να με παρακολουθεί καθώς ανακάλυπτα το μικρό της δώρο, ακόμα ζεστό και αχνιστό, προσεκτικά τοποθετημένο πάνω στη δουλειά μου.

Τα παράπονα στην κυρία Γκρίνμπαουμ ήταν χάσιμο χρόνου. "Όχι, όχι κ. Justbill, όχι τα μικρά μου αγαπημένα, θα πρέπει να είσαι υπερβολικός, ή ίσως φέρνεις μέσα σκυλίσια κόπρανα στα παπούτσια σου, θα πρέπει να βγάζεις κάθε φορά τα παπούτσια σου στο χαλί. Δεν είναι σωστό να φέρνεις σκυλοβρωμιά μέσα, οι μικροί μου αγαπημένοι είναι τόσο ευαίσθητοι, δεν είναι καλό για το δικό σου γονίδιο".

Στη συνέχεια, ξεκινούσε μια μακρά, ακατάσχετη ομιλία για το πώς εκείνη και ο σύζυγός της Franz (που έχει πεθάνει εδώ και καιρό, πιθανώς από κάποια ασθένεια που μεταδίδεται από γάτες) είχαν μόλις και μετά βίας ξεφύγει από τη ναζιστική Γερμανία, πώς όλοι οι συγγενείς της και οι συγγενείς του Φρανς είχαν πεθάνει στα στρατόπεδα συγκέντρωσης και πόσο τυχερή ήμουν που ζούσα σε μια ελεύθερη χώρα και πώς δεν έπρεπε να κάνω κατάχρηση αυτής της ελευθερίας κατηγορώντας τις "φτωχές αθώες μικροσκοπικές αγάπες της της για τέτοιες βρώμικες αηδίες".

Πόσο θα ήθελα να μπορούσα να δραπετεύσω, αλλά είχα πληρώσει προκαταβολικά το ενοίκιο του τριμήνου μου και δεν είχα την οικονομική δυνατότητα να μετακομίσω οπουδήποτε αλλού.

Και σαν να μην έφτανε η εκστρατεία παρενόχλησης γάτας, υπήρχε και το ζήτημα του φαγητού. Το νοίκι μου υποτίθεται ότι κάλυπτε δύο γεύματα την ημέρα, πρωινό και βραδινό δείπνο. Το μεσημεριανό, το έπαιρνα στο κυλικείο του κολεγίου ή στο απέναντι ελληνικό εστιατόριο Kostis's Kostless του Κωστή.

Το φαγητό που σέρβιρε η κυρία Γκρίνμπαουμ δεν μπορώ να το περιγράψω, αλλά αρκεί να πω ότι τα πράγματα που έβγαιναν από τις κονσέρβες και τα έριχναν πάνω στα πολυάριθμα άπλυτα μπολ με τις γάτες που ήταν διάσπαρτα τριγύρω, έμοιαζαν πολύ πιο ορεκτικά από αυτά που έβαζαν μπροστά σε μένα και τους άλλους δύο άτυχους ενοίκους που είχαν άθελά τους μπει σε αυτόν τον γεμάτο αιλουροειδή εφιάλτη, έναν από τους οποίους θα συναντήσετε αργότερα. Και αν, για κάποιον άγνωστο λόγο, δεν μπορούσατε να φάτε όλο αυτό το απολαυστικό γεύμα, μην ανησυχείτε, θα σας το σερβίριζαν ξανά το επόμενο βράδυ. Και τη μεθεπόμενη νύχτα. Μόνο όταν η μούχλα στο φαγητό γινόταν δυσδιάκριτη από τις τρίχες της γάτας, θα το πετούσαν.

Έτσι, για το δεύτερο και τελευταίο έτος της φοίτησής μου αποφάσισα να ψάξω για δωμάτια σε μια φοιτητική εστία με κοινόχρηστα δωμάτια. Μόλις επέστρεψα στο Δυτικό Γκαρσάιντ για το φθινοπωρινό εξάμηνο, πήρα ένα προσωρινό δωμάτιο στον ξενώνα της YMCA στη λεωφόρο Greystones, ενώ περίμενα τον φίλο μου, τον Πίτερ Κούλμπουρν, να εμφανιστεί και στη συνέχεια να βρω κάπου να μείνω.

Ο Πίτερ και εγώ παρακολουθούσαμε τα ίδια μαθήματα και, καθώς είχε μια παρόμοια ιστορία τρόμου με το σπίτι του, αποφασίσαμε το επόμενο εξάμηνο να μοιραστούμε κάπου τη φοιτητική εστία (αλλά σε ξεχωριστά δωμάτια, καταλαβαίνετε, ο Πίτερ δεν ήταν τέτοιος φίλος). Στην περίπτωσή του, ο σπιτονοικοκύρης από την κόλαση, ο κύριος Καντ, συνήθιζε να περιπολεί στους διαδρόμους τη νύχτα για να διασφαλίσει ότι κανένας από τους φιλοξενούμενούς του δεν θα έχανε κάπως την αίσθηση του προσανατολισμού του και δεν θα βρισκόταν κατά λάθος στο δωμάτιο ενός άλλου φοιτητή. Όλα τα φώτα έπρεπε να είναι σβηστά μέχρι τις 10 η ώρα και μετά τις 10.30, η μπροστινή πόρτα κλειδωνόταν και βιδωνόταν, χωρίς να ανοίγει ξανά σε καμία περίπτωση μέχρι τις 7.30 το επόμενο πρωί. Το ζεστό νερό περιοριζόταν σε μια ώρα το πρωί και μια ώρα το βράδυ. Το φαγητό εκεί ήταν τουλάχιστον βρώσιμο, αλλά σε τόσο μικρές ποσότητες που ο Πέτρος ήταν πάντα πεινασμένος. Ακόμα και μια επιπλέον φέτα τοστ έπρεπε να πληρωθεί, και όσον αφορά τις δεύτερες μερίδες, ξεχάστε το- υπήρχε μόλις και μετά βίας μια πρώτη μερίδα.

Περίμενα ότι ο Πίτερ θα επέστρεφε στο Δυτικό Γκαρσάιντ στην αρχή της σχολικής περιόδου, αλλά όταν δεν εμφανίστηκε, σκέφτηκα ότι είχε καθυστερήσει προσωρινά, ίσως είχε γρίπη ή κάτι τέτοιο. Γι' αυτό και δεν άρχισα να ψάχνω για κάπου για μια εβδομάδα ή και περισσότερο - αν και, από την Τετάρτη της δεύτερης εβδομάδας, άρχισα να ανησυχώ λίγο. Είχα χάσει τον αριθμό τηλεφώνου του και θυμόμουν μόνο ότι ζούσε κάπου στο Essex - Colchester; Chelmsford; Δοκίμασα τις πληροφορίες του τηλεφωνικού καταλόγου και, μετά από μερικές λανθασμένες εκκινήσεις και πολλά κέρματα που έριξα στο αδηφάγο καρτοτηλέφωνο, τελικά τον εντόπισα.

"Γεια σας, συγγνώμη που σας ενοχλώ, αλλά είναι η κυρία Coulborne, η μητέρα του Πίτερ, του Πίτερ Κούλμπορν, ο οποίος είναι μαθητής στο USY, Δυτικό Γκαρσάιντ;

"Ναι; Μια πολύ επιφυλακτική και προσεκτική απάντηση.

'Α, λοιπόν, το θέμα είναι ότι αυτός είναι ο φίλος του ο Μπιλ, απλά ο Μπιλ, στο USY επίσης... και εγώ... ε... ο Πίτερ και εγώ, θα μέναμε μαζί στο δωμάτιο αλλά... ε... δεν φαίνεται να έχει επιστρέψει αυτό το εξάμηνο. Είναι ο Πίτερ εκεί καθόλου;

Ναι, ε... Μπιλ. Ο Πίτερ σε ανέφερε, αν και ο πατέρας του και εγώ δεν ξέραμε ότι σκόπευε να μείνει μαζί σου, Bill. Ο Πήτερ δεν το ανέφερε καθόλου αυτό.

"Θα επιστρέψει ο Πίτερ στο Δυτικό Γκαρσάιντ, κυρία Κουλμπορν; Είναι εκεί, μπορώ να του μιλήσω;

"Φοβάμαι πως όχι, Μπιλ.

'Πότε θα επιστρέψει; Πρέπει πραγματικά να του μιλήσω για να κανονίσω τα πάντα.

"Θεέ μου, αυτό είναι τόσο τρομερά δύσκολο. Βλέπεις, Μπιλ, η κόρη μας, η Τζένιφερ, σκοτώθηκε σε αυτοκινητιστικό δυστύχημα, λίγο μετά την έναρξη των καλοκαιρινών διακοπών. Ο Πίτερ και η Τζένιφερ ήταν τόσο πολύ δεμένοι..." Μπορούσα να ακούσω τη φωνή της να σπάει, ο πόνος της θλίψης της άρχισε να την καταβάλλει.

"Ω... λυπάμαι τόσο... τόσο πολύ". Τι μπορείς να πεις; Οτιδήποτε, τα πάντα, ακούγεται τόσο κοινότοπο και ανούσιο.

"Ο Πέτρος... Ο Πέτρος δεν μπορούσε να αντιμετωπίσει την επιστροφή του... στο...

"Καταλαβαίνω, κυρία Coulborne, πραγματικά λυπάμαι πολύ. Και σας παρακαλώ μεταφέρετε τα συλλυπητήριά μου στον Πίτερ.

Ο Πίτερ έφυγε, Μπιλ. Ετοίμασε μια βαλίτσα και έφυγε, μας τηλεφώνησε από το Ντόβερ. Θα πάει στην Ινδία... Για να βρει λίγη γαλήνη, είπε. Με κάποια γκουλού ή όπως αλλιώς τα λένε.

"Γκουρού".

"Ναι, guloo. Έτσι, τους χάσαμε, βλέπεις. Και η Τζένιφερ και ο Πίτερ.

"Λυπάμαι που σας ενόχλησα. Σας ευχαριστώ που μου το είπατε, κυρία Κούλμπορν, δεν θα σας απασχολήσω άλλο από τον χρόνο σας".

Η φτωχή, ταραγμένη γυναίκα κατέβασε το τηλέφωνο χωρίς να απαντήσει, και ποιος μπορεί να την κατηγορήσει.

Έτσι, δύο εβδομάδες μετά την έναρξη του εξαμήνου έπρεπε να βρω κάπου να μείνω, έχοντας πλήρη επίγνωση ότι όλα τα καλύτερα καταλύματα θα ήταν ήδη κατειλημμένα.

Ωστόσο, ο υπεύθυνος του Πανεπιστημίου για την παροχή καταλύματος φαινόταν ένα πιθανό σημείο εκκίνησης.

Ο κ. Μπριμ, ο υπεύθυνος για την παροχή καταλύματος, κατείχε ένα μικρό, ακατάστατο γραφείο στο πιο απομακρυσμένο τμήμα του διοικητικού τμήματος του κεντρικού κτιρίου του κολεγίου (το οποίο σχεδιάστηκε επίσης από τον φυλακισμένο Jim Potson σε ένα στυλ που περιγράφεται καλύτερα ως μεταμοντέρνος brutalist monumentalism... με άλλα λόγια, κανείς δεν έδινε δεκάρα για το πώς λειτουργούσε το κτίριο στο εσωτερικό του, αρκεί να φαινόταν εντυπωσιακό από έξω - πράγμα που δεν συνέβη).

Πέρα από την κεντρική ρεσεψιόν, κατά μήκος ενός σκοτεινού διαδρόμου (χωρίς πόρτες ή παράθυρα), πάνω από μισή σκάλα που δεν οδηγούσε πουθενά, κάτω από μισή σκάλα που δεν οδηγούσε πουθενά, γύρω από δύο γωνίες, μία αριστερά και μία δεξιά. Ανεβείτε μια άλλη σκάλα, κατά μήκος ενός παταριού, περάστε από κλειδωμένες πόρτες που προφανώς δεν είχαν χερούλια και περάστε από την πόρτα στο τέλος του διαδρόμου. Στη συνέχεια κατεβαίνετε έναν άλλο μακρύ διάδρομο - προσπερνώντας έναν ή δύο σκελετούς πρώην μαθητών που είχαν χαθεί και χάθηκε καθώς περιπλανιόταν πάνω-κάτω στα ατελείωτα περάσματα - πριν τελικά βγείτε στο κάτω μέρος μιας ακόμη μακράς σκάλας και, όχι περισσότερο από δύο γωνίες πιο κάτω, για να φτάσετε στα γραφεία του εν λόγω κυρίου Bream.

Ο κ. Μπριμ ήταν ένας κοντός, τσαλακωμένος άντρας, που είχε γίνει προ πολλού λίπος, ο οποίος προφανώς αποφάσισε ότι το χτενιστό λουκ του Μπόμπι Τσάλτον - επτά ή οκτώ τούφες μαλλιών που ήταν προσεκτικά κολλημένες πάνω σε ένα πετσί με κηλίδες συκωτιού - σε συνδυασμό με ένα πολυεστερικό κοστούμι σε γυαλιστερό βασιλικό μπλε, ένα τσαλακωμένο καρό πουκάμισο και μια γραβάτα με λεκέδες από αβγά, θα έκαναν δεκάδες νεανικές φοιτήτριες που έψαχναν απεγνωσμένα για κατάλυμα να του τρέχουν τα σάλια. Η απλή Φέη, η οποία επίσης βρήκε το κατάλυμά της μέσω του Μπριμ, είπε ότι έκανε τη σάρκα της να ανατριχιάζει καθώς κοίταζε και ρουφούσε μια λιπαρή λευκή γλώσσα στα χείλη του και έλεγε: "Πολλά φοιτητικά πάρτι και όργια, ε, Φέη; Θα με καλέσεις, έτσι δεν είναι, κορίτσι μου; 'Ειδικά αφού έχω φροντίσει να σου βρω κάτι κατάλληλο', ενώ έσκυψε πάνω από το γραφείο του για να δει τα πόδια της.

Γαμώτο, έκανε τη σάρκα μου να ανατριχιάζει, πόσο μάλλον της Plain Φέη.

Η ποντικότρυπα του γραφείου του Μπρέιμ μύριζε μπαγιάτικο ιδρώτα και καπνό και είχα αρχίσει να εύχομαι να είχα προσπαθήσει να βρω κάπου από τις μικρές αγγελίες στην εφημερίδα *Δυτικό Γκαρσάιντ Chronicle*, καθώς ο Μπρέιμ έκανε μια μεγάλη επίδειξη σηκώνοντάς τον από το γραφείο του, περνώντας στο κακοποιημένο ντουλάπι αρχειοθέτησης και ξεφυλλίζοντας τους φακέλους- ακόμη και από την άλλη πλευρά του γραφείου μπορούσα να δω ότι το συρτάρι είχε μόνο καμιά δεκαριά φακέλους, τους οποίους ξεφύλλιζε τον έναν μετά τον άλλον και μετά επέστρεφε πάλι στον πρώτο, σαν να έψαχνε για εκείνο το ένα ειδικό ακίνητο που θα ταίριαζε ιδανικά μόνο σε μένα.

Πίσω στο γραφείο του - ανακάτεψε μερικά χαρτιά - πίσω στο ντουλάπι αρχειοθέτησης, γλύφοντας τα κίτρινα δόντια του καθώς ξεφύλλιζε τα ίδια αρχεία για πέμπτη φορά. Αυτή τη φορά, όντως έβγαλε έναν φάκελο, τον άφησε στο γραφείο του και ξανακάθισε στην καρέκλα του με ένα γερό, χορταστικό χτύπημα. Η καημένη η καρέκλα έτριζε από τη δίκαιη αγανάκτηση. Ο Μπρέιμ, παρατήρησα, είχε μια λεπτή, πυκνή, ασημένια τρίχα που φύτρωνε από το κάτω μέρος του λοβού του δεξιού του αυτιού, σαν να φορούσε σκουλαρίκι από γυαλισμένο ασημένιο σύρμα. Με δυσκολία αντιστάθηκα στον πειρασμό να φτάσω απέναντι και να τις βγάλω, μόνο και μόνο για να τον δω να ανατριχιάζει.

Σαν να επρόκειτο να διαβάσει τη Βίβλο στην πρωινή κυριακάτικη λειτουργία, ο Μπρέιμ άνοιξε ευλαβικά τον μπλε χαρτόνινο φάκελό του και σάρωσε το μοναδικό φύλλο χαρτιού που ήταν το μόνο που περιείχε ο φάκελος.

"Ναι, εκεί το έχουμε, γιε μου, το ίδιο το θηρίο. Οδός Βέρνον 66, πολύ ωραίο κατάλυμα, ακόμα κι αν το λέω εγώ ο ίδιος. Έχω δει δεκάδες φοιτητικές εστίες στην εποχή μου, παλικάρι μου, μπορώ να σου πω, αλλά αυτή είναι μια από τις καλύτερες. Αν όχι το καλύτερο. Το φυλάω για κάποιον που θα το εκτιμήσει. Ο κύριος Κλερς, ο ιδιοκτήτης, είναι στα βιβλία μας εδώ και χρόνια. Μένει μόνο δίπλα, δεν έχει 68, όποιο παράπονο, πρόβλημα, οτιδήποτε, θα το λύσει στο λεπτό.

"Σωστά λογικά ποσοστά και όλα αυτά, παλικάρι μου, θα του τηλεφωνήσω αμέσως και θα του πω ότι είσαι καθ' οδόν για να το κοιτάξεις. Θα θέλει το ενοίκιο του τριμήνου του προκαταβολικά, φυσικά. Μόλις πληρωθεί η επιταγή σου, μικρέ, μπορείς να τον πληρώσεις και να μετακομίσεις. Πολύ διακριτικός, επίσης, είναι ο κύριος Κλερς...", είπε ο Μπριμ, χτυπώντας το δάχτυλο του στο πλάι της μύτης του με ένα δάχτυλο γεμάτο νικοτίνη, "αν καταλαβαίνεις τι εννοώ. Πάρτι, κορίτσια, ξέρετε; Θα κάνει τα στραβά μάτια, αλλά εσύ απλά κλείσε μου το μάτι, μικρέ, και θα έρθω να σου κάνω παρέα. Θα δείξω σε αυτά τα κολεγιόπαιδα ένα-δυο πράγματα, μπορώ να σου πω. Έχει ακόμα ζωή ο γερο-σκύλος, ξέρεις, γιε μου.

"Αν με ξαναπείς «γιε μου» για άλλη μια φορά, το ερώτημα αν σου έχει απομείνει καθόλου ζωή μέσα σου θα μπορούσε να συζητηθεί".

"Όλα καλά, όλα καλά, δεν υπάρχει λόγος να γίνεσαι βρώμικος, κάνω απλώς ό,τι μπορώ για να σε φτιάξω, δεν χρειάζεται όλη αυτή η επιθετικότητα".

Σημείωσα τις λεπτομέρειες. Το ενοίκιο φαινόταν λογικό, και παρόλο που θα έπρεπε να φροντίζω για το φαγητό μου, υπολόγιζα ότι θα μπορούσα να τα βγάλω πέρα με την προϋπόθεση ότι θα έτρωγα το πολύ μία φορά το δεκαπενθήμερο. Εξάλλου, δεν είχα πολλές επιλογές.

Επιστρέφοντας από το γραφείο διαμονής, συνάντησα τον Στάνλει Μπερνστάιν.

Έτσι κατέληξα να μοιράζομαι το Νο 66 της οδού Βέρνον, κοινώς γνωστό ως Vermin House, με άλλους πέντε δραπέτες είτε από το Άρνολντ Ντάρκιν , είτε από άλλα φρικιαστικά διαμερίσματα, όπως της κας Γκρίνμπαουμ.

Η Vernon Road ήταν μια σύντομη διαδρομή με το λεωφορείο από το Πανεπιστήμιο, κατάλληλα με το λεωφορείο Νο 66. Η Nettles, η παμπ στη γωνία της Vernon Road και της Sideways Down (δεν σας κάνω πλάκα) είναι το ορόσημό σας- η στάση του λεωφορείου είναι πενήντα μέτρα περίπου μετά. Γιατί η παμπ ονομάζεται The Nettles κανείς δεν ξέρει, αλλά άκουσα να υποστηρίζεται ότι οφείλεται στο γεγονός ότι το καλύτερο bitter είχε γεύση σαν να είχε παρασκευαστεί από αυτές.

Κατεβείτε από το λεωφορείο, γυρίστε πίσω προς το Nettles και λίγο πριν φτάσετε στο Sideways Down, ο αριθμός 66 βρίσκεται στην αριστερή σας πλευρά, ο δεύτερος από το τέλος πριν φτάσετε στο Sideways Down. Ο αριθμός 68, το σπίτι του κ. Κλιαρς, του ιδιοκτήτη, βρίσκεται στη γωνία.

Είναι ένα από μια μακρά σειρά από σπίτια σε σειρά, χτισμένα από τούβλα που κάποτε μπορεί να ήταν κόκκινα, αλλά τώρα ήταν τόσο καλυμμένα με βρωμιά από τη συνεχή κυκλοφορία, τη ρύπανση, την αιθάλη από τον καπνό του άνθρακα εκατόν πενήντα ετών, πριν από τον νόμο περί καθαρού αέρα (καθαρός αέρας στο Δυτικό Γκαρσάιντ;) και τη γενική παραμέληση και μη συντήρηση, που κάθε υποψία του αρχικού χρώματος είναι μάλλον απατηλή.

Το μπροστινό δωμάτιο του ισογείου έχει ένα τοξωτό παράθυρο που βλέπει σε μια έκταση δύο επί τρία μέτρα με συμπιεσμένα χόρτα, η οποία περιβάλλεται από έναν χαμηλό πέτρινο τοίχο, που ολοκληρώνεται με μια σειρά κοντών, αγκαθωτών σιδερένιων κιγκλιδωμάτων.

Η μπροστινή πόρτα βρίσκεται στα αριστερά του παραθύρου. Δύο βαμμένοι μεταλλικοί αριθμοί είναι βιδωμένοι στο πράσινο βαμμένο ξύλο της πόρτας. Ωστόσο, μία από τις βίδες στο δεξί σύμβολο - το εξάρι του 66 - έχει πέσει, με αποτέλεσμα το 6 να έχει περιστραφεί κατά 90 μοίρες και να μοιάζει με 9. Αριθμός 69. Ο κανονικός ταχυδρόμος ήξερε τον σωστό αριθμό, φυσικά, όπως και ο εφημεριδοπώλης που παρέδιδε τους Beerstain's *Times* και τον Γκόμπο's *Daily Worker*. Αλλά περιστασιακά ένας βοηθητικός ταχυδρόμος μπερδευόταν, και έτσι μάθαμε ότι ο κύριος Τζ. Ρίπερ στον αριθμό 69 ασχολούνταν με το γκέι πορνό μέσω ταχυδρομείου.

Ο Γκόμπο ήταν αυτός που άνοιξε το πακέτο - κατά λάθος, είπε, αλλά κανείς δεν τον πίστεψε. Πιθανότατα το θεώρησε ως πράξη αναρχίας- ο Γκόμπο ήταν πολύ μεγάλος υποστηρικτής της αναρχίας και του ταξικού πολέμου.

"Ε, ο Λουκ, ο βρωμερός, δεν είναι 69 χρονών και παραγγέλνει αυτά τα πράγματα μέσω ταχυδρομείου! είπε ο Γκόμπο στο δείπνο, δείχνοντας ένα πορτοφόλι με φωτογραφίες που έδειχναν γυμνούς άνδρες να επιδίδονται σε διάφορες ομοφυλοφιλικές πράξεις. "Πώς σου φάνηκε αυτή εδώ, ε, Σλάνι, με το μεγάλο ψαλίδι;" Της έσπρωξε στο πρόσωπο μια φωτογραφία ενός μυώδους body builder που ετοιμαζόταν να διεισδύσει σε έναν νεαρό που ήταν σκυμμένος μπροστά του.

Η Σλάνι, με μια πιρουνιά στιφάδο σχεδόν στο στόμα της, έριξε το πιρούνι στο πιάτο της και κοίταξε τον Γκόμπο. Χριστέ μου, Γκόμπο, αυτό είναι τόσο αηδιαστικό. Το ίδιο κι εσύ, και τέλος πάντων, τι δουλειά έχεις να ανοίγεις την αλληλογραφία των άλλων;

"Είναι μόνο ανώμαλα πράγματα, Σλάνι. Δεν θα έπρεπε να επιτρέπεται.

Αηδιασμένη, τόσο με τον άγνωστο κ. Αντεροβγάλτη όσο και με τον Γκόμπο, του άρπαξε τις φωτογραφίες, καθώς μικρές φλόγες αγανακτισμένου χρώματος σέρνονταν στο πίσω μέρος του λαιμού της. 'Ε, δώσ' τες πίσω', διαμαρτυρήθηκε, 'μπορώ να τους πουλήσω τους μαλάκες κάτω στους Ουσάρους'. (Η γκέι παμπ του Δυτικό Γκαρσάιντ, που βρισκόταν στη γωνία της Mulberry Street, ονομαζόταν, καταλλήλως, Gay Hussars).

"Δεν θα κάνεις κάτι τέτοιο, Γκόμπο. Δεν μπορείς να γυρνάς και να ανοίγεις την αλληλογραφία των άλλων, θα πας φυλακή, οπότε θα πας. Αυτό είναι το Βασιλικό Ταχυδρομείο, είναι κάτι σαν προδοσία να πειράζεις τα γράμματα άλλων ανθρώπων, ακόμα κι αν είναι άθλια βρωμιά όπως αυτό. Θα τα κάψω όλα και θα βάλω κάτι αξιοπρεπές μέσα και θα τα περάσω από το γραμματοκιβώτιο και κανείς δεν θα καταλάβει τίποτα. Θα νομίζει ότι τον κορόιδεψαν ή τον εξαπάτησαν και δεν θα τολμήσει να διαμαρτυρηθεί".

Ούτε καν καταδέχτηκε να κοιτάξει τις φωτογραφίες, κρατώντας τες με την όψη προς τα κάτω, ο Σλάνι έβαλε ένα σπίρτο πάνω από τη σχεδόν άδεια κατσαρόλα με το στιφάδο που τρώγαμε, με τον καυστικό καπνό του καμένου φωτογραφικού χαρτιού να πιάνει το λαιμό μας.

"Περιμένετε", διαμαρτυρήθηκε ο Γκόμπο, αποφασισμένος να κερδίσει λίγο χαμένο έδαφος, "έχει μείνει ακόμα λίγο στιφάδο. Το ήθελα αυτό".

"Σκληρό", είπε, συνεχίζοντας να καίει τις φωτογραφίες, ρίχνοντάς τες στο τηγάνι μόνο όταν είχαν αποτεφρωθεί εντελώς, καίγοντας τις άκρες των δαχτύλων της καθώς το έκανε.

Ο Γκόμπο, προσποιούμενος τον θυμό, σηκώθηκε

από το τραπέζι και βγήκε έξω. Δεν υπάρχει αμφιβολία ότι είχε να πάει κάπου σε μια συγκέντρωση διαμαρτυρίας- ο Γκόμπο ήταν πολύ μεγάλος στις συγκεντρώσεις διαμαρτυρίας.

Η Σλάνι ξανασυσκευάσθηκε στο φάκελο με μερικά θρησκευτικά φυλλάδια που επίσης είχαν περάσει από την πόρτα και πρόσθεσε μερικές φωτογραφίες αγελάδων και προβάτων που η Plain Φέη είχε κόψει από ένα περιοδικό ως μέρος ενός κολάζ που έφτιαχνε για μια καλλιτεχνική εργασία και στη συνέχεια τον παρέδωσε η ίδια στον αριθμό 69. Ποιος ξέρει, ίσως ο κ. Αντεροβγάλτης να ερεθίστηκε από τις φωτογραφίες των προβάτων;

Όλα αυτά είναι μια ακόμη παρεκτροπή.

Είχαμε φτάσει μέχρι την μπροστινή πόρτα όταν μας παρέσυραν προς στιγμήν οι αποκαλύψεις για τις σεξουαλικές προτιμήσεις του κ. Αντεροβγάλτη. Συναντηθήκατε επίσης για λίγο με τον Γκόμπο και τον Σλάνι, αλλά θα σας κάνω μια σωστή εισαγωγή σύντομα. Προς το παρόν, ας μπούμε στο σπίτι.

Η μπροστινή πόρτα τρίζει λίγο καθώς την ανοίγετε- ο κύριος Κλερς δεν πρόλαβε ποτέ να λαδώσει τους μεντεσέδες, όσες φορές κι αν το υποσχέθηκε. Ο διάδρομος είναι μακρύς και βρώμικος- ακόμη και με το φως της ημέρας, φαίνεται σκοτεινός και μουντός, ποτέ δεν έχει αρκετό φως. (Ο κ. Κλερς χρησιμοποιούσε μόνο μια λάμπα 40 Watt στο φωτιστικό οροφής και κανείς μας δεν θα έβαζε ποτέ το χέρι στην τσέπη για να αγοράσει λαμπτήρες με μεγαλύτερη φωτεινότητα από τις επιχορηγήσεις μας).

Οι σκάλες είναι μπροστά σας, αλλά δεν ανεβαίνουμε ακόμη επάνω. Υπάρχει ένα τραπέζι κονσόλας με αραχνοΰφαντα πόδια, τα πόδια πάντα χαλαρά και ασταθή, το τραπέζι πάντα στα πρόθυρα της κατάρρευσης. Όποιος σηκώνεται πρώτος το πρωί, ή όποιος επιστρέφει πρώτος το μεσημέρι, αν έχουμε πάει όλοι στο κολέγιο πριν φτάσει το ταχυδρομείο, παίρνει την αλληλογραφία μας και την τοποθετεί στο τραπέζι, και μερικές φορές εκεί καταλήγει και αλληλογραφία που δεν είναι καν δική μας.

Η ταπετσαρία κατά μήκος του διαδρόμου, από το σοβατεπί μέχρι το νταμάρι, είναι ένα βαρύ, δομημένο χαρτί, με ανάγλυφο fleur de lys, το οποίο έχει βαφτεί με σκούρο καφέ σοκολατί γυαλιστερό χρώμα. Πάνω από το ντάντο υπήρχε, και πιθανότατα εξακολουθεί να υπάρχει, ένα κρεμ χαρτί που έχει από καιρό μαυρίσει από τον καπνό του τσιγάρου, το λίπος, τα σημάδια των χεριών και τη γενική παραμέληση.

Το δωμάτιο στα δεξιά σας, το μπροστινό δωμάτιο με την τοξωτή πρόσοψη, ήταν το καθιστικό μας, συνήθως σε κατάσταση απόλυτης αταξίας. Ένα από τα κορίτσια, συνήθως η Σλάνι, προσπαθούσε να το τακτοποιήσει, αλλά οι προσπάθειές της συνήθως διαρκούσαν μόνο δέκα λεπτά - αν και, αφού το είπα αυτό, ο Μπερνστάιν ήταν καθαρός και τακτοποιημένος και μας έκανε παρατήρηση να προσπαθήσουμε να το διατηρήσουμε λιγότερο σαν να είχε μόλις περάσει ένα κοπάδι από νεροβούβαλους που τρέχουν. Ο Γκόμπο συνήθως του έλεγε να πάει να γαμηθεί και στη συνέχεια πετούσε ένα άδειο κουτάκι μπύρας στη γωνία για να καταλάβει την άποψή του.

Μια νοικιασμένη τηλεόραση βρισκόταν πάνω σε ένα χαμηλό τραπέζι στη γωνία, με μια εσωτερική κεραία να είναι σκαρφαλωμένη πάνω της σαν εξωγήινη αράχνη που περιμένει να ορμήσει. Στον Μπερνστάιν άρεσε να βλέπει άγνωστες γαλλικές και ιταλικές ταινίες στο BBC 2, αλλά οι υπόλοιποι, εκτός από ότα κορίτσια, θέλαμε να βλέπουμε μόνο αθλητικά. Στα κορίτσια άρεσαν οι εκπομπές κουίζ και τα δράματα με κοστούμια, με αποτέλεσμα κανείς μας να μην μπορεί να συμφωνήσει ποτέ σε ποιο κανάλι να βάλει και έτσι, συχνά, ακούγαμε μουσική.

(Για τους νεότερους από εσάς, και θα δυσκολευτείτε να το πιστέψετε, εκείνη την εποχή υπήρχαν μόνο τρία τηλεοπτικά κανάλια, το BBC1 και 2 και το ITV, και ήταν ασπρόμαυρα, καθώς το χρώμα δεν είχε ακόμη εφευρεθεί).

Ένας κακοφορμισμένος τριθέσιος καναπές στεκόταν στον μακρινό τοίχο, με τα ελατήρια και τα γεμίσματα να έχουν προ πολλού εγκαταλείψει το φάντασμα, έτσι ώστε όλοι οι επιβάτες να γλιστρούν πάντα προς το κέντρο. Ένας άλλος διθέσιος καναπές ήταν τοποθετημένος απέναντι από το παράθυρο της πλώρης, ενώ μια κακοφορμισμένη καφέ δερμάτινη πολυθρόνα καταλάμβανε την άλλη γωνία. Με την προϋπόθεση ότι ήμασταν όλοι άνετοι μεταξύ μας, οι έξι μας μπορούσαμε να καθίσουμε εκεί. Αλλά επειδή η προσωπική υγιεινή του Γκόμπο ήταν αυτή που ήταν, κανείς δεν ήθελε να τον βολέψει και έτσι καθόταν συνήθως στην πολυθρόνα.

Μια μέρα, ο Σλάνι κατέβηκε στο κατάστημα μεταχειρισμένων επίπλων στην Lamb-bone Lane, πίσω από το κανάλι, και αγόρασε δύο μεγάλες σακούλες φασολιών και τις μετέφερε στο σπίτι με το λεωφορείο, μία κάτω από το χέρι του, σαν φωτεινά μπλε γουρούνια. Ο Μαξ Μπίρστεϊν καθόταν συνήθως στον ένα και ο Σλάνεϊ στον άλλο. Τότε ο Γκόμπο οικειοποιήθηκε τον τριθέσιο καναπέ, απλώνοντας τον εαυτό του σαν τη μακριά λωρίδα αχρηστίας που ήταν, αφήνοντας τη Φέι και τη Τζέιν στον άλλο καναπέ και εμένα στην πολυθρόνα. Όχι ότι υπήρχαν πολλές φορές που βρισκόμασταν όλοι μαζί στο Vermin House την ίδια στιγμή.

Ένα παλιό, ταλαιπωρημένο, πολύ βαρύ μπουφέ από μαόνι με πόδια από λιοντάρια συμπλήρωνε το σύνολο των επίπλων. Μια φτηνή κορνίζα με τα ηλιοτρόπια του Βαν Γκογκ είχε κάποτε κρεμαστεί πάνω από τον μπουφέ, αλλά σύντομα την κατεβάσαμε και κρεμάσαμε μερικούς από τους πίνακες της Φαίης. Ήταν και πολύ καλοί, έβαζαν τον Βαν Γκογκ σε δύσκολη θέση.

Μια καμάρα στα αριστερά οδηγεί στην τραπεζαρία της κουζίνας και πιστέψτε με, πραγματικά δεν θέλετε να μπείτε εκεί μέσα, αλλά αν επιμείνετε....

Ρίξτε μια ματιά στο παλιό ψυγείο. Στην πόρτα είναι κολλημένοι σελοτέιπ κατάλογοι και λίστες, όλα προετοιμασμένα από τον Σλάνεϊ.

Δευτέρα - Ψώνια Max και Φέηε. Καθαρισμός Jane και Γκόμπο. Μαγείρεμα Bill και Σλάνι. Πλύσιμο Μαξ και Τζέιν.

Τρίτη - Ψώνια Jane και Γκόμπο, Καθαρισμός Bill και Σλάνι. Μαγείρεμα Max και Φέηε. Πλύσιμο - Jane και Γκόμπο.

Και ούτω καθεξής κατά τη διάρκεια της εβδομάδας. Κανείς δεν έδωσε την παραμικρή σημασία. Ο Γκόμπο έλειπε πάντα αισθητά κάθε φορά που ήταν η σειρά του να ψωνίσει. Ή να καθαρίσει. Ή να μαγειρέψει. Και ειδικά στο πλύσιμο. Όχι ότι τον πείραζε να τρώει αν κάποιος άλλος μαγείρευε. Διαφορετικά, πήγαινε μόνος του στο τσιπουράδικο και δεν έμπαινε στον κόπο να φέρει φαγητό για κανέναν άλλον. Στις σπάνιες περιπτώσεις που αναγκαζόταν να μαγειρέψει, παγίως έφτιαχνε πατατάκια, προς μεγάλη αηδία του Σλάνι, ο οποίος προσπαθούσε να χάσει βάρος. Σε περίπτωση που σας ενδιαφέρει, η σπεσιαλιτέ μου ήταν *boeuf bourguinon avec champignons* - μοσχάρι και μανιτάρια στιφάδο για εσάς και για μένα.

Έτσι, δεν θα ρίξουμε στην κουζίνα παρά μόνο μια πρόχειρη ματιά, θα παρατηρήσουμε το σωρό από βρώμικα πιάτα στο νεροχύτη και θα προχωρήσουμε. Μια πίσω πόρτα οδηγεί σε μια κοινόχρηστη αυλή που μοιράζονται οκτώ από τα σπίτια, η οποία εισέρχεται από ένα πέρασμα μεταξύ των σπιτιών 64 και 62.

Πίσω στο σπίτι και πάλι, πέρα από την κουζίνα, στο διάδρομο για άλλη μια φορά και στη σκάλα. Να είστε προσεκτικοί στις σκάλες, το χαλί της σκάλας είναι παλιό και φθαρμένο, ειδικά στο έκτο σκαλοπάτι από το μισό κεφαλόσκαλο. Εδώ, ο υπνόσακος έχει φθαρεί μέχρι την πλάτη από γιούτα και είναι εύκολο να πιαστεί η φτέρνα σας στην τρύπα που μεγαλώνει. (Τα παράπονα στον κ. Κλιαρ, τον ιδιοκτήτη, ήταν πάντα μάταια. "Σαν καινούργιο", έλεγε. 'Μόνο ένα ή δύο χρόνια έχει μείνει, έχει ακόμα αρκετή φθορά, μην ενοχλείστε').

Στο μισό σκαλοπάτι θα βρείτε το μπάνιο - η πόρτα είναι μισογκρεμισμένη με παγωμένο τζάμι (και σε περισσότερες από μία περιπτώσεις τα κορίτσια έχουν πιάσει τον Γκόμπο να προσπαθεί να κρυφοκοιτάξει όταν κάποια από αυτές κάνει μπάνιο - ή ίσως απλά προσπαθούσε να παρατηρήσει πώς χρησιμοποιείται στην πραγματικότητα ένα μπάνιο, καθώς η γνωριμία του με το μπάνιο φαίνεται περιορισμένη).

Το μπάνιο δεν είναι στην πραγματικότητα πολύ φτωχό, καθώς αποτελεί πρόσφατη προσθήκη, καθώς το Vermin House δεν διέθετε αρχικά τέτοιες ανέσεις. Υπάρχει μια μπανιέρα με σμάλτο που καθαρίζεται αρκετά τακτικά από τη Φέηε και τον Σλάνι, ένας τυπικός νιπτήρας και μια τουαλέτα - λίγο λεκιασμένη και πολύ δύσοσμη αφού έχει μπει ο Γκόμπο, αλλά όχι τόσο άσχημα. Μια σημαία με ρούχα της Ημέρας του Ιωβηλαίου είναι μόνιμα κρεμασμένη στην πτυσσόμενη απλώστρα πάνω από το μπάνιο - σουτιέν, εσώρουχα, παντελόνια, κάλτσες, μπλουζάκια (αλλά σπάνια κάτι από τον Γκόμπο, του οποίου η φιλοσοφία για το πλύσιμο των ρούχων, ειδικά των κάλτσες, είναι "γιατί να ασχοληθώ, θα λερωθούν πάλι").

Συνεχίζοντας το γύρο από το μπάνιο, φτάνουμε στο κεφαλόσκαλο του πρώτου ορόφου. Υπάρχουν τρία υπνοδωμάτια σε αυτό το επίπεδο. Το Vermin House είναι στην πραγματικότητα πολύ μεγαλύτερο και πιο ευρύχωρο στο εσωτερικό του απ' ό,τι φαίνεται εξωτερικά. Τα δύο υπνοδωμάτια στο πίσω μέρος καταλαμβάνονται από τον Max Beerstain και εμένα, ενώ η σκατότρυπα στο μπροστινό μέρος είναι του Γκόμπο. Αν πρέπει να μπείτε στο δωμάτιο του Γκόμπο, φροντίστε να κλείσετε την πόρτα πίσω σας, αλλιώς οι κάλτσες του θα προσπαθήσουν να αποδράσουν ξανά. Το δωμάτιο του Γκόμπο είναι το μεγαλύτερο και καλύτερο του σπιτιού - η κύρια κρεβατοκάμαρα - αλλά αφού ήταν πρώτος εδώ, υποθέτω ότι δικαιούται να διαλέξει.

Ανεβείτε τις σκάλες στο δεύτερο επίπεδο και θα βρείτε το δωμάτιο του Σλάνι στο μπροστινό μέρος, δηλαδή ακριβώς πάνω από τον Γκόμπο, ενώ η Plain Φέηε και η Jane έχουν τα δύο πίσω δωμάτια - όχι ότι η Jane είναι ποτέ πολύ εκεί. Αυτά τα δωμάτια βρίσκονται στο χώρο της οροφής- έχουν λιγότερο χώρο για κεφάλι και μερικώς κεκλιμένα ταβάνια και τα παράθυρα είναι δίρριχτα, αλλά τα κορίτσια τα κάνουν άνετα.

Οπότε, ορίστε, η ξενάγηση - τσάι με κρέμα και γλυκά είναι τώρα διαθέσιμα στο σαλόνι και μην ξεχάσετε να βγείτε από το κατάστημα δώρων για αυτό το ξεχωριστό αναμνηστικό - ίσως μια από τις κάλτσες του Γκόμπο;

Ίσως σας πω τι συνέβη μετά.

Αλλά πιθανότατα όχι.

ΜΙΑ ΠΡΆΞΗ ΑΝΑΤΡΟΠΉΣ

Εσύ εκεί! Έλα εδώ μέσα, κάτσε εκεί και μη μιλάς".

"Αλλά δεν καταλαβαίνω, γιατί, γιατί με έφεραν εδώ;

"Είπα, κάτσε εκεί και μη μιλάς".

"Αλλά τι... γιατί; Γιατί;

"Είσαι βαρήκοος ή απλά ηλίθιος; Κάτσε κάτω και μην πεις λέξη μέχρι να σου μιλήσουν".

"Αλλά...;

"Είπα κάτσε- ακόμη και ο πιο ηλίθιος σκύλος το καταλαβαίνει αυτό. Κάτσε κάτω.

"Εντάξει, θα καθίσω, αλλά παρακαλώ πείτε μου ποιος είστε και γιατί βρίσκομαι εδώ;

"Είμαι ο Αρχιφύλακας Πεινστάκιν του Κρατικού Γραφείου Ερευνών Ποινικών Διαδικασιών και πρόκειται να ερευνήσω τα εγκλήματά σας, φυσικά, γι' αυτό".

"Η SBICP, η μυστική αστυνομία;

"Το Κρατικό Γραφείο δεν είναι μυστικό, δεν έχουμε μυστικά, μας αφορά η μυστική ανατρεπτική συμπεριφορά των άλλων. '

"Λυπάμαι, λοχία Πεινστάκιν, αλλά δεν ξέρω τι σημαίνει ο τίτλος σας, ΟΤ. Κάτι σημαντικό, είμαι σίγουρος.

'ΟΤ? Είμαι επίσημος βασανιστής, φυσικά,

Έπίσημος βασανιστής; Ω, Θεέ μου! Βασανιστήρια; Όχι!

"Ναι, είναι μια απαραίτητη διαδικασία για τη διερεύνηση εγκλημάτων. Μην ανησυχείτε, τα σημάδια και τα σημάδια σπάνια είναι μόνιμα, αλλά τα βασανιστήρια είναι απαραίτητα για τη σωστή διερεύνηση των εγκλημάτων. Εγκλήματα όπως το δικό σας".

Έγκλήματα; Ποια εγκλήματα;

"Αυτό είναι που είμαστε εδώ για να ερευνήσουμε, έτσι δεν είναι; Εγκλήματα όπως η ανατροπή.

"Ποια ανατροπή; Ποτέ δεν υπήρξα ανατρεπτικός. Ποτέ.

"Η δυσφήμιση του κράτους είναι σοβαρό έγκλημα, πολύ σοβαρό".

"Αλλά δεν το έκανα. Εγώ... δεν... δεν κακολογώ το κράτος, ποτέ".

"Έτσι λες.

"Ναι, βεβαίως.

"Θα το δούμε. Τώρα! Το όνομά σου! Πες μου το όνομά σου!

"Αν υποτίθεται ότι με ερευνάτε, ξέρετε ήδη το όνομά μου, έτσι δεν είναι;

"Η άρνηση να δώσετε το όνομά σας σε κρατικό λειτουργό αποτελεί σοβαρό έγκλημα. 'λλο ένα σοβαρό έγκλημα!'

"Δεν αρνούμαι, απλά εγώ... Εντάξει, το όνομά μου είναι Άλις Μονρό".

"Λες ψέματα! Λες ψέματα!

"Τι εννοείτε ότι λέω ψέματα; Φυσικά και με λένε Άλις Μονρό".

"Όχι, το όνομά σας είναι Σουζάνα Άλις Πάτρικς. Όχι Άλις Μονρό. Το να δίνεις ψεύτικο όνομα είναι αδίκημα".

"Γεννήθηκα Σουζάνα Άλις Πάτρικς, αλλά ποτέ δεν μου άρεσε το όνομα Σουζάνα και, από παιδί, ζητούσα από όλους να με φωνάζουν Άλις. Και το

Πάτρικς είναι το πατρικό μου όνομα, το οποίο άλλαξε σε Μονρό όταν παντρεύτηκα τον Πίτερ, τον Πίτερ Μονρό, τον σύζυγό μου".

"Ναι, ο Πίτερ Μονρό, είναι επίσης υπό έρευνα".

"Πήτερ! Για ποιο λόγο;

"Είναι ιδεολογικά ασταθής.

"Ιδεολογικά αβάσιμη; Τι στο καλό σημαίνει αυτό όταν είναι στο σπίτι;'

"Δεν ενστερνίζεται πλήρως την ιδεολογία του κράτους. Αυτό είναι ανατροπή".

"Ανατροπή;

"Απολύτως. Ανατροπή".

"Πώς μπορεί ο Πέτρος να είναι ανατρεπτικός; Δουλεύει για το κράτος".

"Η ανατροπή υπάρχει παντού, στα πιο απίθανα μέρη".

Είναι καθηγητής Αγγλικών. Πώς μπορεί αυτό να είναι ανατρεπτικό, για όνομα του Θεού;

"Με τη διδασκαλία στασιαστικών και ανατρεπτικών κειμένων".

"Αυτό είναι ανόητο. Τα μόνα κείμενα που επιτρέπεται να διδάξει είναι αυτά του εγκεκριμένου προγράμματος σπουδών: *Η Εξαίρετη Ζωή του Ένδοξου Ηγέτη, Μεγάλες Σκέψεις του Ένδοξου Ηγέτη, Περισσότερες Μεγάλες Σκέψεις του Ένδοξου Ηγέτη, Υπέροχες Σκέψεις που επιβεβαιώνουν τη ζωή του Ένδοξου Ηγέτη, Λεξικό του Ένδοξου Ηγέτη, Εύκολο Quilting και Κεντητική του Ένδοξου Ηγέτη* και *Πενταετές Σχέδιο του Ένδοξου Ηγέτη για την επίτευξη της Παγκόσμιας Κυριαρχίας*. Υπέροχα και αναζωογονητικά έργα όπως αυτά".

"Ωστόσο, είναι ο τρόπος με τον οποίο διδάσκει τόσο σπουδαία έργα- μπορεί να τα διδάξει με σαρκαστικό, ανατρεπτικό, αρνητικό τρόπο".

"Όχι, όχι από τον Πέτρο. Σίγουρα όχι. Είναι αφοσιωμένος δάσκαλος και ασπάζεται πλήρως τις σκέψεις του ένδοξου ηγέτη. Ένα από τα αγαπημένα του λόγια είναι "Το να διδάσκεις τους χωρικούς να διαβάζουν είναι σαν να διδάσκεις τα ψάρια να σκαρφαλώνουν στα βουνά", μια άσκοπη άσκηση και επομένως απαγορευμένη. Πραγματικά πιστεύει σε αυτό".

"Αλλά αφήνει τα μαλλιά του μακριά, έτσι δεν είναι; Είναι ακριβώς ο τύπος του, επαναστάτης, τσαπατσούλης και ασεβής".

"Όχι, όχι, έχει τα μαλλιά του κομμένα ακριβώς με τον ίδιο τρόπο όπως ο ένδοξος ηγέτης- είναι τόσο κολακευτικό και τον κάνει να φαίνεται τόσο όμορφος. Ακριβώς όπως ο ένδοξος ηγέτης. Και εσύ, φυσικά.

"Αξιέπαινη αφοσίωση, κρίμα που δεν είστε τόσο πιστός στο κράτος. Ο ένδοξος ηγέτης είπε επίσης, "ο σκόρος αναζητά το φως, όχι τη φώτιση, εγώ είμαι ο μόνος δρόμος για τη φώτιση". Κι εγώ αναζητώ τη διαφώτιση. Ακόμα δεν με διαφωτίσατε ότι είστε απόλυτα αφοσιωμένοι στο κράτος".

"Είμαι, είμαι. Πραγματικά είμαι.'

"Δεν πείθεις. Γιατί επικαλέστηκες το όνομα του Θεού, ο οποίος είναι φυσικά ανύπαρκτος; Γιατί δεν επικαλεστήκατε το όνομα του ένδοξου ηγέτη; Το να μην το κάνετε αυτό είναι ασέβεια και η άρνηση της μεγαλοπρέπειάς του είναι έγκλημα".

"Λυπάμαι, ήταν ένα απερίσκεπτο γλωσσικό ολίσθημα, δεν ήθελα να δείξω ασέβεια στον ένδοξο ηγέτη μας, μακάρι να λάμψει το ένδοξο φως του σε όλους μας.

"Υπάρχει έλλειψη πεποίθησης στις διαμαρτυρίες σας".

"Είμαι απλώς νευρικός, αυτό είναι όλο.

'Νευρικός; Γιατί είσαι νευρικός; Ένας αθώος άνθρωπος δεν θα ήταν νευρικός. Μόνο οι ένοχοι έχουν λόγους να είναι νευρικοί.

"Μπερδεμένος τότε, όχι νευρικός.

"Μπερδεύτηκες; Η σύγχυση δηλώνει αβεβαιότητα,

αβεβαιότητα ως προς τη δικαιοσύνη του κράτους και απόρριψη της ιδεολογίας".

"Όχι, όχι, το κράτος έχει πάντα δίκιο σε όλα".

"Αυτό είναι αλήθεια- το κράτος είναι απόλυτο, όπως και ο ένδοξος ηγέτης".

"Αυτά ακριβώς είναι τα αισθήματά μου, λοχία Πεινστάκιν".

Πόσο χρονών είσαι; Ποια είναι η ημερομηνία γέννησής σου;

'23 Somenda στο 54ο έτος της διακυβέρνησης του ένδοξου ηγέτη μας. Είμαι τριάντα επτά ετών.

"Πόσα παιδιά;

"Δεν έχουμε παιδιά... παρά...

Γιατί όχι; Γιατί δεν έχετε παιδιά; Είναι υποχρεωτικό για όλους τους γονείς να έχουν τουλάχιστον δύο παιδιά. Γιατί δεν υπακούσατε σε αυτή την επιτακτική κρατική ρύθμιση;

"Προσπαθήσαμε - ω, πόσο προσπαθήσαμε! Κάναμε όλες τις δυνατές θεραπείες, μας τρυπήσανε και μας τρυπήσανε, κάναμε σωρηδόν εξετάσεις αίματος... πιστέψτε με, δεν υπάρχει τίποτα που θα θέλαμε περισσότερο από το να κάνουμε παιδιά".

"Αυτό θα ελεγχθεί. Διεύθυνση! Δώστε μου τη διεύθυνσή σας.

"Τι;

"Η διεύθυνσή σας. Και όχι άλλα ψέματα".

"74, North I Street, στο 7th Glorious Leader District.

"Γιατί;

"Γιατί... τι;

"Γιατί 74 North Street;

"Επειδή... επειδή είναι ένα ωραίο σπίτι, ένα ωραίο σπίτι σε μια τιμή που μπορούμε να πληρώσουμε".

"Όχι! Είναι επειδή είναι κοντά σε στρατιωτικό ίδρυμα, έτσι δεν είναι;

"Ποιο στρατιωτικό ίδρυμα; Δεν υπάρχει κανένα στρατιωτικό ίδρυμα πουθενά κοντά.

"Πώς ξέρετε ότι δεν υπάρχει στρατιωτικό ίδρυμα,

αν δεν έχετε ψάξει γι' αυτό; Ψάξατε για μια στρατιωτική εγκατάσταση κοντά για να την κατασκοπεύσετε, έτσι δεν είναι; Η κατασκοπεία είναι σοβαρό αδίκημα.

"Όχι, όχι, τίποτα τέτοιο. Γιατί το λες αυτό;

"Αν δεν πήγες να ψάξεις για στρατιωτικά μυστικά, πώς ήξερες ότι δεν υπάρχουν, ε; Απάντησέ μου σε αυτό.

"Δεν μπορώ. Εννοώ, είναι τόσο παράξενο. Πώς μπορείς να αποδείξεις ένα αρνητικό; Ένα διπλό αρνητικό. Είναι τόσο διεστραμμένη λογική. Όποια απάντηση κι αν δώσω θα είναι λάθος, έτσι δεν είναι;

"Δηλαδή, λες σκόπιμα ψέματα, δίνοντάς μου λάθος απαντήσεις".

"Όχι, όχι, δεν είναι αυτό, αλλά δεν μπορώ να σας αποδείξω ότι δεν έψαχνα για σπίτι κοντά σε στρατιωτική εγκατάσταση. Ίσως επιλέξαμε το σπίτι ακριβώς επειδή δεν ήταν κοντά σε μια τέτοια εγκατάσταση, ώστε να αποφύγουμε το ενδεχόμενο κατηγοριών για κατασκοπεία".

"Τώρα παίζετε σημειολογία. Απάντησε στην ερώτηση και σταμάτα να υπεκφεύγεις. Η υπεκφυγή σε κρατικό υπάλληλο αποτελεί αδίκημα. Απαντήστε στην ερώτηση.

"Ποια ερώτηση; Δεν έκανες καμία ερώτηση. Απλά έκανες κάποιες αόριστες κατηγορίες. '

"Το κράτος δεν διατυπώνει κατηγορίες χωρίς αιτιολόγηση".

"Εγώ... το καταλαβαίνω αυτό, ότι το κράτος είναι αναπόφευκτα αλάθητο, αλλά... δεν ξέρω πώς να σας απαντήσω".

"Δώστε μου τα ονόματα των συνεργατών σας. Ποιοι είναι αυτοί; Ονόματα.

'Συνεργάτες; Συνεργάτες στη δουλειά; Είμαι ένας νεαρός λογιστής μερικής απασχόλησης. Προσθέτω στήλες με αριθμούς, τους δίνω σε έναν πιο ανώτερο λογιστή, ο οποίος προσθέτει και ελέγχει τον ίδιο κατάλογο και στη συνέχεια δίνει τον κατάλογο στον επόμενο στην ιεραρχία για να τον ξαναελέγξει. Δεν υπάρχουν και πολλά μυστικά που να συγκλονίζουν τον κόσμο, έτσι δεν είναι;

"Γίνεσαι αστεία. Δεν θα ανεχτώ την επιπολαιότητα.'

"Ναι... εννοώ όχι, λυπάμαι. Σε παρακαλώ, ποια ήταν η ερώτησή σου πάλι;

"Θέλω τα ονόματα των συνεργατών σας στην ανατροπή".

"Ανατροπή; Δεν έχω συνεργάτες στην ανατροπή, ειλικρινά, λοχία Πεινστάκιν".

"Λοιπόν! Δραστηριοποιείστε μόνοι σας, διαδίδοντας ανατροπή και αναστάτωση. Αν δεν έχεις συνεργάτες, πρέπει να λειτουργείς μόνος σου, έτσι δεν είναι;

"Ω, αυτό είναι τόσο παράξενο- είναι σαν κάτι από τον Κάφκα. Καφκικό".

"Κάφκα; Κάφκα; Ποιος είναι αυτός ο Κάφκα, ο συνεργάτης σου στην ανατροπή;

"Όχι, όχι, είναι συγγραφέας".

"Ένας συγγραφέας! Κάθε γραφή απαγορεύεται, κάθε ανάγνωση απαγορεύεται εκτός από τα έργα του ένδοξου ηγέτη, το ξέρετε αυτό. Η συναναστροφή με έναν συγγραφέα είναι εξέγερση.

"Ο Κάφκα είναι νεκρός, πώς μπορώ να συνδεθώ μαζί του;

"Τον σκότωσες για να αποφύγεις την ανακάλυψη, για να αποκρύψεις τις ανατρεπτικές σου δραστηριότητες μαζί του, έτσι δεν είναι;

"Όχι, ο Φραντς Κάφκα έχει πεθάνει εδώ και... δεν ξέρω - εξήντα, εβδομήντα, ίσως και εκατό χρόνια".

"Αλλά πρέπει να έχετε διαβάσει τα απαγορευμένα βιβλία του για να μπορείτε να πείτε ότι αυτή η νομικά κατοχυρωμένη ανάκριση μοιάζει με τον Κάφκα".

"Εγώ... διάβασα τα έργα του πολλά χρόνια πριν

από τη Μεγάλη Απαγόρευση. Πριν το Μεγάλο Κάψιμο των Βιβλίων.

"Αλλά τι εννοείτε όταν λέτε "όπως ο Κάφκα. Καφκάσκ";'

"Ο Κάφκα έγραψε μια ιστορία για έναν ανώνυμο άνδρα που συλλαμβάνεται και δικάζεται από μια απομακρυσμένη αρχή και ποτέ δεν του λέγεται ποιο είναι το υποτιθέμενο έγκλημά του, και ούτε ο αναγνώστης το μαθαίνει ποτέ. Έγραψε επίσης μια παράξενη ιστορία για έναν άνθρωπο που μεταμορφώνεται σε κατσαρίδα ή σε κάποιο άλλο τέτοιο αποτρόπαιο πλάσμα".

"Και πώς είναι αυτό σχετικό, καφκικό;

"Λοιπόν, με κάλεσαν εδώ, με κράτησαν εδώ και δεν ξέρω τι υποτίθεται ότι πρέπει να έχω κάνει. Ποια είναι τα υποτιθέμενα αδικήματά μου".

"Σας το είπα. Ανατρεπτικό, στασιαστικό και δυσφημιστικό για το κράτος. Σοβαρά, σοβαρά εγκλήματα.

"Αλλά αυτό είναι τόσο γενικό, γενικό, είναι σαν να λέει ένας γιατρός σε έναν ασθενή ότι είναι άρρωστος χωρίς να προσδιορίζει την ασθένεια".

"Δεν είναι δική σου δουλειά να ξέρεις, μόνο να παραδεχτείς την ενοχή σου".

"Ποια ενοχή; Αυτό πρέπει να είναι ένα είδος λάθους, ένα πολύ σοβαρό λάθος".

"Το κράτος είναι απόλυτο- το έχετε παραδεχτεί. Το κράτος δεν κάνει λάθη. Το να κατηγορείτε το κράτος, και κατ' επέκταση τον ένδοξο ηγέτη, για λάθος είναι σοβαρό και ποινικό αδίκημα. Μια πράξη ανατροπής. Σουζάνα Άλις Μονρό, συλλαμβάνεσαι.

ΜΟΝΑΧΟΓΙΟΣ

Και αυτή χήρα.
(Άγιος Λουκάς)

"Πρέπει να είσαι πολύ περήφανη για τον Ντένις σου", είπε η Εμμα Αρκράιτ, ζυγίζοντας τα κρεμμύδια. "Θέλω να πω, που πήγε στο Λονδίνο για να γίνει γιατρός και όλα αυτά. Ήταν αυτό που πάντα ήθελες για το παιδί, έτσι δεν είναι;

"Ήταν δική του απόφαση", απάντησε η Σούζαν Μπρόντμπεντ, μάλλον πιο αμυντικά απ' ό,τι ήθελε.

"Ω ναι, είμαι σίγουρος, χωρίς αμφιβολία, αλλά από τότε που ήταν μικρό βλαστάρι, του το έλεγες συνέχεια. "Ντένις", έλεγες, "όταν μεγαλώσεις, θα γίνεις γιατρός!" Και τώρα είναι, και γι' αυτό λέω ότι πρέπει να είσαι περήφανος γι' αυτόν.

"Μόλις ξεκίνησε το πρώτο έτος των ιατρικών σπουδών".

"Ναι, άρα θα λείψει για χρόνια ακόμα, τότε;

Ήταν μοναχογιός,

Η Σούζαν Μπρόντμπεντ ευχήθηκε η Έμμα Άρκραϊτ να το βουλώσει και να κοιτάξει τη δουλειά της. Εκτός από την πώληση ειδών διατροφής και εφημερίδων, το μαγαζί του Αρκράιτ ήταν επίσης το ανταλλακτήριο κουτσομπολιού του χωριού, με κάθε τοπικό κουτσομπολιό ή σκάνδαλο γυαλισμένο και γαρνιρισμένο με την ιδιαίτερη κακοήθη κακία της Εμμα Αρκράιτ. "Πάντα θυμάμαι εκείνη τη στιγμή στη γιορτή της εκκλησίας", συνέχισε η Έμμα. "Θυμάστε, όταν ο επίσκοπος Γουόρινγκ ήρθε να μοιράσει τα βραβεία; Πότε ήταν αυτό;

"Πραγματικά δεν μπορώ να θυμηθώ.

"Φυσικά και το κάνεις! Εν πάση περιπτώσει, όπως έλεγα, εκείνη τη φορά που ήρθε ο επίσκοπος Γουόρινγκ να δώσει τα βραβεία, αν και δεν πρόκειται ποτέ να μάθω πώς έδωσε το βραβείο στην τσούλα Μίλντρεντ Χόλντεν για το κεντητήρι, δεν θα το μάθω ποτέ. Τέλος πάντων, περπατούσε τριγύρω, έλεγε το ένα και το άλλο και σταμάτησε να κουβεντιάσει με σένα και τον Ντένις - η Έλεν Κάντλεϊ ήταν πολύ ζηλιάρα, το θυμάμαι - και ο Επίσκοπος, λέει στον Ντένις, "Και τι θα γίνεις όταν μεγαλώσεις, νεαρέ;" Δεν ήταν ούτε πέντε ούτε έξι χρονών, και πριν προλάβει να ανοίξει το στόμα του, του λες: "Θα γίνει γιατρός, έτσι δεν είναι, Ντένις;". Θα πρέπει να θυμάσαι, σίγουρα;

"Όχι, πραγματικά, δεν μπορώ να πω ότι ξέρω, κυρία Άρκραϊτ".

'Φυσικά και το ξέρεις. Γι' αυτό λέω ότι πρέπει να είσαι περήφανος γι' αυτόν. Κάνει ακριβώς αυτό που θέλεις. Θέλω να πω, μακάρι ο Μπράιαν μου να ήταν έτσι. Ήθελα να έρθει να δουλέψει για μένα στο μαγαζί, να με βοηθήσει, αλλά όχι, πήγε και βρήκε αυτή τη δουλειά στο Μάντσεστερ. Αλλά όταν ένα παιδί έχει λίγη σπίθα, δεν μπορείς να περιμένεις να κάνει ό,τι θέλει η μαμά του, έτσι δεν είναι; Χαμογέλασε καλοπροαίρετα, σαν να μη γνώριζε την κακοήθεια της παρατήρησής της.

Παρά τη θέλησή της, η Σούζαν κράτησε τη γλώσσα της.

"Αλλά έπρεπε να πάει στο Λονδίνο; Η Εμμα συνέχισε. "Εννοώ, θα πίστευες ότι θα πήγαινε κάπου στην περιοχή, έτσι δεν είναι, αφού είσαι χήρα και όλα αυτά; Νόμιζες ότι θα ήθελε να έρχεται σπίτι τα Σαββατοκύριακα, να σε βοηθάει στη φάρμα;

Όπως κάνει ο Μπράιαν σου; σκέφτηκε η Σούζαν, αλλά το κράτησε για τον εαυτό της. "Πήγε στο Λονδίνο επειδή είναι το καλύτερο που υπάρχει. Είχε μια προσφορά για το Λιντς, αλλά ήθελε το καλύτερο.

"Αλλά το Λονδίνο! αναφώνησε η Έμμα, σαν να ήταν η άγρια φύση της Εξωτερικής Μογγολίας και όχι τρεις ώρες μακριά με το τρένο. Ελπίζω να μην δολοφονηθεί εκεί, εννοώ, με όλες αυτές τις ληστείες και τους φόνους που ακούγονται. Τρομερή δολοφονία την περασμένη εβδομάδα, το είδες στις ειδήσεις; Μια νεαρή κοπέλα στραγγαλίστηκε και κόπηκε σε μικρά κομμάτια. Μικρά κομματάκια, μπορείτε να το φανταστείτε;" και η Έμμα ανατρίχιασε με προσποιητή φρίκη. "Κι όμως, έτσι είναι το Λονδίνο για σένα! Και τα ναρκωτικά! Οι μισοί φοιτητές στο Λονδίνο είναι ναρκομανείς, ξέρεις, το διάβασα στη *Sun*. Ελπίζω ο Ντένις σου να μην μπει σε λάθος παρέα και ξεφύγει όπως μερικοί άλλοι, τότε δεν θα γίνει ποτέ γιατρός, έτσι δεν είναι; Και όλα τα σπρωξίματά σου και οι προπηλακισμοί σου δεν θα καταλήξουν πουθενά", πρόσθεσε, ρίχνοντας το βιτριόλι σταγόνα με τη σταγόνα.

Το πρόσωπο της Σούζαν λύγισε και δάκρυα άρχισαν να τρέχουν στο πρόσωπό της, αν και προσπάθησε πολύ να τα συγκρατήσει και να στερήσει από την Έμμα την ευχαρίστηση να δει πόσο πληγωτικά ήταν τα λόγια της. Αλλά ακόμη και η Έμμα, που συνήθως δεν αντιλαμβανόταν με μεγάλη ευκολία την κακία που σκόρπιζε, δεν μπορούσε να μη δει την αγωνία της Σούζαν.

"Ω, όχι, μην το παίρνεις έτσι, είμαι σίγουρη ότι όλα θα πάνε καλά, απλά ανησυχούσα, αυτό είναι όλο, με όλα αυτά τα άσχημα νέα αυτές τις μέρες. Εγώ κατηγορώ την Κοινή Αγορά. Εννοώ, δεν είναι φυσικό, έτσι δεν είναι, να πρέπει να είσαι φίλος με Γερμανούς και Γάλλους; Τέλος πάντων, μην μου δίνετε σημασία, είμαι απλά μια γριά γυναίκα που παραμιλάει.

Η Σούζαν έφυγε βιαστικά, αλλά καθώς επέστρεφε προς το αγροτόσπιτο, τα λόγια της Έμμα αντηχούσαν στο μυαλό της. Είχε όντως ωθήσει τον Ντένις να σπουδάσει ιατρική για χάρη της και όχι για χάρη του; Ποτέ δεν είχε πει ότι δεν ήθελε να γίνει γιατρός, αλλά από την άλλη, ούτε είχε πει ότι ήθελε!

Ήταν πάντα ένα ήσυχο αγόρι, εσωστρεφές, που δεν επικοινωνούσε πολύ, ακόμα περισσότερο από τότε που πέθανε ο πατέρας του. Το τρακτέρ είχε αναποδογυρίσει στις απότομες πλαγιές των χαμηλότερων χωραφιών στο Manstone Bottom, συνθλίβοντάς τον σε πολτό. Τον βρήκε ο Ντένις. Το αγρόκτημα ήταν πάντα μια επιχείρηση με ελάχιστα χρήματα, ακόμα περισσότερο μετά το θάνατο του συζύγου της, και για να μπορέσει να ξεφύγει από το φαύλο κύκλο της φτώχειας και της ατελείωτης σκληρής δουλειάς είχε ενθαρρύνει - ναι, αυτή ήταν η λέξη, *ενθάρρυνε* - τον Ντένις να ασχοληθεί με την ιατρική. Ωστόσο, επρόκειτο να δει τον Ντένις σύντομα και θα μπορούσε να τον ρωτήσει γι' αυτό τότε, μόνο και μόνο για να ηρεμήσει το μυαλό της και να δώσει ψέματα στο ύπουλο δηλητήριο της κακόβουλης γλώσσας της Έμμα Άρκραϊτ.

Όλη την εβδομάδα, οι εκδικητικές λέξεις έμειναν μαζί της, πήξαν σαν χολή στο στομάχι της και χάρηκε όταν τελικά μπόρεσε να πάρει το λεωφορείο που πήγαινε δύο φορές την εβδομάδα στο Λιντς και να επιβιβαστεί στο τρένο του Λονδίνου και να ηρεμήσει για το ταξίδι.

Ο Ντένις φαινόταν χλωμός και τραβηγμένος καθώς έμπαινε στο δωμάτιο- η κατακόκκινη επιδερμίδα από τα χρόνια στη φάρμα φαινόταν να έχει εξαφανιστεί, σαν να τον είχαν ξεπλύνει με μια χλωμή πλύση. Η Σούζαν ήθελε να τον αγκαλιάσει, αν και ήξερε ότι δεν μπορούσε, όχι εδώ.

"Γεια σου, μαμά", ψιθύρισε, αρνούμενος να την κοιτάξει στο πρόσωπο.

Προσπάθησε να μιλήσει, αλλά τα πάντα πήγαν περίπατο και ξέσπασε σε δάκρυα που κρατούσε πολύ καιρό πίσω της. "Ντένις", ξεστόμισε τελικά. "Γιατί;

Εκείνος δεν φάνηκε να παρατηρεί την αγωνία της. "Εσύ φταις για όλα!" είπε, με τα λόγια του στείρα και άψυχα. 'Μου την πέφτεις συνέχεια... και μου λες ότι είσαι γιατρός. Ποτέ δεν σκέφτηκες τι ήθελα εγώ, αλλά πάντα τι ήθελες εσύ". Ήταν λες και χρόνια ανομολόγητης δυσαρέσκειας έβγαιναν από μέσα του, μια στάλα που διαρρέει σε έναν τοίχο φράγματος και γρήγορα γίνεται χείμαρρος.

"Ήμουν ευτυχισμένη στο σπίτι, δούλευα στο αγρόκτημα, με τα ζώα και τα λοιπά. Αλλά όχι. "Θα γίνεις γιατρός, Ντένις", έλεγες συνέχεια. Το έκανα μόνο για να σε κάνω να το βουλώσεις".

Η Σούζαν κούνησε το κεφάλι της και προσπάθησε να κλείσει τα αυτιά της στα μισητά λόγια. *Δεν είναι αλήθεια, είπε στον εαυτό της, τα λέει αυτά επειδή είναι χαμένος και μπερδεμένος.*

"Ήρθα στο Λονδίνο μόνο και μόνο για να ξεφύγω από σένα", συνέχισε, μιλώντας περισσότερο στον εαυτό του παρά στη Σούζαν. 'Αν ήμουν κοντά στο σπίτι, δεν θα είχες σταματήσει ποτέ να το κάνεις. Να με αναγκάζεις να έρχομαι σπίτι τα Σαββατοκύριακα για να με ανακρίνεις. "Πώς πάνε οι σπουδές σου, Ντένις; Πότε αρχίζεις να θεραπεύεις τους ανθρώπους, Ντένις; Σε πόσο καιρό θα γίνεις γιατρός, Ντένις;" "Δεν το άντεχα άλλο!

Κάθε λέξη ήταν σαν μαχαιριά στην καρδιά της Σούζαν.

"Απέτυχα στις εξετάσεις μου, ξέρεις. Δεν πρόκειται ποτέ να γίνω γιατρός. Δεν μπορούσα να αντέξω στη σκέψη να στο πω και τώρα θα μου τα πετάξεις όλα πίσω, για τη σπατάλη των ευκαιριών μου και για όλες τις θυσίες που έκανες για μένα".

Η Σούζαν ήθελε να βγει τρέχοντας από το δωμάτιο, αλλά τα πόδια της έμοιαζαν καθηλωμένα στην καρέκλα, καθώς ο Ντένις συνέχιζε αμείλικτα.

Μέθυσα, έτσι δεν είναι; Δεν έχω ξαναμεθύσει τόσο πολύ, έτσι δεν είναι; Ήταν το βράδυ που μου είπαν ότι με πετάνε έξω. Αυτή η κοπέλα με κορόιδευε, έλεγε ότι ήμουν ένας αποτυχημένος, ένας χωριάτης από την επαρχία. Έβαλα τα χέρια μου γύρω από το λαιμό της για να την κάνω να το βουλώσει. Δεν ήθελα να κάνω κακό. Αλλά ακόμα και όταν ησύχασε, εξακολουθούσε να γελάει, οπότε την έκοψα. Την έκοψα σε μικρά κομμάτια. Δεν γελούσε μαζί μου τότε! Και για όλα φταις εσύ, μαμά, για όλα φταις εσύ..."

Το τρένο έπεσε σε μια στροφή με μεγάλη ταχύτητα και, με ένα τράνταγμα, η Σούζαν κοίταξε ψηλά, ξαφνιασμένη, εντελώς αποπροσανατολισμένη, για μια φρικτή στιγμή χωρίς να μπορεί να θυμηθεί πού βρισκόταν. Έξω από το παράθυρο, η ύπαιθρος περνούσε βιαστικά- μέσα από έναν μικρό σταθμό, τα χλωμά πρόσωπα των επιβατών που περίμεναν ήταν μια ωχρή θολούρα και μετά, με ένα σφύριγμα που την ταρακούνησε από το παράθυρο, το ταχύτατο εξπρές πέρασε με ταχύτητα ένα αντίθετο τρένο. Ταραγμένη και μπερδεμένη, η Σούζαν κοίταξε γύρω της, προσπαθώντας να συνέλθει. Πρέπει να είχε αποκοιμηθεί, αλλά πώς στο καλό μπορούσε να σκέφτεται τόσο τρομερά πράγματα για τον Ντένις; Ένιωσε ντροπή και όλες οι αβεβαιότητες που της δημιούργησε η πονηρή γλώσσα της Έμμα Άρκραϊτ ανέβηκαν ξανά στην επιφάνεια του μυαλού της. Για το υπόλοιπο του ταξιδιού, η Σούζαν δεν μπορούσε να σκεφτεί τίποτα άλλο.

Στο σταθμό King's Cross, το πλήθος των επιβατών στριφογύριζε γύρω της καθώς μελετούσε τον γεμάτο γκράφιτι χάρτη του μετρό του Λονδίνου, προσπαθώντας να βγάλει νόημα ανάμεσα στις ανοησίες, αλλά απ' ό,τι καταλάβαινε, θα μπορούσε κάλλιστα να είναι ένας χάρτης του Άρη.

Με έναν αναστεναγμό, απομακρύνθηκε από αυτό και, έχοντας με αγωνία κατά νου πόσα λίγα χρήματα είχε στο πορτοφόλι της, μπήκε σε ένα ταξί και έδωσε τη διεύθυνση. Κοιτάζοντας έξω από το παράθυρο του ταξί, ήλπιζε να δει κάποιο καθησυχαστικά οικείο θέαμα, το Μπιγκ Μπεν ή τη στήλη του Νέλσον ή τα ανάκτορα του Μπάκιγχαμ, αλλά τίποτα. Κάθισε πίσω στη θέση της, με την καρδιά της να χτυπά δυνατά από την αγωνία της.

Ο Ντένις κάθισε απέναντί της. Φαινόταν χλωμός και τραβηγμένος, το δέρμα στα μάγουλά του τεντωμένο και τεντωμένο, με χρώμα και υφή λευκασμένης περγαμηνής. Δεν έλεγε πολλά, αλλά ποτέ δεν είχε πει πολλά. Στη συνέχεια, πήγε να δει τον Δρ Κίνκαρντ.

Της έσφιξε το χέρι χαλαρά και την οδήγησε σε μια καρέκλα. "Πρέπει να ήταν κουραστικό το ταξίδι σας, κυρία Μπρόντμπεντ, που κάνατε τόσο δρόμο; Η Σούζαν δεν μπορούσε παρά να γνέψει, καθώς το μυαλό της ήταν ανίκανο για κουβεντούλα.

"Πώς... πώς τα πάει ο Ντένις;" ρώτησε διστακτικά. 'Φαίνεται πολύ κουρασμένος.'

"Πρέπει να είμαι ειλικρινής, κυρία Broadbent. Ο Ντένις δεν είναι τόσο - πώς να το θέσω; - ακαδημαϊκά προικισμένος όπως κάποιοι συμμαθητές του και ως εκ τούτου έπρεπε πάντα να δουλεύει πολύ πιο σκληρά, μόνο και μόνο για να συμβαδίζει, και η πίεση έχει αυξηθεί. Αν μου επιτρέπετε να κάνω μια αναλογία, η φοιτητική ζωή μοιάζει πολύ με χύτρα ταχύτητας και, όπως και σε μια χύτρα ταχύτητας, πρέπει να υπάρχει μια βαλβίδα εκτόνωσης. Γι' αυτό και οι μαθητές τείνουν να ξεσπούν κατά τη διάρκεια της εβδομάδας Rag ή στο γήπεδο του ράγκγκερ. Ο Ντένις δεν φαινόταν ποτέ να μπορεί να εκτονώσει αυτή την πίεση. Ξέρω επίσης ότι ένιωθε πολύ έντονα το βάρος των φιλοδοξιών σας γι' αυτόν- μάλιστα, θα έφτανα στο σημείο να πω ότι τον κυνηγούσε στο μυαλό. Η φιλοδοξία μπορεί να είναι εξαιρετικά σκληρός δάσκαλος, κυρία Broadbent, ειδικά όταν προσπαθείς να ανταποκριθείς στις προσδοκίες των άλλων".

"Ποτέ δεν τον πίεσα, Δρ Kincaird. Ήταν πάντα δική του επιλογή".

"Είμαι σίγουρη ότι το πιστεύετε αυτό με κάθε ειλικρίνεια, κυρία Broadbent, αλλά παρ' όλα αυτά, δεν υπάρχει αμφιβολία ότι ο Ντένις αισθάνθηκε μεγάλη πίεση και έτσι την περασμένη εβδομάδα, όταν οι εξετάσεις πλησίαζαν, έπαθε μια μικρή νευρική κρίση. Θα μπορούσατε να πείτε ότι ο εγκέφαλός του έβγαλε μια ασφάλεια. Λυπάμαι, κυρία Broadbent, θα τον κρατήσουμε εδώ για παρακολούθηση, αλλά ακόμη και αν αναρρώσει, αμφιβάλλω αν θα μπορούσε ποτέ να ξαναρχίσει τις σπουδές του. Πολύ απλά, ο εγκέφαλός του θα βραχυκυκλώσει και θα πάθει κι άλλη κατάρρευση. Φοβάμαι ότι πρόκειται για μια περίπτωση όπου η ακραία φιλοδοξία επιφέρει την ίδια την καταστροφή της".

Η Σούζαν μπορούσε να φανταστεί τι θα έλεγε η Έμμα Άρκραϊτ γι' αυτό.

"Με συγχωρείς, αγάπη μου", είπε ο ταξιτζής και εκείνη ξύπνησε, ανοιγοκλείνοντας τα μάτια της, με το μυαλό της να έχει αποσπαστεί από την πραγματικότητα. Έδώ είμαστε, Ιατρική Σχολή Νοσοκομείου Guys, 14,60 λίρες, παρακαλώ'. Πρέπει να είχε αποκοιμηθεί, αιωρούμενη σε εκείνη τη ζελατινώδη ημι-συνειδητή κατάσταση μεταξύ ύπνου και εγρήγορσης και για άλλη μια φορά μάλωσε τον εαυτό της για τα τρομερά οράματα που είχε δει για τον Ντένις.

Ο Ντένις ήταν χλωμός σαν κρύος χυλός, με μαύρες σακούλες κάτω από τα μάτια του. Της χάρισε ένα κουρασμένο χαμόγελο που μετά βίας έφτανε στα μάτια του. "Γεια σου, μαμά", είπε κουρασμένος.

"Φαίνεσαι χάλια, Ντένις. Έχεις χάσει πολύ βάρος από τότε που έφυγες από το σπίτι και δεν φαίνεται να κοιμάσαι αρκετά.

Χαμογέλασε με λύπη. "Νομίζω ότι έχω ξεχάσει τι σημαίνει ύπνος, αλλά μάλλον θα κοιμηθώ μια ώρα αργότερα. Κι εσύ, μαμά; Και η φάρμα και το χωριό, εξακολουθούν να είναι τα ίδια όπως πάντα;

"Λοιπόν, αυτή η γάτα, η Έμμα Άρκραϊτ, τα έπαιξε τις προάλλες. Λέγοντας ότι ποτέ δεν ήθελες να γίνεις γιατρός, ότι εγώ σε πίεζα συνέχεια; Κοίταξε τον Ντένις ελκυστικά, παρακαλώντας τον με τα μάτια της...

"Πάντα ήταν μια δηλητηριώδης γριά αρουραίος, αλλά υποθέτω ότι έχει δίκιο, πραγματικά".

Η Σούζαν ένιωσε σαν να την είχαν χαστουκίσει.

"Εννοώ, ποτέ δεν το σκέφτηκα πολύ, έτσι δεν είναι; Όλη μου τη ζωή μου έλεγες ότι θα γίνω γιατρός, οπότε το τι σκεφτόμουν ή τι αισθανόμουν γι' αυτό δεν είχε ποτέ σημασία. Ήταν αναμενόμενο από μένα και έτσι είμαι εδώ.

"Το έκανα μόνο για σένα, Ντένις", μουρμούρισε, "μόνο για σένα". Πήρε μια βαθιά ανάσα. 'Δεν πρόκειται να τα παρατήσεις, έτσι δεν είναι;' ρώτησε, οραματιζόμενη όλο τον κακόβουλο χυμό που θα έβγαζε η Έμμα Άρκραϊτ από το πορτοκάλι της συγκεκριμένης κατάστασης.

"Όχι, μαμά, μην ανησυχείς. Το λατρεύω! Στην αρχή δεν μου άρεσε, στην πραγματικότητα το μισούσα και ήμουν σχεδόν έτοιμη να τα παρατήσω.

Και τότε, συνέβη το πιο εκπληκτικό πράγμα. Έπρεπε να παρακολουθήσουμε έναν τοκετό - μόνο να βλέπουμε, καταλαβαίνετε; Υπήρχαν επιπλοκές, το μωρό δεν ήταν σωστά ξαπλωμένο και ήταν αμφίβολο αν θα επιβίωνε. Αλλά τα κατάφερε και τότε το να βλέπεις αυτή την απίστευτα ζωντανή νέα ζωή, ήταν καταπληκτικό - θαυματουργό - αυτή είναι η μόνη λέξη που μπορεί να το περιγράψει, θαυματουργό, και τότε ήταν που κατάλαβα ότι πραγματικά ήθελα να γίνω γιατρός. Αποφάσισα εκεί και τότε να ειδικευτώ. Θα γίνω μαιευτήρας".

Η Σούζαν Μπρόντμπεντ έλαμπε. Ανυπομονούσε να δει το πρόσωπο της Έμμα Άρκραϊτ όταν θα της το έλεγε.

Σημείωση του συγγραφέα. Αυτό είναι ένα από τα πρώτα διηγήματα που έγραψα ποτέ. Είναι πλέον πολύ ξεπερασμένο, αλλά εξακολουθεί να μου αρέσει αρκετά. Ελπίζω να σας άρεσε επίσης.

ΜΑΚΡΎ, ΜΑΚΡΎ ΤΕΛΕΊΩΜΑ

Το αφεντικό μου, ο οποίος επιτηδευμένα θέλει να τον φωνάζουν με τα αρχικά του, NB, θεωρεί τον εαυτό του λάτρη του κρασιού. Για την υπόλοιπη ανθρωπότητα, είναι βαρετός με το κρασί.

Είναι ένας παγκόσμιας κλάσης βαρελότος, χρυσός Ολυμπιονίκης με βεβαιότητα για το αγώνισμα του μακρύ βαρελότου. Ακόμη και το όνομά του είναι βαρετό. Κυριολεκτικά! Ντέρεκ Μπόρινγκ, (εξ ου και NB). Οι υπόλοιποι τον αποκαλούμε Deadly Μπόρινγκ.

Ο NB μπορεί να μιλάει για ένα ποτήρι κρασί επί ώρες και, όπως όλοι οι θανάσιμα βαρετοί, θεωρεί τον εαυτό του πολυμαθή και διασκεδαστικό, γεμάτο πολύτιμα πετράδια οινολογίας (η μελέτη του κρασιού για εσάς και για μένα) που ο υπόλοιπος κόσμος ανυπομονεί να ακούσει. Πίνει μόνο εκλεκτά κρασιά που έχουν εμφιαλωθεί από Chateau και (όπως ισχυρίζεται) προτιμά να μην έχει πιει παρά να σπιλώσει τον πολύτιμο ουρανίσκο του με οτιδήποτε από την Αυστραλία, τη Χιλή ή τις ΗΠΑ, όσο καλό κι αν είναι. Και, κατά τη γνώμη του, την οποία εξέφρασε εκτενώς, η μόνη χρήση του κρασιού σε κουτί ήταν για να ξεπλένει τις αποχετεύσεις όταν ήταν βουλωμένες.

Φανταστείτε τον στο τραπέζι του εστιατορίου, να διασκεδάζει κάποιους πιθανούς πελάτες, με το ποτήρι στο χέρι, με τη σπασμένη μύτη του να ρουφάει στα βάθη του ποτηριού του, σχολιάζοντας αψευδώς ότι "για να εκτιμήσετε πραγματικά το κρασί, το ποτήρι δεν πρέπει να είναι άλλο από το ποτήρι Reidel Ouverture stem glass, το αυστριακό ξέρετε, τα καλύτερα ποτήρια κρασιού στον κόσμο, ακριβά, φυσικά, αλλά εγώ ο ίδιος δεν χρησιμοποιώ ποτέ τίποτα άλλο, φυσικά".

Μύρισε, μύρισε στο μπολ του ποτηριού του Reidel Overture, μιλώντας για τη "δεύτερη μύτη" που είναι πρωταρχικής σημασίας.

Μια μικρή γουλιά, το στριφογύρισε στο στόμα σαν να επρόκειτο να κάνει γαργάρες ή ίσως να το έφτυνε στο πάτωμα. "Χμμμ, εξαιρετικό, εξαιρετικό, το Château Latrine du Publique, της εσοδείας του 2015, φυσικά". Χορηγήστε μια γουλιά. Γουλιά. Στριφογυρίστε. Στριφογυρίστε. 'Χμμμ, εξαιρετικό στόμα, κρεμώδης, μεταξένια υφή, πολλά βαριά φρούτα της ύστερης εποχής, νότες από ραβέντι, μαύρο φραγκοστάφυλο Ribena, κεράσι, ρόδι και σάλτσα σόγιας, μια σούπα σοκολάτας εκεί μέσα για να του δώσει βάθος.' Μύρισε, μύρισε. 'Ναι, η μύτη και ο ουρανίσκος δείχνουν μεγάλη συγκέντρωση και πάθος, αριστοτεχνικές τανίνες δρυός, γαλλικής δρυός φυσικά, σπουδαίες ποικιλίες, πολύ χαρακτηριστικές, ναι, διαλεγμένο από τον νότιο αμπελώνα όπου το *ébourgeonnage* ήταν το πιο αποτελεσματικό, το καθυστερημένο μάζεμα, πιθανώς...' γουλιά, 'μέσα Ιουλίου, πιθανώς μια Τρίτη. Αργά το απόγευμα, θα έλεγα.' Γουλιά. Γουλιά. Στριφογυρίστε. "Σίγουρα Τρίτη απόγευμα. Πιθανόν το μάζεψε και το πάτησε ο γερο-Γκαστόν Ντούτουρντ, ή πιθανόν ο γιος του Φιλίπ. Γουλιά. Πιπίλα. Στριφογυρίστε. Στριφογυρίστε. "Χμμ, όχι, σίγουρα ο γερο-Γκαστόν, θυμάμαι, κράτησε τις κάλτσες του εκείνη τη χρονιά.

Λοιπόν, όχι ακριβώς, αλλά καταλαβαίνετε τη γενική ιδέα.

Το πρόβλημα ήταν ότι, σε μια στιγμή μεγάλης ανοησίας, είχα καλέσει τον NB σε δείπνο ένα βράδυ. (Δεν είναι ότι τον έγλειφα για να τον προωθήσω, καταλαβαίνετε, αλλά μου φάνηκε καλή ιδέα εκείνη τη στιγμή). Και ήμουν νηφάλιος.

Η σύζυγός μου Σούζι ήταν τρομοκρατημένη. "Πώς μπόρεσες να καλέσεις αυτό το σιχαμερό βαρετό σε δείπνο; Είναι απαίσιος, χειρότερος και από τη νοβοκαΐνη. Θανάσιμα βαρετός! Αυτή είναι η πιο ηλίθια ιδέα που είχες ποτέ σε ολόκληρη τη ζωή σου, και είχες μερικά κλασικά πράγματα στην εποχή σου, άσε με να σου πω". κ.λπ. κ.λπ.

Αλλά είχαμε κολλήσει με αυτό. Το πρόβλημα ήταν, τι κρασί να σερβίρουμε; Με την πενιχρή αμοιβή που μου έδινε, δεν υπήρχε περίπτωση να μπορέσω να αγοράσω τα μπουκάλια Château Latour ή de Rothschild που θα περίμενε. Γιατί ήμουν τόσο ανόητη ώστε να τον καλέσω;

Ο Μάλκολμ Μπέρι, ο οποίος είχε το πιο σικ εστιατόριο στην πόλη, ήταν παλιός μου φίλος, παίζαμε στην ίδια ομάδα στο κυριακάτικο πρωτάθλημα κρίκετ και έτσι πήγα να τον δω, του εξήγησα το δίλημμα και ζήτησα τη συμβουλή του.

"Τι φαγητό θα σερβίρετε;" ρώτησε.

"Λοιπόν, η μητέρα της Σούζι είναι Ιταλίδα, οπότε αναμφίβολα θα είναι κάτι ιταλικό και με κρέας. Ο NB προτιμά τα πιάτα με κρέας, κάτι που θα κάνει τους χυμούς του να δουλέψουν σε μεγαλύτερη αρμονία με τον ιδιαίτερα ανεπτυγμένο ουρανίσκο του. Ή κάτι τέτοιο".

Ίταλικά και κρέας; Σε αυτή την περίπτωση, Neil, πρέπει να είναι ένα Amarone".

"Amarone; Δεν το έχω ξανακούσει, μου ακούγεται σαν ένα φτηνό αρρωστημένο άρωμα".

"Το Amarone della Valpollicella Classico, για να δώσουμε τον πλήρη τίτλο του, προέρχεται από την περιοχή Veneto της Βόρειας Ιταλίας, την πραγματική κορυφή του ιταλικού κόκκινου κρασιού.

"Ο NB πίνει μόνο γαλλικά.

"Αν είναι τόσο ειδικός στα κρασιά όσο ισχυρίζεται ότι είναι, θα ξέρει τα πάντα για το Amarone. Ένα Amarone Allegrini καλής εσοδείας, του '04 ή του '08, μπορεί να συγκριθεί με οτιδήποτε μπορεί να παράγει η Γαλλία".

Είναι ακριβό;

"Θα σου δείξω. Και μου έδειξε τον κατάλογο και τον τιμοκατάλογο από τον έμπορο κρασιών του. Αφού σηκώθηκα από το πάτωμα, επέστρεψα στο σπίτι με μερικά μπουκάλια Amarone (ένα για μένα και τη Σούζι, δύο για τον NB).

Με το antipasto misto, σέρβιρα ένα Tasca D'Almerrita Regaleali Chardonnay, ακριβό αλλά όχι τόσο επιτηδευμένο (σε αντίθεση με τον NB) και ενώ ο NB δεν το έφτυσε με αηδία, μπορούσα να δω ότι δεν εντυπωσιάστηκε ιδιαίτερα.

Για κυρίως πιάτο, η Σούζι είχε φτιάξει ένα είδος μοσχαρίσιου κρέατος σιγομαγειρεμένου σε κόκκινο κρασί, το ιταλικό όνομα του οποίου μου διαφεύγει - θα με σκοτώσει όταν το διαβάσει αυτό, αλλά όπως και να το έλεγαν, ήταν πολύ καλό, ένα φιλέτο μοσχαριού τυλιγμένο σε προσούτο, γεμιστό με πορτσίνι και ντομάτες, πασπαλισμένο με φρέσκο δεντρολίβανο και σιγομαγειρεμένο σε κόκκινο κρασί (Barolo, όχι Amarone). Μαζί του σέρβιρε ψητή πολέντα με επικάλυψη τεσσάρων τυριών, insalata caprese (σαλάτα ντομάτας και βασιλικού για εσάς και για μένα) και μια πράσινη σαλάτα. Ήταν επίσης πολύ καλό, με κάνει να πεινάω ξανά και μόνο που το σκέφτομαι.

Καθώς η Σούζι σέρβιρε το νόστιμο μοσχαρίσιο φιλέτο, έφερα το κρασί: "Νομίζω ότι θα σου αρέσει αυτό, NB, είναι ένα Amarone", Μύρισε σαν να ήθελε να δείξει ότι ήταν πολύ απίθανο να του αρέσει και μετά του έδειξα το μπουκάλι.

"Θεέ μου, ένα Amarone Monte Lodoletta Romano dal Forno του '04. Πρέπει να σε πληρώνω πάρα πολλά, Neil, αυτό το πράγμα πουλάει περίπου 300 λίρες το μπουκάλι! Το βλέμμα που μου έριξε η Σούζι θα είχε ρίξει έναν κατώτερο άνθρωπο, αλλά εγώ είμαι φτιαγμένος από πιο γερά υλικά και υπέστηκα μόνο εγκαύματα δευτέρου βαθμού.

Έβαλα στον NB ένα ποτήρι Amarone Monte Lodoletta Romano dal Forno. Το άφησε να αναπνεύσει για ένα ή δύο λεπτά και μετά το ανακάτεψε στο ποτήρι του (το καλύτερο της τοπικής αγοράς, κατασκευασμένο στην Κίνα), με το ρύγχος του να τρέμει ανυπόμονα, σαν κυνηγόσκυλο τρούφας στη μυρωδιά. Ανακάτεψε ξανά το κρασί στο ποτήρι, κρατώντας το στο φως για να ελέγξει το πλούσιο ρουμπινί χρώμα, για να δει πώς προσκολλάται στο πλάι του ποτηριού, στα "δάχτυλα", πριν βυθίσει τη μύτη του στο ποτήρι και εισπνεύσει βαθιά.

"Αμβροσία, το νέκταρ των θεών". Ακόμα και εγώ μπορώ να εντοπίσω την ταυτολογία όταν την ακούω.

Τρουφάρισε ξανά, εισπνέοντας βαθιά. "Εξαιρετική δεύτερη μύτη, ένα μεθυστικό μπουκέτο, μπορείς να μυρίσεις τις σταφίδες και τα γλυκά μαύρα φρούτα, κλασικά Amarone. Μύρισε, μύρισε. Τέλος, μια γουλιά.

"Χμμ, καλά ισορροπημένο, μαύρο κεράσι, θυμάρι, μια ιδέα δαμάσκηνου ίσως. Φυσικά, αν ο ουρανίσκος σας είναι αρκετά διακριτικός, όπως είναι ο δικός μου, μπορείτε να εκτιμήσετε τις λεπτές διαφορές μεταξύ των αναμεμειγμένων σταφυλιών, το Corvino αναμεμειγμένο με Rondinella και Molinara". Πιείτε. Πιείτε. Έκλεισε τα μάτια του και κύλησε το κρασί γύρω από τη γλώσσα του και τον τόσο λεπτό ουρανίσκο του. "Εμφανής δρυς, όπως θα περίμενε κανείς, μέτρια γεμάτο προς γεμάτο σώμα με εξαιρετική συγκέντρωση. Υπάρχει λίγο δεντρολίβανο εκεί μέσα, αν και όχι τόσο εμφανές όσο στο '97, φυσικά.'

Η Σούζι μου γούρλωσε τα μάτια και μπορούσα να αισθανθώ ότι ενδεχομένως θα είχε κάτι να μου πει μόλις ο Ντι Μπι έφυγε. "Το μυστικό του Amarone, και δεν το γνωρίζουν όλοι αυτό, είναι ότι τα σταφύλια αποξηραίνονται, *passito*, συνήθως σε αχυρένιο στρώμα για αρκετούς μήνες, ώστε να δώσουν στο κρασί αυτή τη χαρακτηριστική σταφιδένια γεύση, αρκετά χαρακτηριστική και να δώσουν αυτές τις μεγάλες τανίνες που είναι ένα σημαντικό συστατικό του τελειώματος. Θα πρέπει να πίνει καλά για δώδεκα έως δεκαπέντε χρόνια. Μακρά, μακρά επίγευση, υπέροχη μύτη, δαμάσκηνο, ρίγανη..." γουλιά, "... σίγουρα υπάρχει και λίγο μαύρο βατόμουρο εκεί μέσα και το πιο αμυδρό άρωμα καπνού, το οποίο φυσικά θα περιμένατε".

"Ναι, φυσικά", απάντησε η Σούζι πικρόχολα, αλλά ο ΝΒ ήταν πολύ απασχολημένος με το κρασί του για να το προσέξει.

Ο ΝΒ συνέχισε με παρόμοιο τρόπο για το υπόλοιπο γεύμα, επαναλαμβάνοντας τον εαυτό του ξανά και ξανά καθώς έφτασε στο δεύτερο μπουκάλι. Εγώ προσωπικά θεωρούσα το κρασί λίγο αιχμηρό και ξινό, αλλά και πάλι, τι ξέρω εγώ από κρασί; Τελικά έφυγε, έχοντας πιει και τις δύο φιάλες του Amarone Monte Lodoletta Romano dal Forno του '04.

"Πώς μπόρεσες!" εξερράγη η Σούζι, μόλις έφυγε το ταξί του. "300 λίρες το μπουκάλι! Είσαι τρελός; Πού θα βρούμε το μεγαλύτερο μέρος των 1.000 λιρών για να το πληρώσουμε; Γι' αυτόν, απ' όλους τους ανθρώπους! Ήταν η πιο καταστροφική βραδιά που πέρασα ποτέ, χειρότερη και από τη νύχτα του μήνα του μέλιτος που λιποθύμησες! Δεν σε πιστεύω μερικές φορές, πραγματικά δεν σε πιστεύω", και ούτω καθεξής και ούτω καθεξής.

Την άφησα να μιλήσει- εννοώ, τι άλλο θα μπορούσα να κάνω; Είναι απολύτως αληθές ότι το Amarone Monte Lodoletta Romano dal Forno του '04 πωλείται για περίπου 300 λίρες το μπουκάλι. Όταν εξάντλησε το δεύτερο ή τρίτο τροπάριό της, την οδήγησα στο μικρό εργαστήριο που έχω στο πίσω μέρος του γκαράζ. Πάνω στον πάγκο βρισκόταν ένα χωνί, δύο κουτιά με το φθηνότερο, πιο τραχύ ισπανικό κόκκινο κρασί που μπορούσα να βρω, ένα κουτί με αλγερινό λευκό και μερικά άλλα άδεια μπουκάλια που μου είχε δώσει ο Malcolm, ο φίλος μου στο πιο σικ εστιατόριο της πόλης. Σε περίπτωση που ο ΝΒ αποφασίσει να έρθει ξανά.

ΈΝΑΣ ΕΥΓΕΝΙΚΌΣ ΚΑΙ ΓΕΝΝΑΙΌΔΩΡΟΣ ΆΝΘΡΩΠΟΣ

Όταν έφτασα εκεί, η κηδεία του πατέρα μου είχε ήδη αρχίσει.

Μη θέλοντας να διαταράξω τη διαδικασία, στάθηκα στο πίσω μέρος του παρεκκλησίου του κρεματόριου. Η μητέρα μου βρισκόταν μπροστά, ταμπονάροντας τα μάτια της με ένα ροζ χαρτομάντιλο. Ο αδελφός μου ο Ντέκο καθόταν δίπλα της, η γυναίκα του η Πολίν δίπλα του και δίπλα της ένα ζευγάρι παιδιά που τρεμοπαίζονταν. Δεν υπήρχαν πολλοί άλλοι πενθούντες· τουλάχιστον κανένας που να μπορούσα να αναγνωρίσω.

Ο ιερέας εκφωνούσε τον επικήδειο λόγο και δυσκολεύτηκα να συνδέσω τα μελιστάλαχτα λόγια παρηγοριάς του με τον άνθρωπο που είχα γνωρίσει ως πατέρα μου. 'Ο Έντουαρντ Μπάρκλεϊ θα λείψει πολύ από την οικογένειά του· τη χήρα του Ανθεά, τους γιους του, Ντέιβιντ-' (δηλαδή εμένα) 'και Ντένι-' (δηλαδή τον Ντέκο) 'και τα εγγόνια του Γουέιν και Μπρίτνεϊ.' (Τα τρεμάμενα ποντικάκια.)

"Ο Τεντ, όπως ήταν πιο γνωστός", συνέχισε ο ιερέας, "ήταν ένας ευγενικός και γενναιόδωρος άνθρωπος, πάντα πρόθυμος να δώσει μια χείρα βοηθείας". Ναι, ευγενικός και γενναιόδωρος με τους φίλους του όταν έσκυβε πάνω από το μπαρ στο The

Feather, σκέφτηκα, και γενναιόδωρος με τις γροθιές και τη ζώνη του στη γυναίκα και τα παιδιά του όταν γύριζε σπίτι,

"Εκτός από την οικογένειά του, το άλλο μεγάλο πάθος του Τεντ ήταν ο σύλλογος κρίκετ Everleigh, και πέρασε πολλές ευτυχισμένες ώρες στο σύλλογο, παρακολουθώντας τους αγώνες και ενθαρρύνοντας τους νέους που έρχονταν από τις ομάδες νέων του συλλόγου με την αγάπη του για τον ήχο του δέρματος πάνω στην ιτιά".

Περισσότερο μοιάζει με τον ήχο του δέρματος πάνω στη υάρκα, σκέφτηκα με πικρία, και όσον αφορά την αγάπη του για το Everleigh Cricket Club, ήταν απλώς άλλη μια δικαιολογία για να σκύψει πάνω από το μπαρ μέχρι να κλείσει η ώρα. Ο ιερέας, που αναμφίβολα εννοούσε το καλό, συνέχιζε, αλλά ήταν φανερό ότι δεν είχε γνωρίσει ποτέ τον μπαμπά και τα κοινότοπα λόγια παρηγοριάς του ήταν μάλλον καταθλιπτικά παρά ενθαρρυντικά.

Έφτασε στο τέλος και στη συνέχεια ανακοίνωσε ότι ο επόμενος ύμνος θα ήταν ο *Abide with Me*. Το εκκλησίασμα μουρμούριζε τα λόγια καθώς το φέρετρο γλιστρούσε αργά προς τα εμπρός και στη συνέχεια οι κόκκινες κουρτίνες πέρασαν και έκρυψαν το φέρετρο από τα μάτια καθώς συνέχιζε το τελικό του ταξίδι προς τον αποτεφρωτήρα.

Σκέφτηκα την τελευταία φορά που τον είχα δει.

Ήμουν δεκαοκτώ ετών τότε και ζούσα ακόμα στο σπίτι. Δούλευα στο τοπικό βιβλιοπωλείο, αλλά είχα σχέδια να σπουδάσω, ίσως να πάω στο κολέγιο, να γίνω δασκάλα.

Ήταν αργά, σχεδόν μεσάνυχτα, και ο Ντέκο κι εγώ ήμασταν στο κρεβάτι. Μοιραζόμασταν την πίσω κρεβατοκάμαρα όπου ο καθένας μας είχε ένα μόνο κρεβάτι. Υπήρχε μια ντουλάπα και μια συρταριέρα με πέντε συρτάρια και μια καρέκλα με πλάτη σκάλας. Ο μπαμπάς είχε πάει στην παμπ ως συνήθως και επέστρεψε με κακή διάθεση - ως συνήθως. Άκουσα φωνές, μια πνιγμένη κραυγή από τη μαμά και στη συνέχεια τους ήχους του να ανεβαίνει τις σκάλες. Ο Ντέκο, που ήταν δεκατριών ετών τότε, με κοίταξε με ένα στοιχειωμένο βλέμμα και μετά κρύφτηκε κάτω από τα κλινοσκεπάσματα.

Ο μπαμπάς άνοιξε την πόρτα της κρεβατοκάμαρας και έπεσε στο κρεβάτι μου, έσκυψε από πάνω μου για να φωνάξει, με την αναπνοή του να βρωμάει από το ποτό και τον καπνό και τα δόντια του να είναι κίτρινα όπως το βούτυρο. Φώναζε ότι είχα μετακινήσει κάποια χαρτιά και γράμματα- ήταν παρανοϊκός με οποιονδήποτε άγγιζε τα υπάρχοντά του και συχνά μας κατηγορούσε ότι τα μετακινούσαμε - ποτέ δεν το κάναμε - δεν τολμούσαμε - αλλά μόλις είχε βάλει στο μουσκεμένο μυαλό του ότι εγώ ή η μαμά είχαμε μετακινήσει κάτι, ξέραμε ότι θα έτρωγε ξύλο. Γι' αυτόν, οποιαδήποτε δικαιολογία ήταν αρκετή.

Είδα τη ζώνη του στο χέρι του. Πρώτα θα με δερμάτιζε και μετά θα έπαιρνε η μαμά. Ο Ντέκο συνήθως γλίτωνε με ένα ή δύο χαστούκια.

"Σήκω πάνω, μικρό κάθαρμα", σφύριξε, καθώς με χτυπούσε μέσα από τα κλινοσκεπάσματα, "θα σε διδάξω!".

Χτύπησε ξανά και ένας ξαφνικός, ζωηρός κόκκινος θυμός με διαπέρασε σαν λάβα και πήδηξα από το κρεβάτι με την απόλυτη συνειδητοποίηση ότι ήμουν πλέον μεγαλύτερη από εκείνον και δεν χρειαζόταν να το ανεχτώ άλλο. Πρέπει να είδε το βλέμμα στο πρόσωπό μου και υποχώρησε, αλλά όλα τα χρόνια μίσους και ταπείνωσης στα χέρια του με πλημμύρισαν με έναν καυτό χείμαρρο. Άρπαξα τη ζώνη από τα χέρια του και άρχισα να τον απλώνω γύρω του, στην πλάτη του, στα χέρια του, στα πόδια του, στο πρόσωπο, οπουδήποτε- όλα αυτά τα χρόνια, όλα αυτά τα χτυπήματα.

Για πόση ώρα τον χτυπούσα, δεν ξέρω. Ήταν ένας σωρός στο πάτωμα, με τα χέρια του γύρω από το κεφάλι του, ενώ εγώ στεκόμουν από πάνω του, ασθμαίνοντας από την προσπάθειά μου. Πέταξα τη ζώνη στην άκρη και ήξερα ότι έπρεπε να βγω έξω. Ντύθηκα γρήγορα και μετά έτρεξα στο άλλο υπνοδωμάτιο και άρπαξα μια βαλίτσα από την κορυφή της ντουλάπας του και άρχισα να γεμίζω τα υπόλοιπα ρούχα μου. Στη βιασύνη μου, τράβηξα εντελώς ένα από τα συρτάρια, σκορπίζοντας το περιεχόμενό του σε όλο το πάτωμα.

Ο μπαμπάς έμεινε ακίνητος, ενώ η μητέρα μου στεκόταν στην πόρτα του υπνοδωματίου, κλαίγοντας με λυγμούς, κρατώντας το πλευρό της εκεί που την είχε χτυπήσει. Με κοίταζε με βουβή απελπισία, δάκρυα πόνου και στενοχώριας έτρεχαν στο πρόσωπό της καθώς με έβλεπε να μαζεύω τα πράγματά μου. Ήξερε -όπως κι εγώ- ότι η αποχώρησή μου δεν θα άλλαζε τίποτα. Αύριο θα ήταν το ίδιο και θα ξεσπούσε πάνω της ακόμα περισσότερο.

"Πού θα πας;" ρώτησε.

"Θα σας τηλεφωνήσω να σας πω πού βρίσκομαι", είπα.

"Τι θα γίνει με τη δουλειά, Ντέιβιντ;

"Πες τους ότι έφυγα. Πες τους να στείλουν τα χρήματά μου και το Ρ45.

"Δεν μπορείς να μείνεις, να το ξεκαθαρίσεις αυτό;

"Δεν μπορώ, μαμά. Δεν μπορώ να μείνω πια κάτω από την ίδια στέγη μαζί του".

"Ναι, αλλά εμείς οι υπόλοιποι πρέπει να το κάνουμε.

"Δεν χρειάζεται, μαμά. 'Φύγε από πάνω του, δεν σου αξίζει'.

Χαμογέλασε λυπημένα. "Στα καλά και στα άσχημα", ορκίστηκα", είπε. "Μέχρι να μας χωρίσει ο θάνατος". Σημαίνει ακόμα κάτι, ξέρεις, Ντέιβιντ'.

"Αν σε ξαναπληγώσει...

Χαμογέλασε ξανά αυτό το θλιμμένο χαμόγελο - και οι δύο ξέραμε ότι ήταν κενά λόγια.

"Μείνε τουλάχιστον μέχρι το πρωί", είπε.

"Δεν μπορώ. Αν μείνω εδώ ένα λεπτό ακόμα, θα καταλήξω να τον σκοτώσω.

Πήρα τη βαλίτσα μου, της έδωσα ένα γρήγορο φιλί στο μάγουλο, αποχαιρέτησα τον Ντέκο και κατέβηκα τρέχοντας τις σκάλες και βγήκα στη νύχτα.

Αυτή ήταν η τελευταία φορά που τον είδα.

Η λειτουργία είχε τελειώσει. Κατέβηκα να δω τη μητέρα μου. Την αγκάλιασα. "Σ' ευχαριστώ που ήρθες, Ντέιβιντ", ψιθύρισε μέσα από τους λυγμούς της. Μπορούσα να νιώσω τα παγωμένα δάκρυά της μέσα από το πουκάμισό μου. 'Δεν ήξερα αν θα μπορούσες να έρθεις'.

"Έπρεπε να έρθω, έτσι δεν είναι;

"Σε ζήτησε στο τέλος, ξέρεις, Ντέιβιντ. Στο τέλος, όταν το ήξερε. Ποτέ δεν σταμάτησε - ποτέ δεν σταμάτησε να σε αγαπάει, παρά τα πάντα".

Δεν ήξερα τι να πω, τα λόγια θα ήταν τόσο τετριμμένα, οπότε απλώς την έσφιξα σφιχτά, αλλά στην οικογένειά μας δεν συνηθίζουμε τις δημόσιες εκδηλώσεις αγάπης και χωρίσαμε γρήγορα.

"Γεια σου, Ντέκο", είπα απευθυνόμενος στον αδελφό μου. Εκείνος κατσούφιασε με τη χρήση του παιδικού του παρατσούκλιου.

"Ντέκο;" ρώτησε η γυναίκα του Πολίne και της έριξε ένα τόσο βάναυσο βλέμμα που ήξερα - ήξερα χωρίς αμφιβολία - ότι ήταν σαν τον πατέρα, σαν τον γιο- ο Ντέκο ήταν νταής και χτυπητής συζύγων.

Είχα ακόμα το χέρι μου απλωμένο και απρόθυμα το πήρε και δώσαμε τα χέρια. Μπορούσα να δω τη δυσαρέσκεια στο πρόσωπό του και στην αρχή δεν μπορούσα να καταλάβω και μετά με χτύπησε η συνειδητοποίηση. Τον είχα εγκαταλείψει, τον είχα αφήσει να αντιμετωπίσει μόνος του την οργή του μπαμπά και με μισούσε γι' αυτό. Έκανα ένα νεύμα στα παιδιά, τον ανιψιό και την ανιψιά μου- με κοίταξαν σαν να είχα έρθει από άλλο πλανήτη και μετά άρχισαν να ψιθυρίζουν πίσω από τα χέρια τους.

Αρχίσαμε να βγαίνουμε από το παρεκκλήσι, ο Ντέκο πήρε θέση δίπλα στη μαμά και της έπιασε το χέρι, η Πολίν από την άλλη πλευρά, τα παιδιά μαζί και εγώ έμεινα να ακολουθώ σαν οδοκαθαριστής πίσω από το κάρο με τη σκόνη. Στο βάθος έπαιζε σιγά σιγά μουσική- στην αρχή δεν μπορούσα να καταλάβω τη μελωδία και στη συνέχεια συνειδητοποίησα ότι ήταν το θέμα από τους "Υπέροχους επτά", σχεδόν το μόνο μουσικό κομμάτι που άρεσε στον μπαμπά. Η μαμά πρέπει να το ζήτησε.

Δίπλα στην πόρτα, ο ιερέας, ο οποίος δεν φαινόταν αρκετά μεγάλος για να ξυριστεί, έδωσε το χέρι στους αποχωρούντες πενθούντες -όχι ότι εγώ ήμουν πενθούντας- και η μικρή παρέα συγγενών και φίλων κινήθηκε κατά μήκος της κιονοστοιχίας του παρεκκλησίου για να δει τα ανθοστολισμένα αφιερώματα. Δεν υπήρχαν πολλά από αυτά.

Στη συνέχεια, ο νεκροθάφτης μάζεψε όλες τις κάρτες από τα λουλούδια και τις παρουσίασε με σοβαρότητα στη μαμά. Εκείνη τις κοίταξε άλλη μια φορά πριν τις βάλει στην τσάντα της. Το ροζ χαρτομάντιλο που είχε χρησιμοποιήσει για να σκουπίσει τα μάτια της πετάχτηκε από το μανίκι της, όπου το είχε βάλει κατά τη διάρκεια της τελετής. Κανείς δεν φαινόταν διατεθειμένος να το πάρει.

Ένιωσα ένα τράβηγμα στον αριστερό μου καρπό. Ο κ. Χάνσεν κοίταξε το ρολόι του. "Ώρα να φύγεις, Ντέιβιντ", είπε. Έδωσα στη μαμά μια τελευταία αγκαλιά, έγνεψα στον Ντέκο και τα παιδιά και περπάτησα μαζί με τον κ. Χάνσεν μέχρι το αυτοκίνητο που με περίμενε- ο αριστερός μου καρπός ήταν δεμένος με χειροπέδες στο δεξί του.

Εκτίω ποινή ισόβιας κάθειρξης στη φυλακή του Γουέικφιλντ για διπλό φόνο που διαπράχθηκε κατά τη διάρκεια ληστείας. Τι είναι αυτό που λένε; "Η βία γεννάει βία" και "οι αμαρτίες των πατέρων επισκέπτονται τους γιους".

Δεν έκανα τον κόπο να κοιτάξω πίσω καθώς φεύγαμε.

ΤΟ ΌΝΟΜΆ ΜΟΥ ΕΊΝΑΙ ΣΤΊΒΙ

750 λέξεις, είπε. Πες μου την ιστορία της ζωής σου σε 750 λέξεις.

Είμαι αλκοολικός σε πρόγραμμα αποτοξίνωσης και έτσι αυτή η άσκηση με την ιστορία της ζωής είναι μέρος της θεραπείας. Πώς έφτασα εκεί που ήμουν, τα σκοτεινά μέρη που είχα βρεθεί, κάτω στο βούρκο και χειρότερα, πολύ χειρότερα, η ιστορία που θα συζητηθεί με όλους τους άλλους στην ομάδα.

Οπότε ξεκινάμε: Ο μπαμπάς μου ήταν δικηγόρος και μέθυσος, η μαμά απλά μεθυσμένη. Όταν δεν έπιναν, τσακώνονταν και όταν δεν τσακώνονταν, έπιναν. Ποτέ δεν είχαν χρόνο για μένα. Νομίζω ότι ήρθα ως έκπληξη, μια δυσάρεστη έκπληξη, γι' αυτούς.

Όταν ήμουν εννέα ετών, ο θείος μου ο Κέβιν άρχισε να με κακοποιεί - να με κακοποιεί σεξουαλικά. Το είπα στη μητέρα μου, αλλά εκείνη δεν το δέχτηκε, ο Κέβιν ήταν ο αδελφός της και ο μπαμπάς απλά μου έριξε τη ζώνη του επειδή έλεγα ψέματα και έτσι η κακοποίηση συνεχίστηκε. Μια μέρα, όταν ήμουν περίπου δώδεκα ετών, προσπάθησα να το σκάσω, έκλεψα χρήματα από το πορτοφόλι της μαμάς και πήγα στο σταθμό όπου ζήτησα ένα εισιτήριο για το Λονδίνο, αλλά ο υπάλληλος κατάλαβε ότι ήμουν φυγάς και κάλεσε την αστυνομία. Για τον κόπο μου έφαγα κι άλλο ξύλο από τον πατέρα μου.

Οι κοινωνικές υπηρεσίες είχαν εμπλακεί, αλλά δεν έδιναν πραγματικά δεκάρα, καθώς τους ενδιέφερε περισσότερο να καλύψουν τα νώτα τους. Τέλος πάντων, ο πατέρας μου είπε ότι ήμουν αδιόρθωτος ψεύτης και πίστεψαν τον λόγο του αντί για τον δικό μου, αφού ήταν δικηγόρος και όλα αυτά.

Ήμουν έξυπνο παιδί, αλλά η σχολική μου εκπαίδευση πήγε κατά διαόλου και άρχισα να πίνω. Υπήρχαν πάντα ποτά στο σπίτι και έτσι έπαιρνα μια γουλιά εδώ, μια γουλιά εκεί.

Ήμουν δεκατεσσάρων ετών όταν τελικά έφυγα για το Λονδίνο. Περιπλανιόμουν στο Σεντ Πάνκρας, χωρίς να ξέρω τι να κάνω μετά, όταν με πλησίασε ένας τύπος. "Γεια σου, μικρέ, φαίνεσαι πεινασμένος, θέλεις ένα μπέργκερ;" είπε. Μετά το χάμπουργκερ, είπε ότι είχε μια σχολή καράτε: θα ήθελα να μάθω καράτε, να με βοηθήσει να προσέχω τον εαυτό μου στους δρόμους; Με πήγε σε αυτό το σπίτι. Υπήρχαν κι άλλα παιδιά εκεί, αλλά δεν έκαναν καράτε. Ο τύπος δεν ήταν αυτός που με βίασε, αλλά το έκαναν άλλοι, πολλοί.

Μόλις σε βιάσουν, σε έχουν πιάσει, βλέπεις- σε κάνουν να ντρέπεσαι πολύ για να το πεις σε κανέναν. Σε ποτίζουν με ποτό και ναρκωτικά για να σε κρατήσουν υπάκουη και να σε πουλήσουν στους παιδεραστές. Πρόκειται για μια συμμορία που διοικείται, με σημαντικούς ανθρώπους να εμπλέκονται, δικαστές, πολιτικούς, υπουργούς και τα συναφή, κορυφαίους μπάτσους που πληρώνονται για να κοιτάζουν αλλού. Στη συνέχεια, αν είσαι αγόρι, μόλις φτάσεις τα δεκαεπτά ή περίπου εκεί, είσαι πολύ μεγάλος για τους παιδεραστές και έτσι με πέταξαν έξω, αλλά όχι πριν φάω ένα πραγματικό ξύλο για να με προειδοποιήσουν να μη μιλάω. Τα κορίτσια, βέβαια, κρατούνται ή αλλιώς πωλούνται στους αλβανικούς οίκους ανοχής.

Εκεί ήμουν, στους δρόμους, χωρίς ιδέα τι να κάνω, ζώντας άγρια, πουλώντας τον εαυτό μου για να αγοράσω ποτά. Φτηνή βότκα και μηλίτης αναμεμειγμένα, αυτός είναι ο πιο γρήγορος τρόπος για να μεθύσεις. Μια φορά, γνώρισα έναν Αυστραλό τύπο, τον Γουέιν ή τον Σέιν, ο οποίος με έβαλε στο metho, δηλαδή μεθυλιωμένο οινόπνευμα, Μπράσο και λιωμένο βερνίκι μπότας. Φοβερή κλωτσιά, αλλά χάλια για τα σωθικά. Πέρασα μερικές εβδομάδες σε μια κατάληψη, αλλά στους άλλους δεν άρεσε και πολύ αυτό που έκανα, να πουλάω τον εαυτό μου, και με πέταξαν έξω, φοβούμενοι το AIDS, οπότε βρέθηκα πάλι στους δρόμους.

Υπήρχε ένα κορίτσι, η Κρύστυαλ που αυτοαποκαλούνταν, αλλά δεν νομίζω ότι ήταν το πραγματικό της όνομα. Ήταν εθισμένη στην ηρωίνη και πουλούσε τον εαυτό της για να πληρώνει τη συνήθειά της. Κάπως τα φτιάξαμε και έμεινε έγκυος, δεν ξέρω πώς, οι αλκοολικοί σαν εμένα συνήθως έχουν προβλήματα εκεί κάτω. Ήταν κορίτσι, το μωρό. Η Κρίσταλ την έλεγε Σάντσα, δεν ξέρω γιατί. Στην αρχή δυσκολευόταν να ζήσει, η Sancha, εξαιτίας της ηρωίνης στον οργανισμό της, αλλά φυσικά την πήραν σε ίδρυμα και τα κατάφερε. Τότε η Κρίσταλ πέθανε, από υπερβολική δόση, αυτό με ταρακούνησε πραγματικά και τότε αποφάσισα ότι έπρεπε να καθαρίσω τον εαυτό μου, αλλιώς θα ακολουθούσα τον ίδιο δρόμο. Εξάλλου, θέλω η Σάντσα να ξέρει ποιος είναι ο μπαμπάς της. Εντάξει, ξέρω ότι δεν θα μου επιτραπεί ποτέ να την αποκτήσω, αλλά θα ήταν κάτι μόνο και μόνο που θα την έβλεπα, κάτι για το οποίο θα καθαριζόμουν. Ίσως να μάθω κάτι, να πάω στο κολέγιο, να βρω μια σωστή δουλειά.

Και να 'μαι λοιπόν στην αποτοξίνωση. Έχω

υποτροπιάσει δύο φορές στο παρελθόν, αλλά αυτή τη φορά, την τρίτη φορά που είμαι τυχερός, θα μείνω σίγουρα.

Το όνομά μου είναι Στίβι και είμαι αλκοολικός.

ΚΑΙ ΣΤΟ ΛΑΜΠΕΡΌ ΦΩΣ ΤΗΣ ΑΥΓΉΣ

Stalag 23
Γερμανία
22 Δεκεμβρίου 1917

Αγαπημένο μου κορίτσι,

Όπως μπορείτε να δείτε από τα παραπάνω, είμαι τώρα αιχμάλωτος του Ούννου.

Πήγαμε στην κορυφή, δεν μπορώ να σας πω πού, αλλά εγώ, ο Νόμπι Τουν, ο Τζι Κόλινς και μερικά άλλα παιδιά μείναμε πίσω από τις γραμμές. Λυπάμαι που το λέω, αλλά δεν τα κατάφεραν, αλλά εγώ πιάστηκα αιχμάλωτος αφού τραυματίστηκα στο γόνατο, αλλά δεν ήταν κάτι το ανησυχητικό. Είμαστε αρκετά χαρούμενοι εδώ, αν και κάνει τρομερό κρύο, οι καλύβες στις οποίες ζούμε είναι φτιαγμένες από λεπτές σανίδες, όχι πάρα πολύ για να κρατήσουν μακριά τους ψυχρούς ανέμους.

Το φαγητό δεν είναι σπουδαίο, τα λουκάνικα μοιάζουν να φτιάχνονται από πριονίδι και δεν τολμώ να υποθέσω τι μπαίνει στη σούπα και τα μαγειρευτά, αλλά δεν μας κακομεταχειρίζονται.

Κρατάμε το κεφάλι μας ψηλά και πρέπει να κάνεις το ίδιο, αγάπη μου. Δεν θα αργήσουμε να γυρίσω σπίτι και να παντρευτούμε.

Λοιπόν, αγαπημένε μου, αυτό είναι το μόνο χαρτί που έχω και γι' αυτό πρέπει να το τελειώσω. Δώσε τους χαιρετισμούς μου στη μητέρα σου.

Όπως πάντα,
Ο αγαπημένος σου Αρθούρος.
XXX

ΥΓ Ελπίζω να σας ακούσω σύντομα με τα αγαπημένα σας γράμματα.

Ο υπολοχαγός Άρθουρ Χάνμπουρι σφράγισε τον φάκελο και έγραψε προσεκτικά τη διεύθυνση:

Δεσποινίς Αντα Πιρς
27, οδός Helena
Millwall
Λονδίνο

Καθώς το έκανε αυτό, ο Άρθουρ μπορούσε να φανταστεί το μικροσκοπικό σπίτι, ακριβώς έξω από την East India Dock Road, όπου ζούσε η Άντα του- τη μπλε εξώπορτα, τις πεντακάθαρες λευκές κουρτίνες και το ασβεστωμένο σκαλοπάτι. Του είχε λείψει πάρα πολύ και ευχόταν να είχαν παντρευτεί κατά την τελευταία του άδεια, αλλά η μητέρα της ήταν κάθετα αντίθετη, θεωρώντας ότι ο Άρθουρ δεν ήταν αρκετά καλός για την Άντα- από πού πήρε τις αβρότητες και τις χαριτωμενιές της, ένας Θεός ξέρει.

The Daily Sketch
13 Ιανουαρίου 1918

ΤΡΟΜΟΚΡΑΤΙΚΗ ΕΠΙΔΡΟΜΗ ΖΕΠΕΛΙΝ ΠΑΝΩ ΑΠΟ ΤΙΣ ΑΠΟΒΑΘΡΕΣ ΤΟΥ ΛΟΝΔΙΝΟΥ

ΠΟΛΛΕΣ ΑΠΩΛΕΙΕΣ.

Η Γερμανία εξαπέλυσε χθες τρομοκρατικές επιδρομές με Ζέπελιν πάνω από το λιμάνι του Λονδίνου, αναφέρθηκαν πολλές απώλειες αμάχων καθώς τα Ούννοι βομβάρδισαν κατοικημένους δρόμους στο Πόπλαρ και το Μίλγουολ ....

Stalag 23
12 Φεβρουαρίου 1918

Αγαπημένη μου Άντα,

Δεν έχω νέα σας τελευταία, μπορώ μόνο να ελπίζω ότι τα πολυαναμενόμενα γράμματά σας έχουν καθυστερήσει. Είμαι καλά...

Stalag 23
29 Απριλίου 1918

Αγαπημένη μου Άντα,

Ακόμα δεν έχω νέα σας και αρχίζω να ανησυχώ. Δεν μπορώ να γράφω όσο τακτικά θα ήθελα, καθώς το χαρτί είναι πολύ λίγο. Μπορώ μόνο να φανταστώ ότι μια παρόμοια έλλειψη σας εμποδίζει να γράψετε

Το τραυματισμένο γόνατό μου δεν είναι πολύ έξυπνο, αλλά μην ανησυχείτε ...

. . .

Stalag 23
26 Ιουνίου 1918

Αγαπητή μου Άντα,

Έχουν περάσει τουλάχιστον 6 μήνες από την τελευταία φορά που είχα νέα σας. Εδώ στο στρατόπεδο φυλακής δεν έχω τίποτα άλλο να απασχολώ το μυαλό μου και τρελαίνομαι, κάνοντας κάθε είδους σκέψεις για σένα. Έχεις δώσει την αγάπη σου σε κάποιον άλλο; Αν ναι, σε παρακαλώ πες μου, θα προσπαθήσω να καταλάβω ...

Stalag 23
12 Σεπτεμβρίου 1918.

Αγαπητή Άντα,

Αυτή είναι η τελευταία φορά που γράφω ...

Ο πόλεμος έληξε στις 11 Νοεμβρίου 1918, αλλά χρειάστηκαν μερικές εβδομάδες για να μπορέσει ο Άρθουρ να επαναπατριστεί στην Αγγλία. Το τραυματισμένο γόνατό του τον ταλαιπώρησε πολύ και πέρασε τέσσερις αγχωμένες και απογοητευμένες εβδομάδες σε ένα στρατιωτικό νοσοκομείο στη Γαλλία, απ' όπου, τις καθαρές μέρες, μπορούσε να δει τις ακτές της Αγγλίας, τόσο βασανιστικά κοντά - τόσο πολύ μακριά. Σκεφτόταν την Άντα κάθε μέρα και παρόλο που ήξερε ότι τον είχε πλέον εγκαταλείψει για κάποιον άλλον, ήταν αποφασισμένος να τη βρει και να το ακούσει από τα δικά της χείλη. Μόνο τότε θα μπορούσε να την βγάλει από το μυαλό του.

Ο Άρθουρ πήρε το τρένο των 12.25 από το σταθμό Fenchurch Street. Καθώς το τρένο περνούσε μέσα από τους δρόμους του Ιστ Εντ προς το σπίτι της Άντα, εξεπλάγη με το μέγεθος των ζημιών από τις βόμβες- ολόκληροι δρόμοι φαίνονταν να έχουν ισοπεδωθεί και ένιωσε ένα ανατριχιαστικό σκουλήκι άγχους να του τρώει το στομάχι καθώς κατέβαινε από το τρένο στο σταθμό Πόπλαρ και διέσχιζε την East India Dock Road και την Helena Street.

Τυ μεγαλύτερο μέρος του δρόμου είχε εξαφανιστεί εντελώς- το μόνο που είχε απομείνει ήταν σπασμένοι τοίχοι και θρυμματισμένα τούβλα. Από το σπίτι της Άντα είχε απομείνει μόνο ένα μέρος ενός τοίχου. Ο Άρθουρ μπορούσε να δει την μπλε και κίτρινη λουλουδιασμένη ταπετσαρία για την οποία η μητέρα της ήταν τόσο περήφανη, τώρα ξεφλουδισμένη και λερωμένη από τη βροχή- το υπόλοιπο σπίτι ήταν απλώς ένας μεγάλος κρατήρας από βόμβα, μισογεμάτος με νερό μέσα στο οποίο επέπλεε μια φουσκωμένη νεκρή γάτα.

Τώρα ο Άρθουρ ήξερε γιατί η Άντα δεν είχε απαντήσει ποτέ στα γράμματά του. Στην άκρη του κρατήρα ψιθύρισε μια προσευχή και ζήτησε συγγνώμη από την Άντα που την αμφισβήτησε ποτέ.

Σκουπίζοντας τα δάκρυά του, επέστρεψε στο σταθμό.

Η ζωή πρέπει να συνεχιστεί...

Ο Άρθουρ βρήκε δουλειά ως φύλακας στους σιδηροδρόμους. Δεν παντρεύτηκε ποτέ και ζούσε μόνος του σε δωμάτια πάνω από ένα καπνοπωλείο στο Holloway του Βόρειου Λονδίνου. Εξακολουθούσε να σκέφτεται την Άντα κάθε μέρα.

Όταν ξέσπασε ο πόλεμος το 1939, ο Άρθουρ προσπάθησε να καταταγεί, αλλά απορρίφθηκε λόγω του ανάπηρου γόνατός του. Παρηγόρησε τον εαυτό του με το σκεπτικό ότι η αποτελεσματική λειτουργία των σιδηροδρόμων ήταν ζωτικής σημασίας για την πολεμική προσπάθεια - και τουλάχιστον φορούσε κάποια στολή.

Η αεροπορική επιδρομή συνεχίστηκε για αρκετή ώρα και το τρένο του Άρθουρ καθυστέρησε λόγω ζημιών από βόμβες στη γραμμή μπροστά του. Σκληρός, κατέβηκε από το βαγόνι των φρουρών, προσπαθώντας να κοιτάξει προς τα πάνω για να δει τι ήταν αυτό το εμπόδιο. Τότε οι σειρήνες αεροπορικής επιδρομής άρχισαν να ουρλιάζουν ξανά καθώς ένα δεύτερο κύμα βομβαρδιστικών έφτασε. Αυτή τη φορά ο βομβαρδισμός ήταν πιο κοντά, και το τρένο κουνιόταν και έτρεμε καθώς μια ράβδος από βόμβες έπεφτε κοντά, ο σκοτεινός νυχτερινός ουρανός καίγονταν από τις εκρήξεις και τις διασταυρούμενες ακτίνες των προβολέων.

Ο Άρθουρ ήξερε ότι έπρεπε να πάει σε ένα καταφύγιο, παρόλο που μισούσε να εγκαταλείψει τη θέση του. Καθώς το σκεφτόταν, μια ομάδα βομβών έσκισε το μπροστινό μέρος του τρένου και ο ίδιος παρασύρθηκε από τη δύναμη της έκρηξης. Έπεφταν κι άλλες βόμβες. Σκαρφάλωσε πάνω από το ανάχωμα της γέφυρας και βγήκε στο δρόμο. Πολλά από τα σπίτια είχαν πάρει φωτιά.

"Θα έπρεπε να είσαι στα καταφύγια, φίλε", φώναξε ένας διερχόμενος φύλακας αεροπορικών επιδρομών. 'Υπάρχουν μερικά καταφύγια του Άντερσον ακριβώς πίσω από εδώ, σε αυτούς τους πίσω κήπους, μπείτε εκεί αμέσως.'

Ακολούθησε το σφύριγμα από τις βόμβες που έπεφταν, καθώς ο Άρθουρ βιάστηκε να μπει στον κήπο, βρίσκοντας το δρόμο του προς ένα καταφύγιο από κυματοειδές σίδερο στο φως των φλεγόμενων κτιρίων.

Τα τρομαγμένα πρόσωπα των παιδιών τον κοίταζαν καθώς μπήκε κουτσαίνοντας στο καταφύγιο, βρίσκοντας χώρο στην άκρη του πάγκου.

"Συγγνώμη που έρχομαι έτσι απλά", είπε, αναγκασμένος να φωνάξει πάνω από το θόρυβο, "μόνο που όλος ο δρόμος έχει ανατιναχτεί και ο φύλακας με έστειλε εδώ. Ελπίζω να μη σας πειράζει.

"Φυσικά και όχι, πάπιες, έτσι κι αλλιώς είμαστε μια ανάμεικτη ομάδα εδώ μέσα, γεμάτη από άστεγους και αδέσποτους", απάντησε μια χαρούμενη γυναίκα από τα βάθη του καταφυγίου.

"Είπατε ότι όλος ο δρόμος έχει ανέβει;" ρώτησε μια άλλη γυναίκα.

"Φοβάμαι πως ναι"

"Ω, Θεέ μου, είναι η δεύτερη φορά που με βομβαρδίζουν από το σπίτι και το σπίτι μου", έκλαιγε η αόρατη φωνή και καθώς μιλούσε, οι τρίχες στο σβέρκο του Άρθουρ σηκώθηκαν και ένιωσε ένα ρίγος να διατρέχει το σώμα του σαν ηλεκτροσόκ.

"Άντα;" ρώτησε διστακτικά, "Άντα, εσύ είσαι;" Δεν μπορούσε να ακούσει τα λόγια του από το χτύπημα της καρδιάς του και το αίμα που έτρεχε στα αυτιά του. 'Αντα Πιρς;

Ποιος είναι αυτός; Έχω να με φωνάξουν Άντα Πιρς εδώ και δεκαπέντε χρόνια ή και περισσότερο!

Ο Άρθουρ ένιωσε την καρδιά του να ανεβαίνει στα ύψη. Ήταν η Άντα του, μετά από τόσα χρόνια που την θεωρούσε νεκρή στα ερείπια του σπιτιού της. "Εγώ είμαι, ο Άρθουρ, ο Άρθουρ Χάνμπερι".

"Πρόκειται για κάποιο σκληρό αστείο; Ο Άρθουρ Χάνμπουρι είναι νεκρός. Πέθανε στη Γαλλία το 1917.

"Όχι, εγώ είμαι, η Άντα. Νόμιζα ότι ήσουν νεκρή, πήγα στο σπίτι και τα πάντα, μου είπαν ότι όλοι στο σπίτι είχαν πεθάνει".

"Το Υπουργείο Πολέμου μου είπε ότι πέθανες, εσύ και όλη η διμοιρία σου".

"Δεν πήρες ποτέ τα γράμματά μου;

"Όχι. Όπως είπα, είπαν ότι ήσουν νεκρός και ότι

το σπίτι στην οδό Ελένα χάθηκε, η μαμά και ο μπαμπάς και ο αδελφός Τζακ, Ω, Άρθουρ", έκλαιγε με λυγμούς, "είσαι εσύ, είσαι πραγματικά εσύ;

"Ναι, κορίτσι μου, εγώ είμαι. Πραγματικά.

"Δώσε μου το χέρι σου, αγκάλιασέ με Αρθούρε. Ο Άρθουρ άπλωσε το χέρι του μέσα στο καπνισμένο σκοτάδι, ψηλαφώντας τα χέρια της μοναδικής του αγάπης. Χτύπησε το χέρι της καθώς έσκυβε προς το μέρος του, έψαξε ξανά, βρήκε το χέρι της και το κράτησε σφιχτά, σφίγγοντας τον εαυτό του πιο κοντά για να το κρατήσει στην καρδιά του. Πίεσε το χέρι της στα χείλη του, νιώθοντας την άμμο και τη βρωμιά στα δάχτυλά της, αλλά δεν τον ένοιαζε.

"Ελάτε, πάπιες", είπε η γυναίκα δίπλα του, "περάστε μέσα", και παραμέρισε για να αφήσει τον Άρθουρ να μπει βαθύτερα στο καταφύγιο, πιο κοντά στην Άντα του. Ο Άρθουρ τράβηξε απαλά την Άντα προς το μέρος του, ψηλαφώντας το πρόσωπό της, διαγράφοντας τα χείλη της με τα δάχτυλά του, σκουπίζοντας τα δάκρυα που κυλούσαν στο πρόσωπό της.

"Αχ, Άντα, αγαπημένο μου κορίτσι", είπε καθώς ήρθε στην αγκαλιά του, με τα δάκρυά της κρύα στο στήθος του.

'Άρθουρ. 'Άρθουρ', ψιθύρισε η Άντα, ξανά και ξανά.

Αγκαλιάστηκαν μεταξύ τους, αναστενάζοντας απαλά.

Ο Άρθουρ έπρεπε να ρωτήσει. "Είπατε ότι δεν σας έχουν καλέσει Ada Pierce εδώ και δεκαπέντε χρόνια. Αυτό σημαίνει ότι είσαι παντρεμένη; Παντρεμένη με κάποιον άλλο; Θα ήταν πολύ σκληρό να την είχε βρει μετά από τόσα χρόνια, μόνο και μόνο για να είναι παντρεμένη με κάποια άλλη.

Η Άντα έκλαιγε βαθιά, προσκολλημένη πάνω του όλο και πιο σφιχτά και ο Άρθουρ φοβήθηκε την απάντησή της.

"Είμαι χήρα, Άρθουρ. Παντρεύτηκα, παντρεύτηκα τον Billy Shears, ήταν στο εμπορικό ναυτικό, αλλά βυθίστηκε με το πλοίο του πέρυσι.

"Ω, Άντα, λυπάμαι πολύ

Την ένιωσε να κουνάει το κεφάλι της. "Όχι, όχι, όλα αυτά ανήκουν στο παρελθόν." Έκανε παύση για τα μεγαλύτερα δευτερόλεπτα. 'Παντρευτήκατε ποτέ;' ρώτησε διστακτικά.

"Εγώ; Όχι! Για μένα υπήρχε πάντα μόνο εσύ.

"Λυπάμαι πολύ που δεν σε περίμενα, Άρθουρ, αλλά...

Ο Άρθουρ την αγκάλιασε ακόμα πιο σφιχτά. "Ξέρω ότι χρειαζόμαστε χρόνο για να γνωριστούμε ξανά, αλλά Άντα Πιρς, Άντα Σαρς, όπως και να το κάνουμε, θα με παντρευτείς;

"Ω, ναι, Άρθουρ. Ω ναι, θα το κάνω!'

Κάποιος στο καταφύγιο άρχισε να χειροκροτεί- μετά όλοι μαζί χειροκροτούσαν και έκλαιγαν, ανακουφίζοντας τους φόβους και τους τρόμους τους, χαρούμενοι που κάποιο μικρό καλό είχε έρθει από την καταστροφή που τους είχε επιβληθεί από τον ουρανό.

Ακούστηκε το σύνθημα "Όλα εντάξει" και μέσα στο λαμπερό φως της αυγής, ο Άρθουρ και η Άντα βγήκαν από το καταφύγιο και μέσα από την καταστροφή για να ξεκινήσουν τη νέα τους ζωή μαζί.

Η ΤΕΛΕΥΤΑΊΑ ΑΝΤΊΣΤΑΣΗ ΤΟΥ BILLY O'SHAUNESSY

ΜΙΑ ΜΙΚΡΉ ΠΌΛΗ ΤΟΥ ΓΙΌΡΚΣΑΪΡ, ΚΑΛΟΚΑΊΡΙ ΤΟΥ 1955.

Όταν ο επιθεωρητής Κρίστοφερ Γιάροου έφτασε στο αστυνομικό τμήμα εκείνο το πρωί, στάθμευσε το αυτοκίνητό του και, όπως έκανε τα περισσότερα πρωινά, σταμάτησε για να συνομιλήσει με τον αρχιφύλακα νυχτερινής βάρδιας, τον αρχιφύλακα Ντέιβ Αρμιταζ, τον οποίο ο Γιάροου γνώριζε εδώ και χρόνια. Πολλές φορές είχαν πάει για μια μπύρα στο Dog and Bacon ή στο τοπικό του Αρμιταζ, το Castle στην οδό Digby.

Αν και ο Αρμιταζ φαινόταν αγέραστος, στην πραγματικότητα πλησίαζε στη συνταξιοδότησή του και τη φοβόταν όλο και περισσότερο κάθε μέρα που περνούσε. "Τι θα κάνω, Κρις;" αναρωτιόταν συχνά. Θέλω να πω, δεν παίζω γκολφ, ένα παιχνίδι για πόνσιους και αρχηγούς της αστυνομίας δηλαδή. Σιχαίνομαι τον κήπο, δεν υπάρχει περίπτωση να καλλιεργώ πράσα όπως ο Άρθουρ Μίλγουορντ όταν συνταξιοδοτήθηκε και πόσο άντεξε πριν πέσει κάτω, ε; Βαρέθηκα να βλέπω τους Ρόβερς να χάνουν κάθε βδομάδα, η γριά ήδη γκρινιάζει που θα είμαι κάτω από τα πόδια της όλη μέρα... τι στο διάολο θα κάνω; Θα σου πω τι θα κάνω. Σε ένα μήνα θα έχω πεθάνει από βαρεμάρα, αν δεν την έχω στραγγαλίσει πρώτα.

Θα έπρεπε να είναι η σπιτονοικοκυρά στο Nag's Head, με τη γλώσσα της!

Το γεγονός ότι ο Ντέιβ Αρμιταζ ήταν απόλυτα αφοσιωμένος στην Edith του, δεν τον εμπόδισε ποτέ να παραπονιέται ατελείωτα γι' αυτήν και ο Γιάροου συνήθως τον άφηνε να το καταπίνει με ένα επιεικές χαμόγελο στο πρόσωπό του.

Το ίδιο θέμα με μικρές παραλλαγές και παραλλαγές εμφανιζόταν σχεδόν κάθε φορά που ο Γιάροου μιλούσε με τον Αρμιταζ, αλλά εξακολουθούσε να απολαμβάνει τη συζήτηση μαζί του, θυμόμενος με αγάπη ότι όταν πρωτομπήκε στο σώμα ο Αρμιταζ τον είχε προσέξει, όπως έκανε με όλους τους νέους πράσινους αστυνομικούς.

"Καλημέρα, Ντέιβ, έχεις τίποτα; Φαίνεται λίγο ήσυχο.'

"Μπα, όχι πολλά, ήσυχη νύχτα χθες το βράδυ, το μόνο εμπόριο που έχω είναι ο Μπίλι Σόνεσι, που κοιμάται στο Νο 2".

"Μπίλι Σόνεσι... εννοείς Μπίλι Ο'Σόνεσι;

"Όχι, ο Μπίλι Σόνεσι, λέει ότι έχασε κάπου το Ο και δεν ξέρει πού να το βρει, οπότε από εδώ και πέρα είναι Μπίλι Σόνεσι χωρίς Ο. Τουλάχιστον μέχρι να ξαναβρεί το "Ο" του.

"Για ποιο λόγο είναι μέσα, D & D ως συνήθως;

"Ναι, μέθη και διατάραξη της τάξης ως συνήθως και, για αλλαγή, άσεμνη έκθεση".

Τι; Αυτό δεν ακούγεται σαν τον Μπίλι!'

"Αυτό θα έλεγα κι εγώ, αλλά μια γριά παραπονέθηκε ότι έβγαζε βόλτα το σκύλο της στο πάρκο Καλλίπολης όταν ο Μπίλι εκτέθηκε μπροστά της".

"Εκεί κοιμάται ο Μπίλι τα περισσότερα βράδια, στο πάρκο Καλλίπολης, κάτω από τη μεγάλη ιτιά δίπλα στη λίμνη με τις πάπιες".

"Ναι, λοιπόν, εκεί που είπε ότι συνέβη, ακριβώς εκεί.

"Τι άλλο είπε; Είσαι σίγουρος ότι ήταν ο Μπίλι;

"Είπε ότι γνωρίζει τον Μπίλι, όλοι στην πόλη γνωρίζουν τον Μπίλι, τον Μονόποδο Μπίλι. Μύρισε πολύ και είπε ότι ήταν αηδιαστικό και γιατί η αστυνομία δεν έκανε κάτι γι' αυτό, να αφήνουν τους αλήτες ελεύθερους σε δημοτικές ιδιοκτησίες... και άλλα τέτοια, κανονικό παλιό τσεκούρι. Λέω ότι απ' όσο ξέρω, τα πάρκα είναι για όλους και την τελευταία φορά που κοίταξα αυτή ήταν μια ελεύθερη χώρα και γι' αυτό πολεμήσαμε, και λέει ότι είμαι ντροπή για τη στολή μου και ότι είναι η γυναίκα του δημοτικού συμβούλου Φέργκιουσον και ότι είναι στενός φίλος του αρχηγού της αστυνομίας και ότι θα με καταγγείλει. Με τρόμαξε μέχρι τις μπότες, δεν νομίζω. Ήταν χειρότερη από την κυρά μου και αυτό λέει πολλά, μπορώ να σου πω. Τέλος πάντων, ζήτησα λεπτομέρειες, όπως αν είχε στύση όταν εκτέθηκε, τέτοια πράγματα - εννοώ, οι φλας το κάνουν με στύση, έτσι δεν είναι;

"Θα σε πιστέψω, Ντέιβ", απάντησε ο Γιάρροου στεγνά.

"Θα νόμιζες ότι της ζήτησα να κρατήσει μια κουράδα σκύλου, έτσι όπως με κοίταξε όταν τη ρώτησα αυτό. Το πρόσωπό της! Αλλά τελικά είπε κάπως ναι, είχε αυτό... αυτό που είπες.

"Εξακολουθεί να μην ακούγεται σωστό. Κοίτα, Ντέιβ, ξέρω τον Μπίλι Σόνεσι, με ή χωρίς Ο, όσο καιρό είμαι σε αυτό το μέρος και εσύ πολύ περισσότερο, τολμώ να πω. Κοίτα, έκανε το κομμάτι του στον πόλεμο και έχασε ένα πόδι για τα προβλήματά του και εντάξει, τώρα είναι ένας μεθύστακας, ένας εγκαταλελειμμένος αλήτης που βρωμάει σαν σάπιος σκύλος τις περισσότερες φορές, αλλά θα στοιχημάτιζα τη σύνταξή μου ότι είναι βασικά ακίνδυνος, δεν είχε ποτέ προβλήματα στο παρελθόν, εκτός από το D & D. Απλά δεν μπορώ να το δω, Ντέιβ".

"Ούτε εγώ, αλλά είναι ανένδοτη. Και καθώς είναι η σύζυγος του δημοτικού συμβούλου Μορίς Φέργκιουσον, του φτωχού μπάσταρδου, όπως δεν έπαψε ποτέ να μου λέει, τολμώ να πω ότι οι δικαστές θα πάρουν το λόγο της και όχι τον δικό του.

"Τι λέει ο Μπίλι για όλα αυτά;

"Όχι πολλά, λέει ότι πήγαινε για κατούρημα, δεν την είδε ούτε εκείνη ούτε τον σκύλο της, μέχρι που άρχισε να φωνάζει και να ουρλιάζει και να σπάει τους κορσέδες της".

"Θα πάω να μιλήσω, μήπως βγάλω κάποιο νόημα από αυτό".

"Ναι, εντάξει, θα τον φέρω μαζί μου. Πάρε ένα φλιτζάνι τσάι και θα τον βάλω στην αίθουσα συνεντεύξεων. Να θυμάσαι, θα πρέπει να το απολυμάνουμε και να το ξεπλύνουμε μετά, είναι πολύ ώριμος σήμερα.

Ο Γιάροου πήρε το τσάι του από την καντίνα και ένα για τον Μπίλι (έξι ζάχαρες, οι αλκοολικοί λαχταρούν τη ζάχαρη) και μπήκε στην αίθουσα συνεντεύξεων.

Η δυσωδία τον χτύπησε σαν ανοιχτός υπόνομος - όχι, χειρότερα από αυτό, ένα πηχτό, πνιγηρό απόβλητο από άπλυτα σώματα, βαθιά ούρα, σκατά εβδομάδων, σκατά από σήμερα το πρωί, σκατά σκύλου, κάτουρο γάτας, εμετό, ιδρώτα και μόνο ο Θεός ήξερε τι άλλο. Ο Γιάροου αναγκάστηκε να κρατήσει το χέρι του στο στόμα του, με δυσκολία τολμώντας να αναπνεύσει, παίρνοντας μόνο ρηχές αναπνοές μέχρι η μύτη του να συνηθίσει την ωμότητα της βρώμας.

"Καλημέρα, Μπίλι, έμπλεξες πάλι σε μπελάδες. Τσάι για σένα εδώ.

"Ω! Ω, εσείς είστε, κύριε Γιάροου, και πώς είστε σήμερα το πρωί; Η ιρλανδική χροιά του Billy δεν είχε μειωθεί, παρόλο που είχε ζήσει στην πόλη και γύρω από αυτήν όσο οι περισσότεροι άνθρωποι μπορούσαν να θυμηθούν.

Μια χαρά, Μπίλι. Τώρα, πιες το τσάι σου και θα κάνουμε μια κουβεντούλα, μήπως και καταφέρουμε να ξεκαθαρίσουμε τι συνέβη.

Ο Μπίλι κρατούσε το κύπελλο του και με τα δύο χέρια για να σταματήσει το τρέμουλο- ακόμα κι έτσι, το χείλος του κυπέλλου κροτάλισε πάνω σε ό,τι είχε απομείνει από τα δόντια του. "Σας ευχαριστώ, κ. Γιάροου, το χρειαζόταν αυτό το ποτό, αλλά αν έχετε την καλοσύνη, λίγη περισσότερη ζάχαρη την επόμενη φορά, όχι ότι είμαι αχάριστος, αλλά το σώμα λαχταράει τη γλύκα".

Ο Γιάροου περίμενε μέχρι ο Μπίλι να τελειώσει το ποτό του και άφησε το ποτήρι του. Ο Γιάροου έβγαλε τα τσιγάρα του, άναψε ένα για τον εαυτό του και πέρασε ένα άλλο στον Μπίλι, πετώντας του το κουτί με τα σπίρτα, καθώς δεν ήθελε να τον πλησιάσει πολύ κοντά του ανάβοντάς το, αφού η ανάσα του θα σταματούσε ένα κοπάδι αφηνιασμένων αγριόχοιρων. Ακόμα κι όταν ο Μπίλι άναψε, μια σταγόνα σάλιου έσταξε πάνω στην επιφάνεια του τραπεζιού και ο Γιάροου σχεδόν περίμενε ότι το βερνίκι θα φούσκωνε και θα συρρικνωνόταν σαν να είχε δεχτεί επίθεση από οξύ.

"Ο Θεός να σας ευλογεί, κύριε Γιάροου", είπε ο Μπίλι, ρουφώντας τον καπνό με βαθιά ικανοποίηση, καθώς ο συνήθης καπνός του ήταν τα στριφτά τσιγάρα που έφτιαχνε με καπνό που μάζευε από σκυλοκούτια που έβρισκε στο δρόμο ή σε κάδους απορριμμάτων.

"Πες μου λοιπόν, Μπίλι, χθες το βράδυ, κυρία Φέργκιουσον;

"Η ψεύτρα γριά αγελάδα!

Λέει ψέματα, Μπίλι; Η κυρία Φέργκιουσον ισχυρίστηκε ότι της εκτέθηκες και ότι είχες στύση.

Αυτό είναι προσβολή της δημοσίας αιδούς, θα μπορούσες να πας φυλακή γι' αυτό, ξέρεις.'

"Εγώ, με μια στύση; Δεν ξέρετε τίποτα, κύριε Γιάροου; Πίνω μεθαδόνη. Εντάξει, λίγο γλυκό κυπριακό σέρι όταν έχω ένα ή δύο νομίσματα όταν έρχεται η Αναπηρία, αλλά για μένα, είναι κυρίως μεθύσι, μερικές φορές βρασμένο με Brasso και βερνίκι για μπότες. Τώρα αυτό το πράγμα, μεθαδόνη, Brasso και βερνίκι μπότας, αυτό θα σου δώσει ένα κολασμένο χτύπημα, αλλά δεν κάνει μόνο για το συκώτι σου, ξέρεις, κάνει και για το πουλί και τα αρχίδια σου. Χριστέ μου, έχω να πάρω πούτσο από το 1942, όταν ήμουν στην Αίγυπτο με το στρατό. Εγώ και μερικοί φίλοι μου πήγαμε να δούμε μια εξωτική χορεύτρια, όπως την έλεγαν, στο Πορτ Σάιντ. Θεέ μου, τα πράγματα που έκανε με το μπουκάλι και το φίδι, δεν το πιστεύεις. Τυχερό παλιό φίδι, λέω εγώ. Και αυτή ήταν η τελευταία φορά που ο γέρος μου κοίταξε το ταβάνι αντί να κοιτάζει το πάτωμα. Εγώ με ένα πτώμα; Η γριά ονειρεύεται. "Αλλιώς ελπίζω!

"Είναι αλήθεια, Μπίλι, μπορείς να το ορκιστείς στο δικαστήριο;

"Ναι, σίγουρα, και κάθε γιατρός που έχει ασχοληθεί με αλκοολικούς μπορεί να ορκιστεί για το ίδιο, οπότε μπορούν. Η αλήθεια είναι ότι κατουρούσα πίσω από το δέντρο, το χρειαζόμουν πάρα πολύ, και ξαφνικά ακούω μια κραυγή που θα ξυπνούσε και τους Αγίους στον Παράδεισό τους, και γαμώτο μου, η γριά σκύλα στέκεται εκεί, φωνάζει και δείχνει. Χριστέ μου, με έκανε να πηδήξω έξι πόδια στον αέρα, να κατουρηθώ πάνω στο πόδι μου, έτσι έκανα, και μετά κοίτα να δεις αν δεν έριξε το σκυλί πάνω μου, ένα από αυτά τα σκατοκαθάρματα, που χτυπούσε τους αστραγάλους μου σαν μια τρελή βούρτσα για τα μαλλιά. Οχι, παραδέχομαι ότι κατούρησα πίσω από το δέντρο, αλλά δεν την είδα και, για να είμαι σίγουρος, αν ήταν να δείξω ένα καυλί, δεν θα το έκανα σε μια ξεραμένη, ξεραμένη γριά σακούλα σαν αυτή, αυτό είναι σίγουρο.

"Εντάξει, Μπίλι, σε πιστεύω και θα μιλήσω με τον αρχιφύλακα και θα σε αφήσουν ελεύθερο, ίσως με μια προειδοποίηση να μην ουρείς δημόσια".

"Σας ευχαριστώ, κ. Γιάροου. Το εκτιμώ, έτσι είναι. Για να μπορέσω να επιστρέψω στο πάρκο. Έπρεπε να αφήσω όλα μου τα πράγματα, όλα μου τα εγκόσμια αγαθά και τα κινητά και με ενοχλεί πολύ ότι κάποιος κλέφτης μπάσταρδος θα μου τα πάρει.

Η Γιάροου χαμογέλασε. Ήξερε ότι τα εγκόσμια αγαθά και τα περιουσιακά στοιχεία του Μπίλι αποτελούνταν από μια παλιά στρατιωτική τσάντα, δύο ξεχειλωμένες κουβέρτες, ένα λαστιχένιο σεντόνι, μια κουζινούλα κατασκήνωσης με μεθ, μια παλιά κατσαρόλα, ένα τσίγκινο πιάτο και μια κούπα, μαχαίρι, κουτάλι, ένα κακοφορμισμένο έργο του *Ουίλιαμ Σαίξπηρ* και παλιές σακούλες για ψώνια που γέμιζε όταν έψαχνε στους κάδους απορριμμάτων για υπολείμματα φαγητού, αποτσίγαρα και οτιδήποτε άλλο έβρισκε χρήσιμο. Και, σε ένα κακοφορμισμένο, δερμάτινο κουτί στο μέγεθος του πακέτου των Players, ένα στρατιωτικό μετάλλιο, που είχε κερδίσει ο Μπίλι στη Βόρεια Αφρική στη δράση που του είχε κοστίσει το πόδι του.

Ο Μπίλι τράβηξε άλλη μια βαθιά ρουφηξιά από το Players του και ξέσπασε σε έναν άγριο, πνευμονοπαραλυτικό βήχα, με τα δάκρυα να τρέχουν στο πρόσωπό του καθώς έβγαζε και ξεφυσούσε, γίνονταας θανάσιμα λευκός. Ο Γιάροου μπορούσε να ακούσει τον βασανιστικό συριγμό στους πνεύμονες του Μπίλι. Ο γέρος εγκαταλελειμμένος φαινόταν χλωμός και άρρωστος και έτρεμε, άρρωστος μέχρι το κόκαλο. Ο Γιάροου ήξερε ότι οι περισσότεροι μεθύστακες που κοιμόντουσαν άγρια δεν πέθαιναν από τις συνέπειες του υπερβολικού αλκοόλ, αλλά από τη γενική επιδείνωση της υγείας που προκαλούσε η κακή διατροφή, η έλλειψη υγιεινής και ο ύπνος σε κακοκαιρία- η πνευμονία σκότωνε πολύ περισσότερους μεθύστακες από ό,τι το αλκοόλ.

"Μπίλι, γιατί κοιμάσαι συνέχεια άγρια; Γιατί δεν πας στο Sally, στο Στρατό Σωτηρίας στην οδό Dreadnought; Θα έχεις ένα κρεβάτι, και ένα μπάνιο και ένας Θεός ξέρει πόσο θα το χρειαζόσουν. Και θα σε ελέγξουν και ιατρικά. Δεν μου φαίνεσαι και πολύ καλά.

"Εγώ; Στο Sally, να πρέπει να πηγαίνω στο παρεκκλήσι την Κυριακή και να συμμετέχω στις λειτουργίες και να τραγουδάω τους ύμνους με τα ντέφια, μόνο και μόνο για να πάρω ένα κρεβάτι; Τώρα, κύριε Γιάροου, μεγάλωσα ως ένα καλό καθολικό αγόρι, έτσι ήμουν, και αν ο πατέρας Μέρφι στο St Mary's ήξερε ότι είχα πάει στο Sally Army, θα με αφορίσει, έτσι θα έκανε.'

Ο Γιάροου ήξερε ότι ήταν μάταιο να διαφωνήσει με τον Μπίλι ότι ο Σάλι δεν έκανε προσηλυτισμό ούτε προσπαθούσε να προσηλυτίσει- αντ' αυτού, έβγαλε το πορτοφόλι του από την εσωτερική τσέπη του σακακιού του και έδωσε στον Μπίλι ένα χαρτονόμισμα των δέκα σελίνια. 'Κατέβα τότε στα λουτρά της οδού Μάτσιν. Και δες έναν γιατρό.

"Να είστε καλά, κύριε Γιάροου, είστε άγιος, θα κατέβω κατευθείαν στα λουτρά μόλις μαζέψω τα πράγματά μου". Αλλά ο Γιάροου μπορούσε να δει τη λαχτάρα στα μάτια του Billy και ήξερε ότι τα χρήματα θα πήγαιναν για ποτό μόλις άνοιγε το off-licence. Για έναν μεθύστακα, το αλκοόλ είχε πολύ μεγαλύτερη προτεραιότητα από τη σωματική υγιεινή ή ακόμα και από την ίδια του την υγεία.

"Σίγουρα, Μπίλι. Περίμενε εδώ ένα λεπτό και θα σε πάρουμε από εδώ όσο πιο γρήγορα μπορούμε.

Αφήνοντας το σχεδόν γεμάτο πακέτο των είκοσι Players και το κουτί με τα Bryant και Mays, ο Γιάροου βγήκε από την αίθουσα συνεντεύξεων και, αντιστεκόμενος στην επιθυμία να τρέξει έξω και να αφήσει τον άνεμο να διώξει λίγη από τη δυσοσμία, πήγε προς τον Αρμιταζ στη ρεσεψιόν, ο οποίος κράτησε επιδεικτικά τη μύτη του καθώς ο Γιάροου πλησίαζε.

Τον πιστεύω, Ντέιβ. Προφανώς οι αλκί δεν μπορούν να έχουν στύση. Το αλκοόλ τους επηρεάζει και δεν μπορούν... να σταθούν στο ύψος των περιστάσεων, ας πούμε;

Ο Ντέιβ Αρμιταζ χαμογέλασε πλατιά και περίμενε τη στιγμή του σαν καλός κωμικός, για τον οποίο ο συγχρονισμός είναι το παν. Μετά από μια μακρά, εγκυμονούσα σιωπή, είπε, χωρίς περιστροφές: "Δηλαδή αυτό που λέτε είναι... ότι δεν θα σταθεί στο δικαστήριο!".

ΗΛΙΟΒΑΣΊΛΕΜΑ ΠΆΝΩ ΑΠΌ ΤΟ GRAND CANYON

Τι έκανα στις διακοπές μου; Βασικά, δεν έκανα και πολλά. Δεν μπορούσα να κάνω πολλά.

Ενώ οι φίλοι μου έβγαιναν έξω, έκαναν πράγματα, πήγαιναν σε μέρη, εγώ ήμουν καθηλωμένη σε αναπηρικό καροτσάκι μετά από ατύχημα με μοτοσικλέτα. Ήμουν συνοδηγός πίσω από τον μεγαλύτερο αδελφό μου Carl στην Kawasaki του, όταν έχασε τον έλεγχο περνώντας μέσα από μια γλιστερή γλίτσα από κοπριά αγελάδων σε έναν επαρχιακό δρόμο που είχε βρέξει. Κατεβήκαμε και οι δύο από τη μηχανή. Ο Καρλ δεν τραυματίστηκε, εκτός από μερικές γρατζουνιές και εκδορές, αλλά εγώ έσπασα το αριστερό μου πόδι σε δύο σημεία και έσπασα την επιγονατίδα μου όταν έπεσα με το γόνατο πάνω σε έναν τοίχο από ξερολιθιά. Αυτό θα σου φέρει δάκρυα στα μάτια, μπορώ να σου πω.

Αφού βγήκα από το νοσοκομείο, η μαμά μετέτρεψε την τραπεζαρία σε υπνοδωμάτιο για μένα, καθώς μου ήταν δύσκολο να ανεβοκατεβαίνω τις σκάλες με το πόδι μου σε γύψο. Έστησε ένα κρεβάτι και είχα τον υπολογιστή μου, το Play-station, βιβλία και μια φορητή τηλεόραση, αλλά γρήγορα τα βαρέθηκα. Κυκλοφορούσα με ρόδες στον κήπο και στο σπίτι, απογοητευόμουν όλο και περισσότερο και το δέρμα μου έτρωγε αφόρητα κάτω από τον γύψο που περιέκλειε το πόδι μου από τον μηρό μέχρι την κνήμη και έπρεπε να χρησιμοποιώ ένα ξυλάκι για να ξύσω τα σημεία που μπορούσε να φτάσει

Ο Μπιλ και ο Μάξι, οι δύο καλύτεροι φίλοι μου, ήρθαν να με δουν στην αρχή. Υπέγραψαν τον εκμαγείο μου, αλλά σύντομα βαρέθηκαν να βαριέμαι. Εξάλλου, ο Μάξι πήγαινε στη Σαρδηνία με τους γονείς του και ο Μπιλ πήγαινε για κάμπινγκ και αναρρίχηση με τον Μίκι Πάλινγκ και τον Νταγκ Μπρουκς στην Ουαλία. Έπρεπε να πάω μαζί τους, το σχεδιάζαμε από το Πάσχα. Κατά βάθος, ήλπιζα ότι θα τους έβρεχε συνέχεια.

Αλλά όχι. Ο ήλιος έλαμπε, τα πουλιά τραγουδούσαν, και όλοι οι φίλοι μου είχαν φύγει κάπου για τις διακοπές τους και εγώ ήμουν κολλημένος στο σπίτι σε ένα αναπηρικό καροτσάκι και παρόλο που η μαμά και ο μπαμπάς και ο Καρλ (νιώθοντας ένοχος) με έβγαζαν έξω περιστασιακά, η αδράνεια και ο εγκλεισμός ήταν ασφυκτικοί. Η πλήξη με κατέβαζε σαν σφήνα στο κρανίο μου.

"Γιατί δεν κάνεις ένα παζλ;" ρώτησε η μητέρα μου βοηθητικά. 'Πάντα σου άρεσε να κάνεις παζλ όταν ερχόταν η θεία Μαρί να μείνει'.

"Μπα, αυτό ήταν πριν από πολλά χρόνια, όταν ήμουν παιδί. Τα παζλ είναι βαρετά, όλα είναι βαρετά. Η ζωή είναι βαρετή", απάντησα σαρκαστικά, νιώθοντας μεγάλη λύπη για τον εαυτό μου.

"Δεν υπάρχει λόγος να ξεσπάς πάνω μου, αγόρι μου, απλώς έκανα προτάσεις για να προσπαθήσω να σκεφτώ τι να κάνω".

"Ναι, ναι, το ξέρω, συγγνώμη", και, περισσότερο για να επανορθώσω για την αθυροστομία της παρά για να έχω πραγματική επιθυμία να κάνω ένα παζλ, είπα: "Εντάξει, θα δοκιμάσω ένα παζλ, αλλά όχι κάποιο από αυτά που έχουμε ήδη. Μπορείς να μου φέρεις ένα καινούργιο, με περίπου χίλια κομμάτια; Κάποιο για ταινίες δράσης, όχι με λουλούδια ή αχυρένια σπίτια;

"Θα δω τι έχουν όταν πάω στην πόλη".

Το Γκραντ Κάνυον στο ηλιοβασίλεμα δεν ήταν αυτό που είχα στο μυαλό μου, αλλά η μαμά είπε ότι δεν υπήρχαν πολλές επιλογές, και αυτό είχε έναν Κόκκινο Ινδιάνο μέσα- ήταν ή αυτό ή οι Άλπεις, ο Άγιερς Ροκ, ένας πίνακας με κάποια άλογα σε ένα χωράφι ή η Ροζ Μπάρμπι. Νομίζω ότι θα προτιμούσα την Μπάρμπι.

Άφησα το παζλ στο κουτί για μερικές ημέρες για να της πω τι γνώμη είχα γι' αυτό, αλλά συνειδητοποίησα ότι ήμουν μικροπρεπής, καθώς είχε κάνει ό,τι καλύτερο μπορούσε και δεν έφταιγε εκείνη που το κατάστημα παιχνιδιών Jimson, το μοναδικό στην πόλη, είχε τόσο φτωχή ποικιλία.

Στην πραγματικότητα ήταν μια πολύ ωραία εικόνα, ένας πίνακας του Γκραντ Κάνυον στο ηλιοβασίλεμα. Ο γαλάζιος ουρανός ήταν διάστικτος από θραύσματα πολλών αποχρώσεων του πορτοκαλί και του βυσσινί, του κρασιού και του βαθύτερου μοβ- φωτεινές εκρήξεις χρώματος από τον ήλιο που έδυε έστειλαν ακτίνες χρυσού, πορτοκαλί και βερμιλλί που στροβιλίζονταν στα πολυεπίπεδα βάθη και τις πλούσιες γήινες αποχρώσεις του φαραγγιού, όπου τα κόκκινα και τα πορτοκαλί και το βυσσινί σκοτείνιαζαν σε σκιερά στρώματα βιολετί και μοβ και μπλε του κοβαλτίου, με τις βαθύτερες σκιές να μαυρίζουν με ένταση. Το φως του ήλιου έλαμπε από το ποτάμι πολύ πιο κάτω, αστραφτερό και λαμπερό σαν ασημένια-χρυσή κλωστή που διατρέχει μια ταπισερί.

Σε ένα ψηλό ακρωτήριο που προεξείχε πάνω από το φαράγγι σαν πλώρη πλοίου, στεκόταν ένας μοναχικός Ινδιάνος που κοιτούσε τον ήλιο που έδυε. Ήταν γυμνόστηθος, με τα χέρια απλωμένα σαν να ήθελε να αποχαιρετήσει την ημέρα που έφευγε. Το κεφάλι του ήταν γερμένο προς τα πίσω, και οι ακτίνες του ήλιου που πέθαινε έριχναν κοκκινοπορτοκαλί ανταύγειες στο μαυρισμένο πρόσωπό του. Από το κεφάλι του έβγαινε ένας πολεμικός σκούφος, μια πλήρη καλύπτρα από φτερά αετού που κατέβαινε από την πλάτη και τα πόδια του σχεδόν μέχρι το έδαφος. Ήταν υπέροχος, τόσο τέλειος στη σύνθεση, τοποθετημένος - όχι στο κέντρο του πίνακα - αλλά δεξιά του κέντρου, στην καρδιά της χρυσής τομής, αυτής της τελειότητας των αναλογιών που δημιούργησαν οι Παλαιοί Δάσκαλοι και που τραβάει ακαταμάχητα το μάτι στην ψυχή του πίνακα.

Ένας αετός, με ανοιχτά φτερά, πετούσε πάνω από το φαράγγι, καβάλα στα θερμικά ρεύματα, ως ο αδιαμφισβήτητος κυρίαρχος του ουρανού.

Ο περήφανος Ινδιάνος ήταν μόνο μια μικρή φιγούρα μέσα στην απεραντοσύνη του μεγάλου τοπίου, σαν να ήθελε να δείξει πόσο ασήμαντος είναι ο άνθρωπος σε σύγκριση με το μεγαλείο της φύσης, αλλά ακόμα κι έτσι, ήταν αυτή η μικροσκοπική, ηλιόλουστη φιγούρα που σε τραβούσε στην εικόνα.

Αποφάσισα ότι τελικά θα μου άρεσε να κάνω το παζλ.

Άνοιξα το κουτί, έσκισα την πολυθρόνα και έριξα τα κομμάτια, και τα 1000, στο τραπέζι της τραπεζαρίας. Σύμφωνα με το κουτί, το τελικό μέγεθος θα ήταν 29' x 22', περίπου 75cm x 56cm- από το αναπηρικό μου καροτσάκι, θα μπορούσα να φτάσω αρκετά πάνω από το τραπέζι για να φτάσω στα απώτατα όρια.

Ξεχώρισα όλα τα κομμάτια των άκρων και έβαλα όλα τα υπόλοιπα κομμάτια πίσω στο κουτί προς το παρόν. Στήνοντας τη δεξιά γωνία, συνέθεσα σιγά-

σιγά το εξωτερικό πλαίσιο. Η λωρίδα κατά μήκος της κορυφής του παζλ ήταν η πιο δύσκολη, καθώς ο ουρανός ήταν ένα λαμπερό ομοιόμορφο κεραμιδί μπλε. Μόνο προς την πάνω αριστερή γωνία τα θραύσματα του ήλιου που έδυε έμπαιναν στο καθαρό γαλάζιο.

Μόλις τελείωσα με τις εξωτερικές άκρες, άδειασα όλα τα υπόλοιπα κομμάτια στο τραπέζι και τα ταξινόμησα όλα, γυρίζοντάς τα ανάποδα. Αναγκάστηκα να τα απλώσω σε όλο το δωμάτιο- δεν υπήρχε αρκετός χώρος στο τραπέζι για να είναι όλα τα κομμάτια σε απόσταση αναπνοής. Τα κομμάτια ήταν απλωμένα και στον μπουφέ.

Η ασημένια γραμμή του ποταμού ήταν εύκολο να ξεχωρίσω και σύντομα την έβγαλα από την κάτω αριστερή πλευρά.

Γύρω από τη γραμμή του ποταμού, σύντομα μπόρεσα να φτιάξω τη βάση του φαραγγιού, γιατί εδώ τα χρώματα ήταν βαθύτερα και σκιερότερα, το μοβ και το σκούρο βιολετί και το βαθύτερο ζαφείρι συγχωνεύονταν με το σκοτάδι της σκιάς.

Οι σκιές και τα βάθη της χαράδρας βγήκαν στο φως του ήλιου, ανεβαίνοντας αργά στην όψη των τοιχωμάτων του φαραγγιού. Συχνά, όπως όχι συχνά, σηκωνόμουν τώρα, κουτσαίνοντας και χοροπηδώντας γύρω από το τραπέζι και απέναντι από τον μπουφέ για να εντοπίσω ένα άλλο κομμάτι.

Συνέχισα να ψάχνω για τον Ινδιάνο αρχηγό. Θα έπρεπε να ήταν εύκολο να τον βρω, αλλά, όσο κι αν κυνηγούσα, δεν μπορούσα να τον εντοπίσω. Σκέφτηκα ότι ίσως βρισκόταν σε πολλά κομμάτια, πράγμα που θα δυσκόλευε τον εντοπισμό του.

Ο αετός πήρε επίσης μορφή και μπόρεσα να κάνω τη σύνδεση από αυτόν με το χείλος του φαραγγιού. Δουλεύοντας γύρω από τον αετό, τελείωσα τον ουρανό που ήταν γεμάτος ηλιοβασίλεμα.

Θα ήταν αλήθεια να πούμε ότι απέκτησα εμμονή

με το παζλ. Έβαζα στον εαυτό μου στόχους: δέκα κομμάτια τοποθετημένα πριν φάω πρωινό, τριάντα κομμάτια το πρωί, άλλα τριάντα το απόγευμα - όχι τόσο εύκολο όσο νομίζετε.

Το βουτηγμένο στον ήλιο ακρωτήρι πήρε μορφή, αλλά ακόμα δεν μπορούσα να βρω τα κομμάτια γι' αυτόν, τον υπέροχο, περήφανο Αρχηγό.

Ολόκληρο το φαράγγι ήταν τώρα στη θέση του και άρχισα να αισθάνομαι άβολα. Δεν φαινόταν να έχουν απομείνει αρκετά κομμάτια για να ολοκληρωθεί το παζλ.

Και τότε δεν υπήρχαν άλλα κομμάτια για να τοποθετηθούν και ένα κομμάτι, μόνο ένα κομμάτι, έλειπε - ο αρχηγός! Υπήρχε ένα κομμάτι από το κάλυμμα της κεφαλής του, ένα τεντωμένο χέρι, αλλά αυτό ήταν όλο.

Έψαξα κάτω από το τραπέζι, κάτω από το κομοδίνο, έβαλα τον Καρλ να βγάλει το κομοδίνο έξω για να βεβαιωθώ ότι το κομμάτι δεν είχε πέσει από πίσω - αλλά όχι, δεν ήταν εκεί.

Ένιωσα απογοητευμένος και προδομένος. Όλη αυτή η προσπάθεια, για το τίποτα! Το παζλ είχε καταστραφεί, το κενό όπου θα έπρεπε να βρίσκεται το κομμάτι που έλειπε φώναζε σαν προσβολή.

Τηλεφώνησα στου Τζίμσον για να παραπονεθώ, για να δω αν είχαν άλλο παζλ σε απόθεμα, αλλά μου είπαν όχι - για να είμαι ειλικρινής, δεν τους ενδιέφερε πραγματικά - το μόνο που μπορούσαν να πουν ήταν να γράψουν στον κατασκευαστή για να παραπονεθούν. Καθώς το παζλ ήταν κατασκευασμένο στην Ταϊβάν, δεν είχα πολλές ελπίδες γι' αυτό.

Παράλογα έξαλλη, έβγαλα το παζλ και πέταξα τα κομμάτια μέσα στο κουτί και πέταξα το κουτί στον κάδο απορριμμάτων στην κουζίνα και αρνήθηκα να αφήσω κανέναν να το βγάλει.

Τρεις ημέρες αφότου είχα "τελειώσει" το παζλ, πήγα ξανά στο νοσοκομείο για να μου κόψουν τον γύψο. Η νοσοκόμα πριόνισε και τις δύο πλευρές και ξεκόλλησε τον γύψο.

Και έπεσε το κομμάτι που έλειπε!

ΚΆΤΩ ΑΠΌ ΤΟΝ ΠΎΡΓΟ ΤΟΥ ΡΟΛΟΓΙΟΎ

'Κάτω από τον Πύργο του Ρολογιού; Στις οκτώ; Αυτό θα είναι υπέροχο, απλά υπέροχο'

Δεν μπορούσα να το πιστέψω! Η Σάρον Μέισον, το ομορφότερο κορίτσι στην τάξη μου στην έκτη τάξη, το πιο περιζήτητο κορίτσι σε όλη την ιστορία του σχολείου, είχε συμφωνήσει να πάει μαζί μου στη ντίσκο στο τέλος της σχολικής περιόδου. Θα τη συναντούσα κάτω από τον Πύργο του Ρολογιού και θα τη συνόδευα από εκεί στη ντίσκο.

Ένιωθα σαν να τραγουδούσα καθώς επέστρεφα με το ποδήλατό μου στο σπίτι για να ετοιμαστώ για τη μεγαλύτερη νύχτα της ζωής μου.

Γνωρίζω τον εαυτό μου πάρα πολύ καλά. Δεν είμαι το πιο δημοφιλές ή χαρισματικό αγόρι της τάξης. Τούτου λεχθέντος, δεν είμαι και ιδιαίτερα αντιδημοφιλής, σε αντίθεση με τον Μάρτιν Γουέλς που είναι καθολικά απεχθής σε όλους, συμπεριλαμβανομένης, πιστεύω, ολόκληρης της οικογένειάς του. Είμαι απλά εκεί, ένα κενό πρόσωπο στο πλήθος- ο Έρικ Γκέινλι, αυτός είμαι εγώ. Ή ο Έρικ ο Αδιάφορος, όπως με αποκαλούν πίσω από την πλάτη μου.

Είμαι ψηλός και αδέξιος, έχω άσχημη ακμή και το πρόσωπό μου είναι λακκούβες και στίγματα σαν την επιφάνεια του φεγγαριού. Έχω μεγάλα αυτιά που προεξέχουν από τις πλευρές του κεφαλιού μου σαν δορυφορικά πιάτα. "Αυτιά του πρίγκιπα Καρόλου", τα αποκαλεί η μητέρα μου, αλλά αυτό δεν ανακουφίζει καθόλου την αμηχανία μου γι' αυτά. Είναι απλά μεγάλα, φτερωτά αυτιά, τέλος της ιστορίας. Με τον άνεμο που φυσάει, μπορώ να τα χρησιμοποιήσω σαν πανιά και δεν χρειάζεται να κάνω πετάλι με το ποδήλατό μου.

Ποτέ δεν θα περνούσε από το μυαλό μου ότι η Σάρον θα μπορούσε να σκεφτεί να βγει μαζί μου - στην πραγματικότητα, δεν είχα βγάλει ποτέ ξανά κορίτσι έξω, δεν είχα βγει ποτέ ραντεβού και τώρα θα πήγαινα με τη Sharon Mason στη ντίσκο. Ναι, ναι, ναι, ναι, ναι! Υπάρχει Θεός, τελικά.

Η Σάρον είχε πάντα, πάντα, φίλους, από τότε που ήταν δεκατριών ή δεκατεσσάρων ετών. Ο Πίτερ Άμπλικ ήταν ο πρώτος σοβαρός φίλος της, όταν ήταν δεκαπέντε ετών περίπου. Οι φήμες έλεγαν ότι ήταν το πρώτο αγόρι με το οποίο είχε κοιμηθεί - αν και, καθώς η φήμη κυκλοφόρησε από τον ίδιο τον Πίτερ, ποιος ξέρει πόση αλήθεια υπάρχει σ' αυτήν;

Ο Μπάρι Νίκολς, ο Τρέβορ Σπιντ, ο Γουέιν Μακντάφ και ο Μαρκ Απελντορ - όλοι τους κάποια στιγμή ήταν φίλοι της Σάρον.

Τον τελευταίο καιρό έβγαινε με τον Τζέισον Ροσι, ο οποίος είχε εγκαταλείψει το σχολείο την προηγούμενη χρονιά και τώρα έκανε DJ στο Viper Club, το μοναδικό νυχτερινό κέντρο της πόλης. Ο Τζέισον ήταν ο νταής του σχολείου. Είχα συναντηθεί μαζί του μερικές φορές. Δεν μπορώ να πω ότι τον κέρδισα στους καυγάδες, αλλά του έδωσα αρκετά για να με αφήσει ήσυχο και να ψάξει για μικρότερα, ευκολότερα θηράματα.

Στην πραγματικότητα, νόμιζα ότι η Sharon εξακολουθούσε να βγαίνει μαζί του, ένας άλλος λόγος που με εξέπληξε το γεγονός ότι ήθελε να έρθει μαζί μου, ειδικά στη σχολική ντίσκο. Δεν ήταν καθόλου το στυλ της, όχι όταν μπορούσε να πάει στο Viper Club με τον Jason.

Η καλύτερη φίλη της, η Κέιλι Σμιθ, ήταν εκείνη που μου είπε ότι η Sharon θα μπορούσε να έρθει μαζί μου στη ντίσκο.

"Ξέρεις", είπε η Κέιλι, "η Σάρον σε συμπαθεί πολύ, Έρικ". Κοκκίνισα μέχρι τις ρίζες των ουλών της ακμής μου, νιώθοντας τα αυτιά μου να λάμπουν κόκκινα σαν πίνακες καλοριφέρ.

"Όχι", μουρμούρισα, "δεν το ήξερα". Απ' όσο ήξερα, η Σάρον δεν αναγνώριζε καν την ύπαρξή μου σ' αυτή τη γη.

"Ω ναι, πραγματικά, μου το είπε, λέει ότι είσαι ήσυχος και ευγενικός, όχι σαν τα άλλα παιδιά".

"Εγώ... προσπαθώ... προσπαθώ να είμαι... ευγενικός, δηλαδή", ξεφούρνισα, ακούγοντας όλο και περισσότερο σαν τον ηλίθιο του χωριού κάθε φορά που άνοιγα το στόμα μου.

"Δεν βλέπει πια τον Ιάσονα".

"Αλήθεια; Είπα βουβά, με τις συνομιλιακές μου ικανότητες να βελτιώνονται λεπτό προς λεπτό.

"Σημαίνει ότι δεν έχει κανέναν να πάει μαζί της τώρα.

"Αλήθεια; Είπα ξανά, τόσο γρήγορος όσο πάντα.

Η Κέιλι γύρισε τα μάτια της προς το ταβάνι. "Σημαίνει, ηλίθιε, ότι θα ήθελε να έρθει μαζί σου, οπότε γιατί δεν πας να της το ζητήσεις; Θέλω να πω, δύσκολα μπορεί να έρθει και να σε ρωτήσει η ίδια, έτσι δεν είναι;'

"Όχι, υποθέτω πως όχι. Στεκόμουν ακόμα εκεί, με τα πόδια μου ριζωμένα στο πάτωμα.

"Πήγαινε τότε, είναι στη βιβλιοθήκη και σε περιμένει".

"Είσαι σίγουρος;

Φυσικά και είμαι σίγουρος. Αλλιώς δεν θα έχανα το χρόνο μου να σου μιλάω, έτσι δεν είναι;", ειρωνεύτηκε. Δεν νομίζω ότι η Kayleigh περιμένει στην ουρά για να γίνει πρόεδρος της λέσχης θαυμαστών μου.

"Εννοώ, είστε πραγματικά σίγουρος; Δεν τα βγάζεις από το μυαλό σου όλα αυτά, για να με κάνεις να φαίνομαι σαν ηλίθιος;

Η Kayleigh μουρμούρισε κάτι που ακουγόταν σαν "δεν χρειάζεσαι καμία βοήθεια από μένα", προτού ισχυριστεί: "Ειλικρινά, η Sharon περιμένει στη βιβλιοθήκη να της ζητήσεις να έρθει στη ντίσκο. Από σένα εξαρτάται τι θα κάνεις για μένα. Δεν θα πήγαινα μαζί σου ακόμα κι αν η ζωή μου εξαρτιόταν από αυτό".

Με αυτό το ευγενικό αποχαιρετιστήριο σχόλιο, γύρισε και έφυγε.

Και ήταν αλήθεια! Η Σάρον με περίμενε στη βιβλιοθήκη. Πήγα προς το μέρος της, με την καρδιά μου να χτυπάει από τρόμο.

"Sharon... αναρωτιόμουν... ε... αναρωτιόμουν...

"Ναι;

"Εννοώ... ε... τη ντίσκο.

"Ναι;

'Εννοώ, θα... ε...' αυτή ήταν η στιγμή, η στιγμή της αλήθειας και η γλώσσα μου ένιωθε σαν να είχε δεθεί κόμπο, "... να πάμε μαζί στη ντίσκο;" ξεστόμισα τελικά, εκτοξεύοντας σάλια στην μπλούζα της.

"Ναι, τέλεια, γιατί όχι; Συνάντησέ με κάτω από τον πύργο του ρολογιού στην πλατεία της πόλης στις οκτώ. ΕΝΤΑΞΕΙ;

Πέρασα τόση ώρα στην μπανιέρα για να ετοιμαστώ, που παραλίγο να βγάλω βράγχια. Έπλυνα και έτριψα και σαμπουάν και οδοντικό νήμα και βούρτσα. Ξυρίστηκα τρεις φορές, κόπηκα κάτω από τη μύτη μου και άνοιξα μερικές κηλίδες ακμής. Δανείστηκα λίγο από το aftershave του πατέρα μου, περίπου δύο κουταλιές της σούπας, και ωχ, αυτό τσίμπησε τα κοψίματα και την ακμή μου, καθώς ο λαιμός μου φούντωνε κατακόκκινος από το έγκαυμα του ξυραφιού!

Έβρεχε όταν έφτασα στον Πύργο του Ρολογιού. Φορούσα μόνο ένα λεπτό τζιν μπουφάν, το οποίο σύντομα μούσκεψε και ένιωθα την κρύα βροχή να τρέχει στην πλάτη μου. Κουλουριάστηκα κοντά στον πύργο, προσπαθώντας να βρω κάποιο καταφύγιο. Είχα πάρει το πρωινό λεωφορείο για να βεβαιωθώ ότι θα ήμουν στην ώρα μου και είχα ακόμα είκοσι λεπτά να περιμένω μέχρι να έρθει η Sharon. Ήλπιζα να είχε μαζί της μια ομπρέλα. Και μια μεγάλη, ζεστή, χνουδωτή πετσέτα.

Καθώς πλησίαζε η ώρα οκτώ, άρχισα να κοιτάζω πάνω και κάτω στο δρόμο, περιμένοντας να δω τη Σάρον. Κοιτούσα με αγωνία κάθε αυτοκίνητο που περνούσε- καθώς έβρεχε, θα μπορούσε να την είχε πάρει κάποιος. Οι οκτώ η ώρα ήρθε και πέρασε. Βγήκα στο δρόμο για να ελέγξω την ώρα από το ρολόι, νομίζοντας (ελπίζοντας) ότι το ρολόι μου πήγαινε γρήγορα. Αλλά δεν ήταν.

Είκοσι παρά τέταρτο. Μισή ώρα. Είκοσι παρά εννέα. Ακόμα περίμενα, μούσκεμα μέχρι το δέρμα. Ένα λεπτό περίπου πριν από τις 8.45, ένα μαύρο VW Golf GT σταμάτησε απέναντι. Επιτέλους! Βγήκα προς το μέρος του.

Το παράθυρο του οδηγού κατέβηκε και ο Τζέισον Ρόσι με κοίταξε. Η Sharon ήταν δίπλα του στη θέση του συνοδηγού, η Κέιλι και ο φίλος της, ο Τόνι Μουλντ, στο πίσω κάθισμα.

"Περιμένεις κάποιον, Έρικ; φώναξε η Κέιλι.

"Έχεις ραντεβού, έτσι; Ο Τόνι Μουλντ πρόσθεσε.

"Τι αξιολύπητος αποτυχημένος!" ειρωνεύτηκε ο Ιάσονας.

"Χαμένε!", αντήχησε η Σάρον και απομακρύνθηκαν, γελώντας σαν αποχετεύσεις καθώς έκαναν τον γύρο του πύργου του ρολογιού, χαιρετώντας και χλευάζοντας με. Ένιωσα εντελώς ταπεινωμένη... εντελώς ταπεινωμένη.

Και στο σχολείο την επόμενη μέρα άκουγα τα χασκογελάκια, ένιωθα τα βλέμματα του χλευασμού καθώς η είδηση της ταπείνωσής μου διαδιδόταν. Γιατί εμένα; Τι είχα κάνει στη Σάρον Μέισον για να το αξίζω αυτό;

Αυτό ήταν πριν από οκτώ χρόνια.

Εγκατέλειψα το σχολείο και πήγα στο πανεπιστήμιο του Μπρίστολ, αποφοίτησα και βρήκα δουλειά στο Λονδίνο στην BP ως χημικός ερευνητής, όσο βαρετό κι αν ακούγεται. Δεν επέστρεψα σχεδόν ποτέ στη γενέτειρά μου, ούτε βέβαια σε κάποια σχολική επανένωση.

Αλλά πριν από έξι μήνες περίπου επέστρεψα για να δω τη μητέρα μου, η οποία δεν ήταν καλά. Στη συνέχεια, πήγα στην πόλη για να κάνω μερικά ψώνια. Η πλατεία της πόλης έχει πλέον πεζοδρομηθεί, με τον Πύργο του Ρολογιού να αποτελεί το επίκεντρο μιας νέας εμπορικής στοάς.

Δίπλα στον Πύργο του Ρολογιού, ένα κορίτσι καθόταν στο έδαφος και παρακαλούσε, κρατώντας ένα πλαστικό ποτήρι. Ένας σκύλος, ένα ασπρόμαυρο σκυλάκι, βρισκόταν στα πόδια της. Ήταν βρώμικη και ατημέλητη, τα μαλλιά της μακριά και ατημέλητα. Έμοιαζε χλωμή σαν το θάνατο, η σάρκα του προσώπου της είχε συρρικνωθεί στα ζυγωματικά της, όπως μιας αιγυπτιακής μούμιας. Δίπλα της υπήρχε ένα ρολό κρεβατιού και μια πλαστική σακούλα που περιείχε τα εγκόσμια υπάρχοντά της.

Την αναγνώρισα μόνο όταν είχα σχεδόν περάσει από δίπλα της. Sharon Mason!

"Σάρον, εσύ είσαι; Το εξαντλημένο πλάσμα με κοίταξε με θαμπό-νεκρό βλέμμα. 'Εγώ είμαι, ο Έρικ, ο Έρικ Γκέινλι'.

'Έρικ; Έρικ; Ω ναι, Έρικ.' Μου κούνησε το φλιτζάνι της και καθώς το έκανε, το μανίκι του ανοράκου της γλίστρησε πίσω στο χέρι της και μπορούσα να δω τα ίχνη της βελόνας στις φλέβες της. Το πιο όμορφο κορίτσι της πόλης είχε γίνει εθισμένο στην ηρωίνη. Ένιωθα τα δάκρυα να μου τσούζουν τα μάτια καθώς έβαζα £10 στο φλιτζάνι της.

"Συγγνώμη", ψιθύρισε, με την αναπνοή της βρώμικη και σάπια, "για εκείνη την εποχή, ξέρεις;".

"Δεν πειράζει, έχει ξεχαστεί προ πολλού. Δεν ήταν, αλλά εξακολουθούσα να θέλω να τη μαζέψω στην αγκαλιά μου και να την πάρω μακριά. Αλλά δεν μπορούσα και έφυγα βιαστικά, ντροπιασμένος για την αδυναμία μου.

Λίγο καιρό αργότερα, επισκεπτόμενος ξανά τη μητέρα μου, είδα ένα άρθρο στην τοπική εφημερίδα. Το πτώμα της Sharon είχε βρεθεί στον Πύργο του Ρολογιού, νεκρή από υπερβολική δόση, με τον σκύλο της να βρίσκεται ακόμα στα πόδια της.

ΜΙΑ ΤΈΛΕΙΑ ΔΟΥΛΕΙΆ

ΔΥΤΙΚΉ ΑΦΡΙΚΉ, 1987.

Αφού ήμουν άνεργος για τόσο καιρό, μου φάνηκε η τέλεια δουλειά. Λοιπόν, για να είμαι ειλικρινής, στην περίπτωσή μου οποιαδήποτε δουλειά θα ήταν η τέλεια δουλειά. Τα πράγματα ήταν δύσκολα από τότε που απολύθηκα από την BJ Horner and Associates, ένα αρχιτεκτονικό γραφείο στο Σέφιλντ.

Στην ηλικία των πενήντα επτά ετών, θεωρούμουν πολύ μεγάλος και δεν είχα βρει ούτε μια δουλειά στους τέσσερις μήνες που ήμουν άνεργος. Δύο συνεντεύξεις, μόνο δύο συνεντεύξεις σε όλο αυτό το διάστημα και δεν υπήρξε καμία συνέχεια από καμία. Τις περισσότερες φορές δεν έλαβα καν επιβεβαίωση της αίτησής μου.

Είχαμε καθυστέρηση στην πληρωμή του στεγαστικού δανείου, οι αποταμιεύσεις μας είχαν εξαφανιστεί, οι πιστωτικές μας κάρτες ήταν στο όριο και ήμασταν έτοιμοι να χρεοκοπήσουμε. Το άγχος για τη Μέρι και εμένα ήταν αφόρητο. Και τότε το γραφείο προσλήψεων χτύπησε με μια προσφορά εργασίας, που μας έσωσε τη ζωή.

Η δουλειά ήταν να αναλάβει και να διευθύνει το γραφείο Ζουνγκούνα της Dabakala Architects στη μικρή δυτικοαφρικανική πολιτεία Ομπαγκάνια.

Έψαξα την Ομπαγκάνια στο διαδίκτυο. Πρόκειται για μια στενή λωρίδα μιας χώρας που στριμώχνεται μεταξύ της Νιγηρίας και της Γκάνας, και καλύπτει και τις δύο πλευρές του ποταμού Ομπαγκάν. Η Ζουνγκούνα βρίσκεται στο μακρινό βορρά της χώρας, όσο πιο βόρεια μπορείς να πας, περίπου τετρακόσια μίλια από την πρωτεύουσα, την πόλη Ομπαγκάν, στο πλούσιο σε πετρέλαιο δέλτα του ποταμού.

Η Μαίρη δεν ήταν τόσο σίγουρη για τη δουλειά, αλλά παρέκαμψα τις αντιρρήσεις της.

"Τα χρήματα είναι πραγματικά καλά. Ακόμα και μετά τον τοπικό φόρο, θα πρέπει να είμαστε σε θέση να βάλουμε στην τράπεζα ένα δίκαιο ποσοστό. Μπορούμε να ξανασταθούμε στα πόδια μας και να βάλουμε κάποια χρήματα στην άκρη".

"Αλλά είναι ασφαλές;

"Φυσικά και είναι, ήταν βρετανική αποικία".

"Πριν από τριάντα χρόνια, ίσως. Τα πράγματα αλλάζουν, έγινε εμφύλιος πόλεμος από τότε. Και λιμός!

"Ναι, αλλά τώρα βρήκαν πετρέλαιο. Ωκεανούς γεμάτους πετρέλαιο. Θα γίνει η πλουσιότερη χώρα της Δυτικής Αφρικής".

"Δεν ξέρω Ντέιβιντ, πραγματικά δεν ξέρω. Ρισκάρουμε τα πάντα.

Έκανα ξανά τα ποσά. Με ένα διετές συμβόλαιο και ένα μπόνους στο τέλος του συμβολαίου, θα μπορούσαμε να αρχίσουμε να ξαναβρίσκουμε τον ίσιο δρόμο. Και ελπίζω ότι το συμβόλαιο θα μπορούσε να παραταθεί πέραν των δύο ετών. Θα μπορούσαμε να εξοφλήσουμε όλα τα χρέη μας, να είμαστε και πάλι φερέγγυοι και ίσως να μετακομίσουμε σε ένα καλύτερο σπίτι. Υπέγραψα ένα αντίγραφο του συμβολαίου και το ταχυδρόμησα ξανά.

Μετά από μερικές εβδομάδες ανησυχίας, πήρα

τελικά την επιβεβαίωση από το γραφείο ευρέσεως εργασίας και κανόνισα να πετάξω για την Ομπαγκάνια. Εγώ θα πήγαινα πριν από τη Μαίρη-εκείνη θα ακολουθούσε μετά από μερικές εβδομάδες, μόλις τακτοποιούσα τα πράγματα. Το πρακτορείο με ενημέρωσε ότι θα έπρεπε να αγοράσω μόνος μου το εισιτήριο, κάτι που είχε να κάνει με τους κανονισμούς συναλλαγματικών ισοτιμιών που καθιστούσαν δύσκολο για τον εργοδότη να στείλει το εισιτήριο, αλλά το κόστος θα μου επιστρεφόταν μόλις έφτανα εκεί.

Έδειξα στην τράπεζα το συμβόλαιό μου, και με βάση τα μελλοντικά μου κέρδη μπόρεσα να επεκτείνω το λογαριασμό υπερανάληψης και να αγοράσω το εισιτήριο και 2.000 δολάρια σε ταξιδιωτικές επιταγές για να αντέξω μέχρι την πρώτη πληρωμή του μισθού μου. (Είχα διαβάσει ότι, εκτός από την Εθνική Τράπεζα της Ομπανγκάνια, οι συναλλαγές με πιστωτικές κάρτες είναι σχεδόν άγνωστες και σχεδόν όλες οι συναλλαγές γίνονται με επιταγές ή μετρητά).

Αν έχετε επιλογή, θα σας πρότεινα να μην πετάξετε με την Ομπαγκάν Airways. Το Boeing 707 ήταν παλιό και βρώμικο, τα καθίσματα λερωμένα, και το μόνο φαγητό που προσφέρθηκε σε όλη την πτήση ήταν δύο βραστά αυγά. Ένα μικρό κουτάκι τοπικής μπύρας Obaganian κόστιζε 8 λίρες και "Λυπάμαι", είπε η αεροσυνοδός, "δεν έχω ρέστα για χαρτονόμισμα των 10 λιρών".

Το Διεθνές Αεροδρόμιο Ομπαγκάν ήταν ένα σοκ. Θορυβώδες, βρώμικο και χαοτικό. Ο κλιματισμός δεν λειτουργούσε και μέχρι να φτάσω στο τελωνείο και το τμήμα μετανάστευσης, ένιωθα σαν ένα κομμάτι ψάρι στον ατμό.

Έχεις λίρες; Δολάρια;" ρώτησε ο υπάλληλος του νομισματικού ελέγχου, ο οποίος φορούσε γυαλιά ηλίου καθρέφτη, παρόλο που τα μισά φώτα στην αίθουσα αφίξεων ήταν άφωτα. Είχα δηλώσει τα δολάριά μου στο έντυπο του τελωνείου και αναρωτήθηκα γιατί με ρωτούσε.

"Ναι, 2.000 δολάρια, σε ταξιδιωτικές επιταγές".

"Πρέπει να αλλάξετε σε Quiera, τοπικά χρήματα, είναι ο νόμος.

Έπρεπε να υπογράψω τις ταξιδιωτικές επιταγές μου και να περιμένω να εξαφανιστεί με τα χρήματά μου. Μετά από δεκαπέντε λεπτά αγωνίας, επέστρεψε και μου έσπρωξε μια χούφτα βρώμικα, σκασμένα χαρτονομίσματα. Τα μέτρησα- με 1270 Q στο δολάριο, ήξερα ότι θα έπρεπε να έχω πάρει περίπου 2.540.000 Q. Μέτρησα ξανά τα χαρτονομίσματα: 2.385.005 Q, περίπου 120 δολάρια λιγότερα.

"Λυπάμαι", είπα, "φαίνεται ότι έχει γίνει κάποιο λάθος. Θα έπρεπε να υπάρχουν περισσότερα από δυόμισι εκατομμύρια Quiera;

"Επιτροπή!" είπε, χωρίς να δεχτεί καμία αντίρρηση. 'Τελείωσα εδώ, πήγαινε στο γκισέ της Υγείας'.

Είχα κάνει όλους τους εμβολιασμούς μου πριν φύγω από την Αγγλία: χολέρα, κίτρινος πυρετός κ.λπ., αλλά τα πιστοποιητικά εμβολιασμού μου κηρύχθηκαν "άκυρα". Μου επιβλήθηκε πρόστιμο 25.000 Q. Ο αξιωματούχος της Υγείας έβαλε τα χρήματα στην τσέπη του και στη συνέχεια σφράγισε τα πιστοποιητικά μου. 'Γραφείο μετανάστευσης', είπε, δείχνοντας προς τα αριστερά.

Εκεί, η βίζα μου δηλώθηκε ως "ληγμένη", παρόλο που είχε εκδοθεί μόλις πριν από δέκα ημέρες από την πρεσβεία της Ομπαγκάνια στο Λονδίνο. Άλλο ένα "πρόστιμο", το οποίο, όπως και τα άλλα, πήγε κατευθείαν στην τσέπη του. Με αυτόν τον ρυθμό, δεν θα μου είχαν μείνει καθόλου χρήματα πριν καν βγω από τις αφίξεις.

Τελικά βρήκα τη βαλίτσα μου- την είχαν πετάξει σε μια γωνία και μια από τις κλειδαριές είχε ξεκολλήσει. Καθώς σήκωσα τη βαλίτσα, με πλησίασαν τρεις ή τέσσερις αχθοφόροι, που στριμώχνονταν μεταξύ τους για τη συνήθειά μου. Θα προτιμούσα να τη μεταφέρω μόνη μου, εκτός από το γεγονός ότι μια πινακίδα δίπλα στο καρουζέλ έγραφε: *Οι αχθοφόροι πρέπει να χρησιμοποιούνται για τη μεταφορά των αποσκευών, 25.000 Q για παράβαση.*

Με έναν αναστεναγμό παραίτησης, έδειξα τον πιο καθαρό από τους αχθοφόρους και κατευθύνθηκα προς το τελωνείο. Οι τσάντες μου ανοίχτηκαν και ένα παντελόνι, ένα μάλλον ωραίο καινούργιο πουκάμισο και τα είδη υγιεινής μου κατασχέθηκαν ως "απαγορευμένα αντικείμενα". Ήμουν πολύ κουρασμένος για να διαφωνήσω. Εν πάση περιπτώσει, αν έκανα φασαρία, πιθανότατα θα χειροτέρευαν τα πράγματα. Περισσότερα "πρόστιμα"!

Καθώς βγαίναμε από τις αφίξεις, με περικύκλωσε ένας όχλος από οδηγούς ταξί που φώναζαν. 'Ταξί, ταξί, καλό ταξί!' φώναζαν, με σπρώχνανε, πιάνοντας τα χέρια μου για να με τραβήξουν προς τα εδώ ή προς τα εκεί. Μέσα στη συμπλοκή έχασα από τα μάτια μου τον αχθοφόρο μου. Κάποιος προσπάθησε να μου τραβήξει τη χειραποσκευή μου, αλλά εγώ κρατήθηκα γερά. Υποτίθεται ότι θα με περίμεναν οι εργοδότες μου, αλλά δεν είδα κανέναν να κρατάει μια κάρτα με το όνομά μου.

Τότε είδα τον αχθοφόρο μου και τη βαλίτσα μου να εξαφανίζονται γρήγορα στο προαύλιο. Προσπάθησα να τους ακολουθήσω, αλλά εμποδίστηκα από τους ταξιτζήδες που στριμώχνονταν. Η βαλίτσα μου πετάχτηκε στο πίσω μέρος ενός αυτοκινήτου, ακολουθούμενη από τον αχθοφόρο και το αυτοκίνητο έφυγε. Φώναζα και φώναζα, αλλά χωρίς αποτέλεσμα.

Ήθελα να καταγγείλω την κλοπή, αλλά ο ένοπλος αστυνομικός στις πόρτες του αεροδρομίου δεν μου επέτρεψε να ξαναμπώ μέσα.

"Πήγαινε στην αστυνομία στην πόλη Ομπαγκάν", επέμεινε. 'Η ληστεία γίνεται έξω από το αεροδρόμιο, δεν είναι θέμα της αστυνομίας του αεροδρομίου', και με απομάκρυνε.

Τότε άκουσα να φωνάζουν το όνομά μου και ένας κοντός Ομπαγκανός κούνησε ένα κομμάτι χαρτόνι στο οποίο ήταν γραμμένο κατά προσέγγιση το όνομά μου, Ντέιβιντ Χάρισον.

"Τζόζεφ, Διευθυντής Διοίκησης", μου ανακοίνωσε με υπερηφάνεια, δείχνοντάς μου αστραφτερά λευκά δόντια. 'Συγγνώμη που δεν ήρθα νωρίτερα, αλλά το αεροπλάνο ήρθε πολύ νωρίς'.

'Νωρίς; Είχε δύο ώρες καθυστέρηση!'

"Ναι, πολύ νωρίς. Κανονικά αργεί τέσσερις ώρες.

Του είπα για την κλοπή της βαλίτσας μου.

"Ναι", είπε, εντελώς αδιάφορα, "όλοι οι αχθοφόροι είναι οδοντίατροι". Δεν είχε ιδέα πώς θα μπορούσα να το ανακτήσω,

"Αστυνομία, πρέπει να το αναφέρω στην αστυνομία".

"Η αστυνομία δεν είναι καλή, η αστυνομία είναι οδοντογιαλούρικη. Παίρνουν παύλα από εσένα, παύλα από τον αχθοφόρο αλλά δεν κάνουν τίποτα".

"Ντας;

"Χρήματα, ξέρετε, για το χρόνο της αστυνομίας".

"Δωροδοκία; Εννοείς δωροδοκία;'

"Δωροδοκία. Ντας. Όλα τα ίδια.'

Τα πάντα στην πόλη Ομπαγκάν κατέρρεαν. Οι δρόμοι, τα κτίρια... μύριζαν λύματα και φαγητό. Σε όλους τους δρόμους προς το κέντρο της πόλης, γυναίκες από το Obaganian κάθονταν μπροστά από πάγκους στους οποίους ανώνυμα πράγματα φούσκωναν μέσα σε σάπιο λάδι. Το ταξίδι ήταν ένας εφιάλτης από πυκνούς καπνούς, πνιγηρούς καπνούς ντίζελ και ατελείωτα μποτιλιαρίσματα που διαιωνίζονταν σε μια κακοφωνία από κόρνες και φωνές.

Τελικά, φτάσαμε στο Ξενοδοχείο Σπλέντιτ , το οποίο ονομάστηκε έτσι από κάποιον με καυστικό χιούμορ. Θα έμενα εδώ μέχρι τη μεταφορά μου στη Ζουνγκούνα.

"Πρέπει να πληρώσετε το δωμάτιο εκ των προτέρων", είπε ο Joseph.

"Εγώ; Το συμβόλαιό μου λέει ότι παρέχεται διαμονή".

"Ναι. Εμείς παρέχουμε, εσείς πληρώνετε".

"Όχι, όχι, όχι", επέμεινα, βγάζοντας το αντίγραφο του συμβολαίου από την τσάντα μου. "Κοίτα", τόνισα. Ή διαμονή θα παρέχεται δωρεάν από τον εργοδότη'.

Με τη σειρά του, ο Τζόζεφ έβγαλε ένα αντίγραφο του συμβολαίου. Στο δικό του αντίγραφο οι λέξεις δωρεάν είχαν διαγραφεί με μαύρο στυλό.

"Δεν μπορείτε να αλλάζετε έτσι απλά μια σύμβαση- οι αλλαγές πρέπει να συμφωνούνται αμοιβαία!

"Ναι. Ναι, φυσικά, ο κ. Νταμπακάλα συμφώνησε αμοιβαία αυτή την αλλαγή.

"Θα το συζητήσω αυτό με τον κ. Νταμπακάλα όταν τον δω αύριο".

"Ο κΝταμπακάλα είναι εκτός χώρας. Δεν ξέρω πότε θα επιστρέψει".

Δεν υπήρχε λόγος να διαφωνήσουμε περαιτέρω με τον Ιωσήφ.

Έρχομαι εννέα η ώρα, πάμε στο γραφείο', και ανέβηκε ξανά στο ταξί, ενώ εγώ έμπαινα στο ξενοδοχείο, προσπαθώντας να αγνοήσω τη μυρωδιά από κάτι πικάντικο που έβγαινε από μια πόρτα πίσω από τη ρεσεψιόν. Χρειάστηκαν δέκα λεπτά μέχρι να καταδεχτεί κάποιος να έρθει και να δει ποιος χτυπούσε το κουδούνι στο γραφείο. Τελικά εμφανίστηκε ένας άντρας με βρώμικο λευκό παντελόνι και βυσσινί σακάκι κουδουνιού, ξύνοντας τον καβάλο του καθώς το έκανε. "Τι θέλεις, ε, φίλε;" ρώτησε γκρινιάζοντας.

Του εξήγησα ότι θα έπρεπε να γίνει κράτηση για μένα από την Dabakala Architects. Ήταν σαν να του είχα ζητήσει να κάνει χειρουργική επέμβαση στο ορθό με ένα αμβλύ κουτάλι, καθώς, με μεγάλη κακομοιριά, έλεγξε τον φάκελο κρατήσεων πριν γρυλλίσει: "Δωμάτιο 240, 33.000 Q συν 5.000 Q φόρος για καθυστερημένη άφιξη".

Πλήρωσα τα 33.000 Q, αλλά αρνήθηκα να πληρώσω 5.000 Q "φόρο καθυστερημένης άφιξης". Είχα μείνει στην Ομπαγκάνια μόνο λίγες ώρες, αλλά μάθαινα πώς λειτουργούν τα πράγματα και ήξερα ότι τα επιπλέον χρήματα θα πήγαιναν κατευθείαν στην τσέπη του.

Μετά από κάποια διαφωνία, έφερε τελικά το κλειδί του δωματίου και έδειξε τις σκάλες. "Δεν υπάρχει ασανσέρ;" ρώτησα.

"Εκτός λειτουργίας. Και με αυτό τον τρόπο, επέστρεψε από την πόρτα πίσω από το γραφείο.

Όταν έφτασα στο δωμάτιο, διαπίστωσα ότι δεν υπήρχαν σεντόνια στο κρεβάτι, το τηλέφωνο στο κομοδίνο δεν λειτουργούσε και ήμουν πολύ κουρασμένος για να ξαναπάω κάτω να ζητήσω μερικά. Ξέπλυνα το πρόσωπό μου με χλιαρό, μάλλον καφέ νερό, σύρθηκα κάτω από την κουνουπιέρα και έπεσα εξαντλημένη στο κρεβάτι, πολύ κουρασμένη για να ανησυχήσω για τις κατσαρίδες που τριγυρνούσαν σε κάθε επιφάνεια.

Το επόμενο πρωί, προσπάθησα να τηλεφωνήσω στη Μέρι, αλλά όπως ήταν αναμενόμενο, τα τηλέφωνα ήταν "εκτός λειτουργίας".

Η ώρα ήταν κοντά στις δέκα παρά στις εννέα όταν εμφανίστηκε ο Τζόζεφ, χωρίς να τον απασχολεί η αργοπορία του. Έπρεπε να μάθω ότι η τήρηση της ώρας είναι σχετική έννοια στην Ομπαγκάνια.

Τα γραφεία της Dabakala Associates στεγάζονταν στον τέταρτο όροφο ενός εξαώροφου κτιρίου γραφείων σε απόσταση περίπου ενός τετάρτου του μιλίου από το ξενοδοχείο. Λόγω της κυκλοφοριακής συμφόρησης θα ήταν πιο γρήγορο να περπατήσετε, αλλά η ζέστη ήταν κολλώδης και καταπιεστική.

Υπήρξε διακοπή ρεύματος στο κτίριο γραφείων και έμαθα ότι η ONPC, Obanganya National Power Company, ήταν συχνά γνωστή ως "συχνά δεν έρχεται ποτέ ρεύμα". Όταν φτάσαμε στο γραφείο, αφού ανεβήκαμε τις σκάλες, η ρεσεψιονίστ κοιμόταν στο γραφείο της και ξύπνησε ξαφνικά όταν ο Τζόζεφ κλώτσησε το μπροστινό μέρος του γραφείου της. 'Blossom, δείξε στον κ. Χάρισον ένα γραφείο', είπε και έφυγε στον διάδρομο. Η Μπλόσομ, με τα μαλλιά της περίτεχνα πλεγμένα στην κορυφή του κεφαλιού της (για να δείξει ότι ήταν πολύ σημαντική για να κουβαλάει κανάτες με νερό στο κεφάλι της, όπως κάνουν τα κορίτσια του χωριού), σηκώθηκε απρόθυμα, με οδήγησε στον απέναντι διάδρομο σε ένα ανοιχτό γραφείο και έδειξε ένα άδειο γραφείο στην άλλη γωνία. Πέντε ή έξι σκιτσογράφοι σήκωσαν τα μάτια τους από τα γραφεία τους, μου έγνεψαν και συνέχισαν τη δουλειά τους.

Κανείς δεν ήξερε τι να κάνει μαζί μου. Ρώτησα την Μπλόσομ πού ήταν το γραφείο του Τζόζεφ, αλλά μου είπε ότι ήταν πολύ απασχολημένος για να με δει εκείνη την ημέρα. Καθόμουν στο γραφείο για το μεγαλύτερο μέρος τριών εβδομάδων, γυρνώντας τους αντίχειρές μου χωρίς να έχω τίποτα να κάνω. Δεν μου επιτρεπόταν να δω κανένα από τα σχέδια ή τις λεπτομέρειες οποιουδήποτε έργου με το οποίο θα ασχολούνταν η Dabakala Architects, καθώς "μόνο ο κ. Νταμπακάλα θα μπορούσε να το εγκρίνει αυτό".

Κανείς δεν μπορούσε να μου πει τίποτα για το γραφείο στη Ζουνγκούνα, όπου υποτίθεται ότι θα υπηρετούσα, εκτός από το να μου πει ότι έκανε πολύ ζέστη εκεί.

Όταν κατάφερα να δω τον Joseph, δεν ήθελε να συζητήσει την επιστροφή του αεροπορικού μου εισιτηρίου - "μόνο ο κ. Νταμπακάλα θα μπορούσε να το εγκρίνει αυτό" - και κανείς δεν μπορούσε να πει πότε θα μπορούσε να επιστρέψει.

Η Quiera μου μειωνόταν ραγδαία και αναγκάστηκα να επισκεφθώ την Εθνική Τράπεζα Ομπανγκάνια για να κάνω ανάληψη χρημάτων από την κακοποιημένη πιστωτική μου κάρτα. Ευτυχώς, είχα διαπραγματευτεί μια αύξηση της υπερανάληψής μου, αλλά άρχισα να ανησυχώ σοβαρά για την κατάσταση. Κατάφερα να τηλεφωνήσω στη Μαίρη από το γραφείο της τηλεφωνικής εταιρείας (οι ιδιωτικές κλήσεις δεν επιτρέπονταν στο Dabakala Architects). Η γραμμή ήταν κακή και σπασμένη, και προσπάθησα να αποσιωπήσω τις ανησυχίες μου, αλλά μπορούσα να καταλάβω από τη φωνή της ότι, αν και δεν έλεγε "σας το είπα", αυτό υπονοούνταν στον τόνο της.

Ο Ρόμπερτ Νταμπακάλα επέστρεψε τελικά, αλλά ήταν "πολύ απασχολημένος" για να με δει. Τελικά, μετά από άλλες τρεις ολόκληρες ημέρες, με κάλεσε στο γραφείο του. Ήταν ένας ψηλός, διακεκριμένος άντρας με εμφανείς φυλετικές ουλές σε κάθε μάγουλο, ντυμένος άψογα με σκούρο μπλε κοστούμι με μια μόλις διακριτή ρίγα, λευκό πουκάμισο και σκούρα κόκκινη γραβάτα.

"Τι κάνεις εδώ;" απαίτησε απότομα μόλις μπήκα.

"Ήρθα να δουλέψω για σας, να διευθύνω το γραφείο σας στη Ζουνγκούνα", τραύλισα, σοκαρισμένη από τον τόνο της φωνής του.

"Η εργασία ακυρώνεται. Δεν πρέπει να βρίσκεστε εδώ.

'Ακυρώθηκε; Από πότε;

"Από τη στιγμή που το λέω εγώ. Το έργο του Πανεπιστημίου της Ζουνγκούνα ακυρώνεται και έτσι δεν υπάρχει δουλειά. Πρέπει να γυρίσεις πίσω. Δεν θα έπρεπε να βρίσκεστε εδώ.

"Έχω ένα συμβόλαιο, ένα συμβόλαιο υπογεγραμμένο από εσάς", του είπα, κουνώντας το.

"Η σύμβαση ακυρώνεται. Δεν υπάρχει συμβόλαιο".

"Εγώ... αγόρασα το εισιτήριό μου, πλήρωσα για το ξενοδοχείο μου όλο αυτό το διάστημα... μου κόστισε πολλά χρήματα για να έρθω εδώ".

"Αυτό δεν με αφορά

"Και ο μισθός μου για το διάστημα που ήμουν εδώ, στο γραφείο σας;

"Αν δεν υπάρχει δουλειά, τότε δεν υπάρχει και μισθός".

"Το εισιτήριό μου, όλα τα έξοδά μου. Τι θα γίνει με αυτά; Είχα αρχίσει να θυμώνω τώρα.

"Ανακτήστε τα από το πρακτορείο, δεν έπρεπε να σας στείλουν. Ο Τζόζεφ τους έγραψε και τους είπε ότι η δουλειά ακυρώθηκε. Αυτό δεν με αφορά.

"Ο Τζόζεφ δεν μου είπε τίποτα για την ακύρωση της εργασίας!

"Ιωσήφ!" φώναξε. Έλα εδώ. Γρήγορα! Ο Τζόζεφ μπήκε τρέχοντας μέσα, δείχνοντας τρομοκρατημένος.

"Έγραψες στο πρακτορείο στην Αγγλία για να ακυρώσεις αυτή τη δουλειά, έτσι δεν είναι;

"Ναι, ναι, φυσικά, κύριε Νταμπακάλα".

Μπορούσα να καταλάβω από τα μάτια του ότι έλεγε ψέματα, προφανώς ήταν η πρώτη φορά που άκουγε για την "ακύρωση", αλλά δεν επρόκειτο να ρισκάρει τη δουλειά του για χάρη μου.

"Βλέπετε", είπε ο Νταμπακάλα, "είναι θέμα της υπηρεσίας. Μιλήστε μαζί τους".

"Εγώ... η διαμονή μου κοστίζει 33.000 Q την ημέρα για τρεις εβδομάδες ή και περισσότερο", απαίτησα, αποφασισμένη να προσπαθήσω να ανακτήσω τουλάχιστον κάποια χρήματα, αλλά ακούστηκα αδύναμη και αμυντική, χωρίς αξιοπρέπεια.

"Για άλλη μια φορά", απάντησε ομαλά, "αυτό δεν με αφορά. Είστε εδώ ως τουρίστας. Σας παρακαλώ φύγετε πριν καλέσω την ασφάλεια".

Ο Τζόζεφ με έπιασε από το χέρι και ουσιαστικά με έσυρε έξω από το γραφείο του Νταμπακάλα.

Δεν τον ξαναείδα ποτέ. Ούτε τον Τζόζεφ. Την επόμενη μέρα απελάθηκα, καθώς η αστυνομία μετανάστευσης με συνόδευσε στο αεροδρόμιο, δίνοντάς μου ελάχιστο χρόνο να μαζέψω τα λιγοστά μου υπάρχοντα. Οι λίγες Quiera που μου είχαν απομείνει "κατασχέθηκαν", καθώς ήταν "παράνομο" να βγάζεις οβανγκανέζικο νόμισμα από τη χώρα και το ανταλλακτήριο συναλλάγματος του αεροδρομίου "έκλεισε", παρόλο που μπορούσα να δω καθαρά ότι δεν ήταν έτσι. Είδα την αστυνομία να μοιράζει απροκάλυπτα τα χρήματά μου μεταξύ τους και στη συνέχεια με παρέλασαν κατά μήκος της πίστας προς το αεροπλάνο.

Φυσικά, το πρακτορείο δεν γνώριζε τίποτα για οποιαδήποτε ακύρωση της εργασίας και απέρριψε τις αξιώσεις μου- στην πραγματικότητα, ήταν οι ίδιοι εκτός τσέπης, καθώς η Dabakala είχε αρνηθεί να πληρώσει την αμοιβή του πρακτορείου.

Τα χρέη μας ήταν πλέον εξουθενωτικά και χάσαμε το σπίτι. Η Μαίρη με άφησε για να πάει να ζήσει με την κόρη μας Σάρα, κατηγορώντας με για όλα μας τα προβλήματα. Δεν είχα άλλη επιλογή από το να κηρύξω πτώχευση και τώρα οδηγώ ταξί.

Η Μαίρη και εγώ προσπαθούμε να

συμφιλιωθούμε, αλλά θα πάρει λίγο χρόνο. Αλλά είμαι αισιόδοξος.

Όσον αφορά τους Ομπαγκάνια και Dabakala Architects, εκείνη τη στιγμή φαινόταν πραγματικά η τέλεια δουλειά.

Σημείωση του συγγραφέα: Πράγματι πήγα και εργάστηκα στη Δυτική Αφρική ως αρχιτέκτονας, αλλά χαίρομαι που λέω ότι η εμπειρία μας στη Νιγηρία ήταν πολύ διαφορετική από εκείνη του Ντέηβιντ Χάρισον.

ΜΕΡΙΚΆ ΤΥΧΑΊΑ ΠΟΙΉΜΑΤΑ

Μερικά από αυτά τα ποιήματα εμφανίζονται στα μυθιστορήματά μου, άλλα είναι απλώς σκέψεις που εμφανίστηκαν κατά καιρούς.

<h1 style="text-align:center">ΓΙΑΤΙ Ω ΚΥΡΙΟΣ;</h1>

Μου αρέσουν πολύ τα γατάκια,
Και γάντια από δέρμα προβάτου
Αλλά το δέρμα φιδιού με τρομάζει.
Η σκέψη και μόνο ενός φιδιού,
Μπορεί να με κρατήσει ξύπνιο
Μέσα από πολλές άγρυπνες νύχτες.

Ω πόσο μισώ
Αυτό το φωτεινό κραιτ με τις ζώνες
Ο κροταλίας, ο βόας και η ασπίς,
Βγαίνω με κρύο ιδρώτα,
Ότι μια μέρα μπορεί να πάρω
Παγιδευμένος στη σφιχτή λαβή ενός πύθωνα.

Η θέα μιας κόμπρας ή ακόμη και μιας οχιάς,
Θα με κάνει αρκετά υπερβολικό
Όταν σκέφτομαι αυτό το δηλητηριώδες
    δάγκωμα.
Και θα χορέψω μια γρήγορη σάμπα,
Στη σκέψη μιας μάμπας
Γλιστρώντας στην κρεβατοκάμαρά μου για να
    παλέψω.

Και δεν θα το κάνω ποτέ,

Από τώρα μέχρι πάντα,
Πάρτε να αισθανθείτε πιο αγαπητός
Για το τεράστιο ανακόντα

Κροταλίας ο Στυγερός,
θαλάσσιο φίδι, κοραλλιογενές φίδι, κρέιτ,
Μπουμσλανγκ, καφέ φίδι και οχιά γκαμπουν,
Λάχεσις, ασπίς και μοκασίνος
Φίδι τίγρης, μαμπάς, μαύρο και πράσινο.

Βάιπερς και κόμπρες και όλα τα είδη
    προσθηκών
Και το φοβερό αυστραλιανό Ταιπάν, το
    χειρότερο από τα χειρότερα.
Ω γιατί, ω Κύριε
Υπάρχουν σε αυτή τη γη;

Μ' ΟΛΙΣ ΕΛΕΥΘΕΡΩΘΟΎΝ.

Κάποτε κολύμπησαν ελεύθερα,
Υπέροχα πλάσματα,
Άρχοντες της Θάλασσας.

Τότε,
Σκληρό δίχτυ,
Ανασύρθηκε από τη θάλασσα,
Χτυπημένο, όχι χαϊδεμένο,
Κλειδωμένος σαν αρουραίος,
Ποτέ ξανά να μην περιπλανηθεί άγρια μέσα
    στα κύματα,
Να διατηρείται σε μια πισίνα,
Φοβισμένος και μόνος.
Ποιος λέει ότι είναι σκληρό;

Κάποτε κολύμπησαν ελεύθερα,
Υπέροχα πλάσματα,
Άρχοντες της Θάλασσας.

Διδάσκεται να κάνει κόλπα,
Χτυπήθηκε με ξύλα,
Τροφοδοτούνται με υπολείμματα ψαριών,
Τι περισσότερο θα μπορούσαν να επιθυμούν;

Κολυμπήστε σε κύκλους,
Πηδήξτε μέσα από στεφάνια,
Κολυμπήστε σε κύκλους,
Δεν υπάρχει χώρος για ελεύθερη κολύμβηση
Στενά περιορισμένο,
Φυσικά, δεν τους πειράζει.

Κάποτε κολύμπησαν ελεύθερα,
Υπέροχα πλάσματα,
Άρχοντες της Θάλασσας.

"Δεν είναι για τα χρήματα,
Όχι, όχι, καθόλου,
Είναι για το δικό τους καλό,
Να τους αφήσουμε να παίξουν μπάλα,
Δεν είναι για τα χρήματα,
Πώς μπόρεσες να το σκεφτείς αυτό;
Είμαστε ευγενικοί και φροντίζουμε,
(Εκτός από κάποιο σύρμα)
Αλλά είναι σκληρό να κρατάς σκυλιά
Και είναι σκληρό να κρατάς γάτες,
Έτσι, απελευθερώστε τους όλους,
Και τα άλογα επίσης,
Και όταν το κάνετε αυτό,
Θα εξακολουθήσουμε να δεχόμαστε τα
    μετρητά σας,
(Είναι για καλό σκοπό,
Όλα έχουν νόημα
Γεμίζοντας τις τσέπες μας
Σε βάρος των πλασμάτων του Θεού)

Κάποτε κολύμπησαν ελεύθερα,
Υπέροχα πλάσματα,
Άρχοντες της Θάλασσας.

Και αν κάποιος πεθάνει,
Λοιπόν, δεν πειράζει,

Έχουμε άλλο ένα,
Και ένα άλλο,
Και άλλο ένα ακόμα,
Μπορούμε να φέρουμε ένα από τη Ρωσία
Αμπού Ντάμπι επίσης,
(Για να πάρουμε έναν ζωντανό πρέπει να
    σκοτώσουμε δέκα)
Να κολυμπάς σε κύκλους
Και να πηδάτε μέσα από στεφάνια,
Δεν είναι για τα χρήματα,
Είναι για το δικό τους καλό.
Του χρόνυυ θα βάλουμε δόλωμα για αρκούδες
(Τους αρέσει, ξέρετε).
Δώστε μας τα μετρητά,
Θα οργανώσουμε το σόου.
Με συγχωρείτε, πρέπει να φύγω,
Έχω μερικά δελφίνια για μαστίγιο.

Κάποτε κολύμπησαν ελεύθερα,
Υπέροχα πλάσματα,
Άρχοντες της Θάλασσας.

Ελευθερώστε τους.
Ελευθερώστε τους.
ΕΛΕΥΘΕΡΩΣΤΕ ΤΟΥΣ!

Antidolphinariumist

ΓΙΑΤΙ ΟΧΙ

Γιατί
(όποιοι κι αν είναι αυτοί)
Πάντα λέτε τέτοια πράγματα όπως;
Κάθε σύννεφο έχει μια ασημένια επένδυση
Ή
Όλα θα πάνε καλά στο τέλος
Ή
Υπάρχει πάντα φως στο τέλος του τούνελ
Ή
Αυτά τα πράγματα συμβαίνουν για
    κάποιο λόγο
Ή
Πρέπει να βλέπεις τη θετική πλευρά
Ή
Όλα θα πάνε καλά, θα δεις.
Ή
Δεν είναι το τέλος του δρόμου.

Γιατί όχι;
Απλά πείτε
Σκατά συμβαίνουν. Ζήσε με αυτά.

Η ΦΥΛΑΚΉ BALLARD ΤΟΥ
WAKEFIELD

Οι τοίχοι κλείνουν
Αμείλικτα συντριπτική,
Σπάσιμο των οστών
Σπάσιμο του πνεύματος
Δεν υπάρχει διέξοδος
Δεν υπάρχει έξοδος
Δεν υπάρχει έξοδος

Δεν υπάρχει σιωπή
Πού πήγε όλη η σιωπή;
Ο θόρυβος ακατάπαυστα,
Τα βογγητά, οι κραυγές, οι κατάρες,
Το ποδοπάτημα των μπότας, ο κρότος των
   θυρών,
Το κουδούνισμα των κλειδιών
Ηχώ γύρω από αυτούς τους θαμπούς
   πέτρινους τοίχους,

Το κελί μου μπορεί να είναι φυλακή,
Αλλά το κύτταρο δεν
Φυλακίστε το μυαλό μου.
Δεν συγκρατεί την οργή μου,
Δεν μπορώ να συγκρατήσω τον θυμό μου,
Η αδικία δεν θα μείνει ακίνητη,

Δεν θα μείνει ήσυχο αλλά φωνάζει,
Με βασανισμένο πόνο
Ουρλιάζει και ουρλιάζει ξανά
Αθώος
Αθώος
ΑΘΩΟΣ

ΠΟΥ;

Πού είναι η γαμημένη έξοδος;
Δεν μπορώ να βρω την έξοδο
Όπου κι αν πηγαίνω
Όλες οι πινακίδες φαίνεται να λένε
Δεν υπάρχει έξοδος.

Η ζωή είναι μονόδρομος
Ένα ατελείωτο αδιέξοδο
Όχι στροφή αριστερά, όχι στροφή δεξιά
Χωρίς στάση και χωρίς επιστροφή
Δεν υπάρχει έξοδος
Δεν υπάρχει έξοδος.

Τα όνειρά μου γίνονται εφιάλτης
Οι έξοδοι είναι όλες μπλοκαρισμένες
Δεν υπάρχει διαφυγή προς τα πουθενά
Και οι πόρτες είναι πάντα κλειδωμένες.
Δεν υπάρχει έξοδος
Δεν υπάρχει έξοδος

Παγιδευμένος μόνος μέσα στο κεφάλι μου
Η θερμοκρασία είναι πολύ χαμηλότερη.
Σκέφτομαι ότι πρέπει να είμαι νεκρός,
Δεν μπορώ να βρω προς τα πού να πάω

Δεν υπάρχει έξοδος
Δεν υπάρχει έξοδος.

Πού είναι η γαμημένη έξοδος;
Δεν μπορώ να βρω την έξοδο
Όπου κι αν πηγαίνω
Όλες οι πινακίδες φαίνεται να λένε
Δεν υπάρχει έξοδος.

Η ΖΩΗ ΕΙΝΑΙ ΣΚΑΤΑ

Η ζωή είναι σκατά
Και
Τα πράγματα δεν είναι δίκαια.
Ποιος δίνει δεκάρα;
Κανείς άλλος,
Αυτό είναι σίγουρο.
Τα πράγματα δεν είναι δίκαια.
Αλλά τότε,
Όποιος είπε
Ήταν γραφτό να γίνει;

ἬΤΑΝ ΜΙΑ ΗΛΙΚΙΩΜΈΝΗ ΓΥΝΑΊΚΑ

Υπήρχε μια γριά γυναίκα που ζούσε σε ένα
  παπούτσι,
Είχε τόσα πολλά παιδιά,
Δεν ήξερε τι να κάνει,
Έτσι πήγε στο σαλόνι
Και έκανε άλλο ένα τατουάζ.

ΓΡΑΝΙΤΗΣ

Μαύροι γρανιτένιοι βράχοι,
που προεξέχουν περήφανα,
Εκτείνεται στους ανεμοδαρμένους βάλτους,
Στη ραχοκοκαλιά των διαλυμένων ονείρων.
Σκοτεινή-σκληρή και απαγορευτική.
Η άκρη βρίσκεται εκεί,
Όπως το μαύρο σκυλί της κατάθλιψης.
Ο ατελείωτος άνεμος σφυρίζει και ουρλιάζει,
Αρχαία φαντάσματα που αισθάνονται τα
    κατάλοιπα του πόνου,
Είναι οι καταστροφείς της ελπίδας,
Και σκοτώστε το δόντι των χαλασμένων
    ονείρων του αύριο
μέσα στις στάχτες της χθεσινής θλίψης.
Να στέκεσαι στην άκρη,
Είναι να κοιτάζεις κάτω στην άβυσσο της
    αιωνιότητας,
Ή κοιτάξτε, κοιτάξτε προς τα πάνω στο μπλε
    κενό του τίποτα.

ΓΙΑΤΙ

Μια φορά, όχι πολύ καιρό πριν,
Ήμουν νέος και είχα μαλλιά.
Τώρα, τόσο γρήγορα όσο και οι τρίχες στο
    κεφάλι μου
Εξαφανίζεται
Μεγαλώνει στην πλάτη μου
Γιατί;

Είχα φίλους
Καλοί φίλοι
Αλλά όλοι έπεσαν μακριά
Χαμένη επαφή
Αλλαγή διεύθυνσης
Περίπου την εποχή που έκοψα το πλύσιμο για
    τη Σαρακοστή
Να θυμάστε ότι ήταν
Δώδεκα χρόνια πριν
Και από τότε δεν έχω πλυθεί.

Όταν στη Ρώμη
Κάντε όπως κάνουν οι Ρωμαίοι
Που σημαίνει
Πηγαίνοντας γύρω
Τσιμπώντας τους πυθμένες

Και τρέχοντας στα πεζοδρόμια
Με μοτοποδήλατο
Ή σκούτερ Vesta
Διασκορπισμός πεζών
Προς όλες τις κατευθύνσεις

Όταν στη Ρώμη
Κάντε όπως οι Ρωμαίοι
Φάτε ζυμαρικά και ντρίμπλα
Σάλτσα μπολονέζ στη γραβάτα σας
Όταν στη Ρώμη
Πήγαινε σπίτι.

Γιατί το αποκαλούμε
Ηνωμένο Βασίλειο
Όταν μας κυβερνούν
Από μια βασίλισσα;
Δεν θα έπρεπε να λέγεται
Το Ενωμένο βασίλειο
Ή
Ακούγεται αυτό
Πάρα πολύ
Όπως ένα γκέι μπαρ;

Τι έκανα στις διακοπές μου
Όταν δεν είχα
Για να πάω στη δουλειά
Ζήτω!

Έμεινα ξύπνιος πολύ αργά
Σηκώθηκα πολύ αργά
Δεν αισθάνομαι πολύ καλά
Αράζαμε όλη μέρα,
Παρακολούθησα το κουτί
(Κυρίως επαναλήψεις
ή απλά απαίσια χάλια)
Και έπαιζε τη μουσική μου

Υπερβολικά δυνατά.
Αυτό εξόργισε τους γείτονες,
Που ζουν κάτω.
Λοιπόν, γάμα τους.
Επειδή είμαι στις διακοπές μου
Και γιατί να προσέξετε
Ενός ανθρώπου που συλλέγει κούκλες;

Ήπιε πάρα πολύ,
Από lager extra strength
(τα καλά πράγματα είναι ολλανδικά)
Πολλά κρασιά
Κόκκινο και λευκό
Και λίγο ροζέ
Πάρα πολύ

Έφαγα πάρα πολύ.
Τηγανητά ψάρια και πατατάκια
Σε μια σακούλα με ξύδι και πολλά
Από μπαταρία
Τραγανά κομμάτια

Chow mein,
Egg Foo yung,
Και Chou Shou Pork
Συμπεριλαμβάνεται η παράδοση
Δεν μπόρεσα να ασχοληθώ
Για να περπατήσετε
Στο κινέζικο εστιατόριο
Στη γωνία
Με το Ιταλικό του Guido
Ζαχαροπλαστείο και αρτοποιείο.

Ήρθε και η πίτσα,
Σε ένα υγρό
Χάρτινο κουτί,
Και νομίζω ότι το χαρτόνι

Πιθανώς έχει καλύτερη γεύση
Από τη λεπτή κρούστα
Λεπτή γεύση
Quattro Stagioni
Που σημαίνει Four Seasons
Αλλά για μένα
Αυτό σημαίνει
Τέσσερις λόγοι
Όχι
Για να ενοχλήσω ξανά.

Και αυτό ήταν
Η πρώτη ημέρα
των διακοπών μου
Αύριο
Θα κατέβω πραγματικά
Σε κάποιους πραγματικά
Σοβαρές διακοπές.
Θέλει κανείς vindaloo;
Και ένα μπουκάλι κρασί
Από σταφύλια
Πατημένο από αγρότες
Εγγυημένο
Να μην έχουν πλύνει τα πόδια τους
Από το 1962.

'Χτύπα με' έλεγε
"Συνέχισε, σε προκαλώ.
Κοίταξα κάτω,
Εκεί ήταν,
Σκαρφαλωμένο στο τσακί του
Όπως ένα παπαγαλάκι σε ένα περίπτερο.
Μια μικρή λευκή μπάλα.
Με κοροϊδεύουν.
'Εμπρός, χτύπα με'
Φυσικά.
Θα το χτυπούσα,

Πώς θα μπορούσα να μην το κάνω;
Χτύπα το
Καθαρά στην άλλη άκρη του κόσμου,
Ή τουλάχιστον 200 γιάρδες
Κάτω στο διάδρομο
(Αποφεύγοντας την άμμο των καταφυγίων)
Με το μήκος του γραφίτη και του χάλυβα
Που κρατούσα στα χέρια μου.

Βρισκόταν εκεί,
Ακίνητος και ακίνητος
Πώς θα μπορούσα να μην το χτυπήσω;
Δεν ήταν σαν να
Ήταν μια μπάλα του τένις
Διασπάστηκε στο δίχτυ,
Ή μια σκληρή μπάλα κρίκετ
Μπόουλινγκ στο γήπεδο στα 60,70
Ή 80 μίλια την ώρα
Ήταν απλά μια μικρή λευκή μπάλα του
    γκολφ,
Ακίνητος,
Περιμένοντας.
Πώς θα μπορούσα να μην το χτυπήσω;

Τράβηξα το γάντι μου,
(Μόνο ένα χέρι)
Πήρα τη θέση μου,
Τα γόνατα ελαφρώς λυγισμένα,
Κεφάλι σηκωμένο, μύτη ψηλά
"Προσποιηθείτε ότι είστε σνομπ",
Όπως είπε ο επαγγελματίας του γκολφ,
Ένα μικρό κούνημα ή δύο
Και να ξεκινήσω την κούνια μου,
Σιγά-σιγά πίσω. Τα χέρια ίσια,
Δεξιός καρπός σε εκκένωση
Στην κορυφή της κούνιας μου
Κεφάλι ακόμα

Οδηγώντας προς τα κάτω
Το μάτι στην μπάλα
'Χτύπα με' έλεγε
Πώς θα μπορούσα να μην το χτυπήσω;
Και το έκανα,
200 γιάρδες κάτω από τον διάδρομο
Ευθεία σαν κύβος.
Ο Τάιγκερ Γουντς;
Φάε την καρδιά σου.

"Ο Θεός βοηθάει εκείνους
Που βοηθούν τον εαυτό τους
Και έτσι βοήθησα τον εαυτό μου
Σε 2 νέα πουκάμισα,
Ένα ζευγάρι προ-συρρικνωμένο τζιν,
Παπούτσια Timberlake,
Εσώρουχα, κάλτσες και καπέλο του
    μπέιζμπολ.

"Ο Θεός βοηθάει εκείνους
Που βοηθούν τον εαυτό τους
Είπα στον δικαστή
Ποιος δεν εντυπωσιάστηκε
Και μου επέβαλε πρόστιμο
Πάρα πολύ.

Γιατί δεν υπάρχει αγάπη στον κόσμο;
Όπου παντού υπάρχει μίσος
Γιατί δεν υπάρχει ειρήνη στον κόσμο
Πού παντού υπάρχει πόλεμος;

Γιατί οι άνθρωποι μισούν τόσο πολύ ο ένας τον
    άλλον;
Πού είναι η αγάπη,
Μουσουλμάνοι σκοτώνουν Εβραίους
Οι Εβραίοι σκοτώνουν τους διατεθειμένους
Της Παλαιστίνης,

Σουνίτες σκοτώνουν Σιίτες,
Σιίτες βομβαρδίζουν σουνίτες
Πού δεν υπάρχει αγάπη στον κόσμο;
Σικχ σκοτώνει Ινδουιστή, Ινδουιστής σκοτώνει
    Μουσουλμάνο
Μουσουλμάνος σκοτώνει Ινδουιστή,
Χριστιανοί σκοτώνουν μουσουλμάνους
Καθολικός βομβαρδισμός Προτεστάντες
Προτεστάντες που σκοτώνουν Καθολικούς
Μουσουλμάνος σκοτώνει άπιστο
Όλοι σκοτώνουν όλους τους άλλους
Και όλα αυτά στο όνομα της θρησκείας.

Γιατί οι χοντροί παχαίνουν
Ενώ τα παιδιά λιμοκτονούν
Στην πληγωμένη από την ξηρασία Αφρική;
Και τέλος,

BREXIT ΑΙΜΑΤΗΡΌ BREXIT.

Brexit αιματηρό Brexit,
Αυτό είναι το μόνο που ακούμε.
Brexit αυτό και Brexit εκείνο,
Για το αιματηρό έτος.

Και όλοι αυτοί οι αναθεματισμένοι ειδήμονες,
Που πραγματικά δεν είναι και τόσο έξυπνοι,
Μιλώντας, μιλώντας, μιλώντας,
Μιλάτε ατελείωτες μαλακίες.

Η "μη συμφωνία" θα είναι καταστροφή!
Η "παραμονή" είναι εξίσου κακή!
Αλλά όλοι συμφωνούν, η συμφωνία της
    Τερέζα,
Είναι το χειρότερο πράγμα που μπορεί να
    συμβεί.

Είναι ένα μπέρδεμα στη μέση,
Αυτό δεν είναι ούτε φύγετε ούτε μείνετε,
Αλλά θα σημαίνει, χιπ-χιπ-χουράι,
Το τέλος της αιματηρής κας Μέι.

Ένα δεύτερο δημοψήφισμα,
Η λεγόμενη λαϊκή ψήφος;

Αλλά το μόνο που κάνει αυτό είναι να μας
    αφήνει,
Στην ίδια ακριβώς κατάσταση.

Πού είναι λοιπόν ο εθνικός ηγέτης,
Για να βγούμε από αυτό το χάλι;
Λοιπόν, δεν θα είναι ο αιματηρός Κόρμπιν,
Καθόταν στον καταραμένο φράχτη του.

Ματωμένη Reesy-Moggy;
Είναι πολύ δεξιά,
Ενώ ο Μπόρις είναι για τον Μπόρις,
Το νούμερο 10 είναι στα μάτια του.

Και όσον αφορά τους υπόλοιπους,
Ματωμένο αριστερό και ματωμένο δεξί,
Δεν μπορούν να μας κυβερνήσουν,
Αυτοί μας έφεραν σε αυτή τη δύσκολη θέση.

Ήρθε λοιπόν η ώρα να ετοιμάσουμε τις
    βαλίτσες μας,
Και να κατευθυνθείτε προς νέα βοσκοτόπια;
Αλλά δεν νομίζω ότι η καταραμένη
    Τραμπλαντ
Είναι το μέρος που θα σας υποδεχτεί.

Έτσι θα κάνουμε αυτό που κάνουμε εμείς οι
    Βρετανοί,
Θα σκληρύνουμε τα άνω χείλη μας,
Και γκρινιάζουν για τον καιρό
Και η τιμή των ψαριών και των πατατών.

Ενοχλητικό ποντίκι .
Ιανουάριος 2019.

ΤΟ ΤΕΛΟΣ.

Αγαπητέ αναγνώστη,

Ελπίζουμε να σας άρεσε η ανάγνωση του *Πισω Στα Βασικα Και Αλλες Ιστοριες*. Παρακαλούμε αφιερώστε λίγο χρόνο για να αφήσετε μια κριτική, ακόμη και αν είναι σύντομη. Η γνώμη σας είναι σημαντική για εμάς.

Με τους καλύτερους χαιρετισμούς,

Giles Ekins και η Ομάδα του Next Chapter

ΣΧΕΤΙΚΆ ΜΕ ΤΟΝ ΣΥΓΓΡΑΦΈΑ

 Ο Giles Ekins γεννήθηκε στη βορειοανατολική Αγγλία και πήρε πτυχίο αρχιτέκτονα στο Λονδίνο. Στη συνέχεια, πέρασε πολλά χρόνια ζώντας και εργαζόμενος στη Βόρεια Νιγηρία, το Κατάρ, το Ομάν και το Μπαχρέιν, εργαζόμενος στο σχεδιασμό και την κατασκευή διαφόρων έργων, όπως σχολεία, νοσοκομεία, κέντρα αναψυχής, βασιλικά παλάτια, εμπορικά κέντρα και, κυρίως, ξενοδοχεία υψηλού κύρους.

Τώρα έχει επιστρέψει στην Αγγλία και ζει στο Σέφιλντ με τη σύζυγό του Πατρίσια. Μεταξύ άλλων έργων, ο Giles είναι συγγραφέας των βιβλίων "Sinistrari", "Murder by Illusion", "Gallows Walk" και του παιδικού βιβλίου "The Adventures of a Travelling Cat", τα οποία εκδόθηκαν από την Next Chapter Books.

Πισω Στα Βασικα Και Αλλες Ιστοριες
ISBN: 978-4-82416-782-8
Χαρτόδετο χαρτί μαζικής αγοράς

Εκδόσεις
Next Chapter
2-5-6 SANNO
SANNO BRIDGE
143-0023 Ota-Ku, Tokyo
+818035793528

4 Φεβρουάριος 2023